エメラルド国物語

光川星純
MITSUKAWA SEIJUN

幻冬舎MC

エメラルド国物語

目次

プロローグ

朝の七時半をすぎたばかりなのに、ガラス張りの巨大なビル群に真夏の太陽が反射し、額から汗が滴り落ちてくる。

十四歳になったばかりのルリエは、母親と一緒に新宿駅へ向かった。学校は、昨日から夏休みに入っている。小学生の頃から病気がちだったルリエは、医師の勧めもあり、毎年長い夏休みの大部分を、母親の実家である信州の山の家ですごすことにしていた。

北アルプスの麓にある山の家には、祖父の仙吉と祖母の美千代と、ヤギのミーコと柴犬のポチがいる。辺りは深い緑に包まれ、昼間でも三十度を超えることがほとんどない。

「ルリエ、じゃあ、おじいちゃんとおばあちゃんの言うことをよく聞いて、元気でいるんですよ。勉強もちゃんとやりなさい。お母さんもお盆には行きますって、おばあちゃんに言っといてよ」

流行りのナップザックを背負って、特急あずさに乗り込むルリエに、母親は笑顔を向けた。

満員のあずさ号は、時間どおりにビルの街を発車する。

今年は六月になってもあまり雨が降らず、例年より二週間以上も早く梅雨明けとなり、東京では水不足が心配されていた。七月に入ると猛暑日や熱帯夜が続き、ルリエは食欲がなく、学校の授業にも身が入らなかった。

(でも、山の家はね……)

カジカの住む清流が目に浮かんでくる。したたるような緑の向こうに、残雪をいただくアルプスの峰々がそびえている。想像しただけで、気分がさわやかになる。

「ルリちゃんはいいなあ。夏休み中、長野の家へ行くんでしょう。わたしなんか、八月に二日海へ行くだけよ。もう、いやになっちゃう!」

「よかったら、すずちゃんも遊びに来ない。おばあちゃんに言っといてあげる。広い家だから、大丈夫。すずちゃんが来てくれたら嬉しいな」

「ありがとう。でも、塾の夏期講習、申し込んであるの。ごめんね」

親友のすず子が来ないのは残念だが、ルリエは、これから始まる山の家での生活に胸を躍らせていた。

（まず、あの冷たい谷川に入って泳いでみたい。学校の生ぬるいプールとなんか比べものにならない。それから、ホタル。今年もいっぱい出るといいな。夜の星も楽しみ。おじいちゃんのスイカや、おばあちゃんのおやきも、おいしいだろうな！）

それらはどれも、都会では味わえないものばかりだ。ルリエは、心の中で好きな歌を口ずさみながら、移り変わる景色に目をやっていた。

終点の松本へ着くと、祖母の美千代が迎えにきていた。ルリエは、思いきり手を振る。

「ルリエ、よく来たね。おや、また背が高くなったよ！」

美千代は、一年振りに見るルリエの姿に目を細めた。

「おばあちゃん、今年もお世話になります。よろしくお願いします」

「さすが、中学二年にもなると、あいさつの仕方が違うね」

二人は、登山客や観光客で混雑する松本駅で、ローカル線に乗り換えた。

「おじいちゃんは、どうしたの？」

毎年、祖父の仙吉が迎えに来ていたので気になった。美千代は少し顔を曇らせたが、

「ああ、おじいちゃんね。ちょっとカゼをひいて寝てるけど、ルリエの顔を見ればすぐに元気になるって、朝から待ってるよ」

また笑顔を取り戻す。どこまでも続く田園の風景の中を、のんびり走る電車に三十分ほど乗ってから、バスで曲がりくねった山道を登っていく。客はルリエと美千代のほかに、年寄りが三人乗っているだけだ。

長いトンネルを抜けてしばらくすると、なつかしい景色が目の中に飛び込んできた。深い緑に囲まれた赤い屋根や青い屋根の集落が見えてくる。バスも木々の緑に包まれ、涼しい風が吹き込んでくる。つい何時間か前まで、真夏の太陽が照りつけ、巨大なビルや車がひしめく大都会にいたことが信じられない。

「素敵！　ヤッホー」

小さな停留所で降りると、ルリエは思わずスキップした。それほど空気がさわやかで気持ちがいいのだ。飛び跳ねるようにして、山の家への坂道を上っていく。

「そんなにはしゃいで、転ばないようにね」

「大丈夫、早くおじいちゃんや、ポチやミーコに会いたいの」

かけっこや登山は苦手なのに、ルリエは軽々と走っていった。緑の木立に囲まれた赤い屋根の山の家が見えてきた。柴犬のポチが尻尾を振って、こっちへ走ってくる。

「ポチ、こんにちは！　一年振りなのに、わたしのこと覚えていてくれたんだ」

嬉しそうにじゃれついてくるポチの頭をなでてやる。ヤギのミーコも、こっちを向いて鳴いている。ポチやミーコの声でわかったのか、浴衣姿の仙吉が縁側に出てきた。

「ルリエ、遠い所、よく来たな。しばらく見んうちに、ずいぶん背が伸びたじゃないか！」

「おじいちゃん、カゼで寝てるって、おばあちゃんが言ってたけど、もういいの？」

ルリエは、まだ息を弾ませていた。

「なあに、ルリエの元気な顔を見たら、カゼなんかどこかへ飛んでいったよ！　さあ、上がれ。お前の好きなスイカを冷やしてあるぞ」

仙吉はごま塩頭をなでながら、バケツの中のスイカを指さす。

「わあ、嬉しい！」

仙吉が畑で採ったばかりのスイカは甘くみずみずしく、母が買ってくるものとなんか比べものにならない。スイカだけでなく、トマトもキュウリも別の野菜のようにおいしいのだ。東京では食欲の出なかったルリエも、山の家のスイカやおやきは、たらふく食べた。

夕暮れ、ルリエはホタルが見たくなった。

「おばあちゃん、今年はホタルどう？」

「ホタルね……。まだ見かけないよ」

「そう、じゃあ、ポチを連れて川へ見に行ってくる」

「もうじき夕ご飯だから、遅くならないようにね」

「三十分ぐらいで帰ってくる」

ルリエは、ポチと一緒に谷川の方へ下りていった。ちょうど夕陽がアルプスへ沈むところで、西の空がバラ色に染められていく。木々の梢で、ヒグラシが鳴いている。

静かなせせらぎが聞こえてきた。辺りは薄暗く、そろそろホタルが舞い始めてもいいころだ。ルリエは、ポチの頭をなでながらホタルが現れるのを待った。五分、十分と待ったが、ホタルは姿を見せない。

「ポチ、おかしいね。どうしたんだろう？」

ルリエが小学校低学年のころなど、わざわざ谷川まで行かなくても、暗くなると庭先に数えられないくらいのホタルがあふれ飛び、部屋の中にまで入り込んできた。それがどうしたことか、二、三年前からだんだんと数が少なくなり、去年は庭先までやって来るホタルは、ほとんどいなくなってしまったのだ。

二十分ほど待ったが、ホタルは遂に出なかった。

「今日はもうだめみたい。ポチ、帰りましょう」

ルリエは肩を落として、暗い道を引き返していった。


翌朝、小鳥の声で目が覚めた。東京と違って夜も涼しく、久し振りにぐっすりと眠れた。

朝食後、ルリエはまた谷川へ行ってみようと思った。

「ポチ、おいで。朝の散歩だよ」

ポチは嬉しそうに尻尾を振って、ルリエに続く。草むらで、朝つゆがきらめいている。

谷川に着いてびっくりした。水量が去年の半分程度しかないのだ。靴を脱いで中へ入ってみたが、深いところでもルリエの膝ぐらいしかない。これでは、泳ぐこともできそうにない。

「そうか。東京も雨が降らなくて水不足だったけど、こっちもそうなんだ。これじゃあ、ホタルだって出てこられないよね。でも、ポチ、こんなことって珍しいね」

何年か前にも東京が水不足になりそうになって心配したことがあったが、こっちへ来る

と谷川が満々と流れ、水に困っている様子など少しもなかった。仙吉に尋ねると、

「ああ、ここはアルプスの雪解け水が流れてくるからな。雨なんか少しぐらい降らなくたって困ることはない」

自慢そうに答えた。

(今年は、アルプスの雪が少なかったのかな?)

ルリエは、首を傾げながら帰ってきた。

夕方になると、ルリエはやっぱりホタルのことが気になって、ポチを連れて谷川へ行ってみた。岩陰に身を隠して、昨日より十五分ほど長く待ったが、ホタルは一向に出てこない。ホタルを見るのを楽しみにしていたので、ルリエはがっかりしてしまった。

「おじいちゃん、今年、アルプスは雪が少なかったの?」

「雪だって!」

仙吉は、少し面食らったような顔をする。

「まあ、多いというほどでもないが、少なくもなかったぞ。この辺りでも一メートルは積もって、雪かきがえらかったからな。雪がどうかしたのか?」

「うん、だって、谷川の水が去年来たときの半分ぐらいしか流れていないんだもの。ホタ

ルだって全然いないのよ。だから、アルプスの雪が少なかったのかなと思ったの」

「谷川の水が半分か……」

仙吉は独り言のようにつぶやくと、口を噤んでしまった。

「確かに、昔に比べるとホタルが少なくなったね。でも去年は、ルリエが東京へ帰ったお盆すぎにたんと出たから、もうちょっと待ってみなさい」

美千代がスイカを切ってくれる。

「そうね。おじいちゃんのスイカは、いつもどおり甘くておいしいから、ホタルもそのうちきっと出てくるよね」

美千代に言われて、ルリエも元気が出てきた。

夕食のあと、庭で花火をやった。ポチもミーコも嬉しそうに見ている。仙吉は、ちょっと疲れたと言って先に寝てしまった。


信州へ来て十日がすぎた。

緑に囲まれた山の生活は快適だ。空気がいつもひんやりとさわやかで、食べるものは新鮮でおいしく、夜もぐっすりと眠れる。勉強の方も、まあそれなりにはかどっていた。夜空の星々もきらきらと美しく、毎晩見ても飽きることがない。

そんなとき、東京のすず子から手紙が届いた。

「ルリちゃん、お元気ですか。涼しい信州の山の家で、ホタルを見たり、星を見たり、きれいな川で泳いだり、きっとステキな毎日だろうと思います。

東京は全然雨が降らず、一日中ベタベタとすごい暑さです。それに楽しみにしていた海水浴ですが、父の仕事の都合でキャンセルになりました。母に文句を言って、ルリちゃんのことを話しました。母は、もしおじゃまでなかったら、遊びに行ってもいいと言いました。少し厚かましい気もしますが、塾の夏期講習が終わる八月七日ごろ、そっちへ行ってもいいですか？　わたしも、東京の暑さから抜け出して、ホタルの舞うさわやかな信州へ行ってみたいです。急ですみませんが、よろしくお願いします」

ルリエは、すず子からの思いがけない手紙を受けて小躍りした。

大自然と触れ合うことのできる山の家の生活は、毎日が感動的だ。しかし、ルリエにとって物足りないことがあった。それは、仲よしの友だちがいないことだ。ルリエはヤギのミーコに話しかけたり、ポチを連れて散歩に行ったりしてすごしていた。

「ねえ、おばあちゃん、八月の七日ごろ、東京から仲よしの友だちが遊びに来たいって言うんだけど、いーい？」

「お前の大事な友だちだもの、いやとは言えないさ。こんな山奥でよかったら、何日でも泊めてやるよ」

美千代は、ルリエの真剣な顔に笑顔で答えた。

「おばあちゃん、ありがとう」

ルリエは、すぐに返事をしようと思った。

「すずちゃん、お手紙ありがとう。こちらは、とっても涼しくて食べ物もおいしく、東京にいたときは夏バテ気味だったわたしも、すっかり元気になりました。きれいな水や緑に囲まれて生活するって、本当にステキね。朝は小鳥の声で目が覚め、夜はきらめく星々を眺めています。これで、すずちゃんが来てくれたら最高！　おばあちゃんは、何日泊まってもいいと言っています。ぜひ、来てください。昼間は近くの清流で遊んだり、夜はホタルや星を見たりしましょう」

ここまで書いて、ルリエははっとした。

（あっ、ホタル、どうしよう？　すずちゃんは、ホタルを楽しみにしているんだ……）

そうなのだ。山の家へ来て十日もたつのに、ルリエはまだ一度もホタルを見ていない。

あれから毎日谷川へ確かめに行くのだが、未だに姿を見てはいないのだ。美千代はお盆すぎだというが、それではすず子が来るまでに間に合わない。せっかく見たいと楽しみにしているのに、今さらホタルは出ませんとは言えない。

（どうしたらいいいだろう？）

ルリエは、すず子からきた手紙を見つめながら考えた。

（そうだ、ホタル探しに行こう。谷川を上流の方へ遡っていけば、見つかるかもしれない。今日は七月三十一日だから、すずちゃんが来るまであと一週間しかない。それまでに、ホタルを見つけなければ……）

夕方、ポチを連れて上流へ行ってみることにした。東京ではほとんど雨が降らず、水不足が心配されていたが、カラカラ天気はこちらも同じで、谷川は少しずつ細っているように見える。ルリエは裸足になって冷たい清流につかったり、砂地を歩いたりして上流へ上流へと遡っていった。ポチも水につかりながら、嬉しそうについてくる。

十五分近く行くと、流れが淀んで少し深くなっているところがあった。ここなら十分泳げる。すず子が来たら、ここへ案内してやればいい。これで泳ぐ問題は解決した。ルリエは元気を出して、さらに遡っていく。流れは相変わらず浅く、木洩れ日を浴びて生き物のようにきらめいている。

川べりの木々の梢で何か音がした。ポチが、音のした方へ向かって吠えかかる。何だろうと思って見ていると、リスの親子が素早い動きで枝から枝を伝わっていくのだ。

「ポチ、リスよ。脅かさないで」

ほんの一瞬だが、リスと目が合った。リスの親子は、あっという間に姿が見えなくなってしまった。

「かわいい！」

ルリエは、しばらくリスのいた梢を見上げていた。ポチが、先に流れを渡っていく。

「ポチ、そんなに急がないで」

ルリエとポチは、青々とした梢を映して流れる谷川をゆっくりと歩いていった。

だんだんと大きな石ころが多くなり、ちょっとした滝のように段差ができているところがあったりして、歩きづらくなってくる。それに、この日は山の家の近くも珍しく暑く、こんなことなら半ズボンをはいて、膝下まで流れにつかって行けばよかったと後悔する。

こうしてさらに十五分ほど石の上を渡り歩いたり、浅い流れに入ったりして上っていった。さすがに息が切れて、石の上に腰を下ろして休む。ポチも長い舌を出して、息を荒くしている。冷たい風が吹いてきて、汗がスーッと引いていく。気持ちがよくなって、両足を流れにひたしたまま、石の上に仰向けになった。緑の梢を透かして、真っ青な空が見える。谷川のせせらぎと、木々が風に揺れる音以外何も聞こえてこない。何だか、緑の葉っぱや青い空に包み込まれてしまいそうな不思議な気持ちがして、ルリエはついうつらうつらしていた。

何かが頭の上をゆっくりと横切ったような気がして、目を開けた。黒っぽい羽に鮮やかな水色の模様のあるチョウが、流れの上をふわふわ飛び回っている。

（アオスジアゲハだ！）

あまりの美しさにルリエは目を見張った。ポチが吠えないように頭をなでてやり、息をひそめていた。アゲハチョウは辺りをひらひら舞うと、緑の木立の中へ消えていった。

「ポチ、あんなにきれいなチョウがいるんだから、きっとホタルもいるはずよね。もうちょっとだけ行ってみましょう」

ルリエはまた元気が出てきて、「あと、ちょっとでホタルに会える。あとちょっと」と、つぶやきながら、さらに上流へと足を進めた。

日が陰ってきた。時計を見ると、六時十五分を少し回っている。谷川を遡り始めて、四十分余りになる。

(六時半になったら引き返そう)

ルリエは転ばないように気をつけて、石の上を歩いていく。上流から、風に乗ってギンヤンマが五、六匹、すいすい飛んでくる。まるであいさつでもするように、ルリエの頭の上を飛び回り、今度は水面すれすれに飛行して、近くの石の上にとまる。銀色に輝くトンボたちは、大きな目玉を動かしてこちらを見ている。ルリエは、思わずトンボに手を振った。ギンヤンマたちは羽を勢いよく上下させると、下流の方へ飛び去っていった。

「ポチ、やっぱり山は最高ね。リスもアゲハもギンヤンマも、みんなステキ！　今度はホタルに会えそうな気がする」

ルリエは胸をときめかせて、先を急いだ。あと五分足らずで、六時半になってしまう。清流が急な上りになってきて、もうこれ以上は進んでいけそうにない。

「ポチ、ここが限界ね。おじいちゃんやおばあちゃんに心配かけるといけないから、暗くなる前に急いで帰りましょう」

口笛でポチを呼び、引き返していった。

ルリエはすべらないように用心しながら、速足で下っていく。賢いポチが一緒だし、道に迷う心配もないから不安はないが、何とか明るいうちに家へ着きたかった。

七時をすぎると、少しずつ暗くなってきた。空が、みず色から藍色に変わり始めている。そのうち辺りが急にひっそりし、ひんやりした風が吹いてきた。西の空が茜色に染まり、ヒグラシの鳴き声が寂しげに聞こえる。足元が、だんだん覚束なくなってくる。

すず子が来たら、ここで泳げばいいと目星をつけておいた淀みにようやく着いた。

「ポチ、わたしのせいで、すっかり遅くなっちゃったね。おじいちゃんやおばあちゃん、きっと心配してるね。あと少しだから頑張ろう」

そうポチに話しかけたとき、向こうの岩の近くで、緑色の光がふわっと舞い上がった。

「ポチ、見て！」

ルリエは目の色を変えた。緑色の光の粒は木の葉にとまって、つやつやと輝いている。

「うわあ、きれい！　とうとう出たんだ」

嬉しくて、ホタルのいる方へ近づいていった。ホタルはまたふわっと舞い上がると、ゆっくりと下流の方へ飛んでいく。

ルリエはもう夢中になって、ホタルのあとを追いかけた。

水の中で、足がすべったような気がしたのは覚えている。だが、それからどうなったのかわからない。遠くの方で、ポチがしきりに吠えているような気がした。
暗いトンネルみたいなところへ落ちていくなと思った瞬間、気を失ってしまった……。

第一章●エメラルドグリーンの国

1

（息が苦しい。ここはいったいどこなの？）

ルリエは起き上がろうともがいたが、体中の節々が痛くて手足を動かすことができない。

辺り一面、こげ茶色の煙に包まれ、鼻をつく刺激臭が漂っている。向こうの方で爆発音が轟き、赤や青の炎が飛び散っている。もし地獄があるとすれば、きっとこんなところではないかと思えるぐらいだ。息が苦しくて、また意識が薄れていく……。

「ぐずぐずするな。ここは危険だ。早く引き上げろ」

「隊長、ちょっと待ってください。あそこに、誰か倒れています」

「こんな危険地帯に人がいるのか！　よし、すぐに見てこい」

酸素マスクをつけて、宇宙服のようなピカピカ光る銀色の服を着た若い隊員が、駆け足で近づいてくる。

「隊長、女の子です。マスクはつけていませんが、まだ息があります」

若い隊員は、大声で隊長に報告する。

「マスクをつけていない！　わかった、すぐに行く。おうい、酸素マスクを用意しろ。大至急だ」

隊長は、別の隊員に言いつける。間もなく、酸素マスクを持った隊員が駆けつけてきた。

「どうだ、助かりそうか？」

隊長が若い隊員に尋ねる。

「はい、運のいい子です。脈はしっかりしています。しかし、大量のガスを吸い込んでいますので、何らかの影響が出るかもしれません。どうして、マスクもつけずにこんなところにいたのかわかりません」

「うん、自殺行為だな」

若い隊員と隊長が話をしている間に、もう一人の隊員がルリエの口に素早く酸素マスクをつけ、ボンベのコックを捻って酸素の出を調節している。こうしているうちにも、爆発音はますます激しくなり、得体の知れない低い唸りが海鳴りのように近づいてくる。

「おい、どうだ？　急がないと、危ないぞ」

「はい、完了しました」

「ようし、出発するぞ」

ルリエは二人の隊員に担がれ、探査車へ連れていかれた。


ルリエは夢を見ていた。

つやつやとした緑色の光をきらめかせて舞うホタルを追っていくうちに、深い流れの中へ落ちてしまったのだ。水泳ならクロールで五十メートルは泳げるはずなのに、いくら手足をばたつかせても体がどんどん水底に沈んでいってしまう。水の上から、ポチが激しく吠えている。仙吉と美千代が、心配そうな顔で見つめている。

「おじいちゃん、おばあちゃん、ポチ、苦しい。息ができないの。早く助けて！」

ルリエは、水の中で必死に叫んでいた……。


「先生、女の子の意識が戻り始めました。何か言っています」

「よろしい、そのまま酸素を切らないように」

白髪頭の医師はルリエのベッドまで来ると、看護師からカルテを受け取って目を通した。

「うん、脈も血圧もほぼ正常に戻ってきたな。マスクもつけずに外で倒れていたというのに、たいした生命力だ。ところで、保安警察が、なぜあんなところで倒れていたのか、興味を持っている。ここだけの話だがな、マヤタの回し者かもしれないというのだ」

「まさか、こんな女の子が……」

ブロンドの看護師は、驚いた顔で医師を見た。

「いや、最近は酸素不足が深刻でな。地下水を横取りしたり、貯蔵庫からボンベをくすねたりする犯罪が増えているそうだよ。とにかく油断は禁物だ。人間、追い詰められると何を仕出かすかわからんからな。この子の意識が回復したら、すぐに知らせてくれ」

医師はルリエのカルテを看護師に返すと、腕組みをして病室を出ていった。

それから一時間ほどして、ルリエは目を覚ました。

不思議なことに、壁やカーテンや布団など目にするものの多くが、エメラルドグリーンなのである。いったいここはどこで、自分はどうなったのか、ルリエにはさっぱりわからない。辺りを見回していると、ブロンドの看護師が中へ入ってきた。看護師の服も帽子も、エメラルドグリーンである。

「あら、気がついたようね。よかった」

看護師はにっこり笑って、ルリエの手を握る。

「あの、わたし……」

「いいのよ。まだ無理しない方がいいわ。何しろあなたは、一週間もずっと眠り続けていたのですからね。今は安静第一よ。さあ、お食事にしましょうね。これを飲みなさい。栄養をつけて、早く元気にならないといけないわ」

看護師は、ベッドの横の机の上にコップを置いた。中には、エメラルド色をしたジュースが入っている。

「わたし、一週間も寝ていたの。それじゃ、あの……。何だったっけ？　何か大切な約束をしたような気がするのに思い出せない」

ルリエは眉根を寄せ、頭を抱え込んでしまった。看護師が、心配そうに見つめている。

「そうだ、思い出した。どうしよう。東京から、すずちゃんが来る日だわ。わたし、松本駅まで迎えに行かなくちゃ。すずちゃん、こっちは初めてだから、きっと迷子になっちゃう」

ルリエは、急いでベッドから起き上がろうとする。

「まだ無理しちゃだめよ」

ブロンドの看護師は、ルリエをベッドへ押し戻す。

「わたしの話をよく聞いて。あなたはね、どういう事情があったかは知らないけど、酸素マスクもつけずに危険地帯で倒れていたのよ。普通なら百パーセント命がなかったところを、パトロールの隊員に助けてもらったの。せっかくよくなってきたんだから、もっと自分の体を大切にしないといけないわ」

看護師は押さえつけていた腕の力をゆるめ、なだめるように言った。

「でも、すずちゃんが……。それに、おじいちゃんやおばあちゃんや、ポチやミーコが心配してる」

ルリエは、半べそをかいて訴える。

「わかったわ。わたしが、すずちゃんにあなたのことをよく話しておいてあげるから、安心して寝てなさい」

「ホント、すずちゃんはわたしの親友なの。今日のお昼ごろ、あずさ号で松本駅へ着くはずよ。迎えに行けなくて、ごめんなさいって言っておいて」

「ええ、よく言っておくわ。だから、そのジュースを早く飲みなさい」

エメラルド色の制服を着た看護師は、笑みを浮かべて部屋を出ていった。けれど、ルリエにはわからないようにそっと入口をロックすると、急いで医局へ向かう。

「先生、意識は戻りましたが、あの子、やはり様子が変ですわ。ひどく興奮して、親友と会う約束があると口走っています。デスネヒトによる障害が出たのでしょうか。すずちゃんという仲よしの友だちや、おじいさん、おばあさん、それにポチやミーコとかいう人もいるらしいんですけど、本当かどうかわかりません。念のため、部屋をロックしておきました」

「親友に会う約束か。やはり、マヤタの組織の者と会うつもりだったのかもしれないな。すずはもちろん、じいさん、ばあさん、ポチやミーコというのも怪しいな。松本駅で会う手はずになっていたのかもしれん。とにかく、あの子から目を離さんように」

2

　エメラルド色の制服を着た国家保安警察のベルガー中尉は、二人の部下と共に横柄な態度で病室へ入ってきた。白髪頭の医師とブロンドの看護師も付き添っている。ベルガーは冷たい視線をルリエに浴びせていたが、「お前の名前と年齢は？」と、半ば脅し口調で尋ねた。

「牧原ルリエ、十四歳」

「牧原ルリエ！　変わった名前だな。いったいどこの国の名前だ。国籍は？」

ベルガーは、疑わしそうにルリエを見すえる。

「日本です」

「日本だと？　ウソを言うな」

「いいえ、ウソではありません」

「日本人なら国籍証を見せてみろ」

「国籍証？」

ルリエには、何のことかわからない。

「やっぱり、持っていないじゃないか。それに日本人が、あんな危険地帯で倒れているはずがない。お前はマヤタ人だろう。日本人とさえ名乗れば、どこのシェルターでも入れてくれるからな。だから最近、アジア系難民が日本人と偽ってシェルターへ入り込もうとする事案が急増しているそうだ。中でもマヤタ人は、なりすましの名人だからな。このわたしの目を、ごまかせるとでも思ったら大間違いだぞ。わたしは日本人をよく知っている。お前の目、お前の髪、お前のしゃべり方、すべて日本人と似てはいるが、日本人ではない。よくできたニセモノだ。お前の正体は、狡賢いマヤタ人だ！」

ベルガーは憎しみのこもった目で、一方的にまくし立てた。

「でも、わたしは日本——」

ルリエが言おうとするのを、ベルガーは冷酷な目を向けてさえぎる。

「話は本部で聞いてやる。このマヤタの小娘を、国家転覆の容疑で逮捕しろ」

後ろにいた部下が、手錠を取り出した。ルリエには、何がどうなっているのかさっぱりわからない。ただベルガーの目が恐ろしくて、声も出なくなってしまった。

「ちょっと待ってください。ベルガー中尉」

白髪頭の医師が、不機嫌そうに前へ進み出た。

「わたしは、保安部長のリヒター大佐とは旧知の仲でしてな。いくらマヤタ人だからといって、こんな病気の子どもをいきなり逮捕するのは、いささか乱暴じゃありませんか。それに、この子はまだマヤタ人と決まったわけではありませんぞ」

「お言葉ですが、ドクトル・ペセロ、あんな危険地帯に日本人がいるはずがない。それに日本人なら、国籍証を持っています。つまり、この小娘の言っていることは真っ赤なウソで、マヤタ人であることを隠すために日本人と言い逃れているだけだ。間違いなく大ウソつきのマヤタ人だ。マヤタはわがエメラルド国の大敵、緑を食い荒らす野蛮な害虫どもだ。子どもだからといって手加減していたら、そのうち取り返しのつかないことになりますぞ。そうなったとき、あなたは責任を取れるんですか。害虫の子はしょせん害虫ですからな。こんな簡単な理屈がわからないドクトルとも思えませんな。いいから、連れていけ！」

ベルガーは冷酷に言い放つと、部下に顎で指図した。二人の部下はルリエの手を荒っぽくつかんで、ベッドから引きずり下ろそうとする。

「いや、そういうわけにはいかんな。この子は、わたしの患者だ。酸素マスクもつけずに、危険地帯で倒れていたのだ。デスネヒトが、この子の体にどんな影響を及ぼしたか、保健省へ報告せねばならない。検査もすんでいないのに、強引に連行するというのなら、君がこの子の代わりに危険地帯へ行って、人体実験してくれるかね。いいかね、検査結果を報告することは、リヒター大佐からも指示を受けておるんだ。君は、上官の命令に逆らうつもりか！」

ペセロ医師は、ベルガー中尉の前に立ちはだかった。

「わかりました。ドクトル・ペセロ。あなたを信用しないわけではありませんが、一応、国家保安警察本部へ確認させてもらいます」

ベルガーは鋭い目つきでペセロを見ると、また顎で部下に命じる。部下は小さな丸い鏡のようなものを取り出して見つめていたが、すぐにベルガーに耳打ちする。

「今日のところは、これで引き上げましょう。しかし、これだけは忘れないでいただきたい。そのマヤタ人の小娘が、あなたにとっていかに有益な実験材料であっても、我々にとっては、エメラルド国を破滅に導く悪魔の手先でしかない。検査結果が出次第、国家保安警察でそのマヤタ人の身柄を引き取りますので、まあせいぜい、逃げられないように見張っていていただきたいものですな。何しろマヤタ人は、油断も隙もない詐欺師の集まりですからな。もしものときは、あなたの首が飛びますぞ」

ベルガー中尉は薄笑いを浮かべると、「よく覚えておけ」とでも言いたげな軽蔑のこもった目でルリエとペセロを睨みつけ、あわただしく病室を出ていった。

「ふん、保安警察を鼻にかけて、若造のくせに何という生意気な態度だ！」

ペセロはいまいましそうに舌打ちしたが、ルリエの方を向いて、

「よりにもよって、マヤタ人の疑いをかけられるなんてな……」

大きな溜息をつく。

「これは厄介なことになったぞ。わたしは、今後のことを院長と相談してくる」

独り言のようにつぶやいて、出て行ってしまった。ルリエは、ただもう恐ろしくて口もきけずに震えていた。ベルガーの毒ヘビのような目つきと、自分に浴びせられた罵声が思い出され、ひどい頭痛がしてくる。

「顔色がよくないわ。先生がうまく取り計らってくださるから、心配しないで寝なさい」

看護師は、青ざめた顔をしているルリエの手を取って寝かせてやった。

「早く家へ帰りたい。お父さん、お母さん、おじいちゃん、おばあちゃん、ポチ、ミーコ、すずちゃん……」

ルリエの目に涙が浮かんでいる。

「ええ、病気が治ったら、すぐに帰れるわ。でも、お父さんやお母さんのことは誰にも言っちゃだめよ。特に保安警察のベルガー中尉にはね。全員逮捕されて、収容所へ入れられてしまうわ。ベルガーはマヤタ人を捕まえて、収容所へ送るのを生き甲斐にしているような男よ。もし、あなたのほかにまだマヤタ人がどこかに隠れていることを突き止めれば、あなたをおとりにしてでも、しつこく追いかけるやつよ。とにかく、わたしに任せておいて。悪いようにはしないわ」

看護師はルリエの手を握って、軽く肩を叩いた。

「でも、わたしはマヤタ人じゃない。日本人よ」

「ええ、そうだったわね。だけど、ベルガーにとって、あなたが日本人かどうかなんて問題じゃないのよ。一度マヤタ人と疑ったら、白を黒にしてでも収容所送りにする男なのよ」

「そんなひどい！　わたしは絶対に日本人よ。マヤタなんて聞いたこともない」

ルリエは唇をかんで、うつむいてしまった。

「わたしは、あなたを日本人と信じるわ。しかし……」

そう言ったまま、看護師も黙り込んだ。

「ねえ、何でマヤタ人は、そんなに憎まれているの。どうして、エメラルドを破滅に導く悪魔の手先なの？」

「それはね、マヤタは四十年ほど前までは、アジアの遅れた国にすぎなかったのに、ギノフという後にマヤタの大統領になる人が学生時代に日本へ留学して、日本の進んだ科学技術や文化に感銘を受けて、日本を手本にマヤタを豊かな先進国にしようと、国のすべてに日本化を進めていったのよ。日本から多くの科学者や技術者を高額の報酬で招いたり、日本企業の工場を誘致したり、挙げ句には、特別待遇で日本人の移民を勧めたりして、十年ほど前には、日本の双子と言われるほどの先進国にのし上がったの。でも、それは見せかけのことで、マヤタの美しい緑や水が有害物質で汚染されたり、大量の温室効果ガスが排出されたり、これはまだ噂にすぎないけど、マヤタ軍の兵器研究所が森の奥深くにひそむ希少な生き物を使って生物化学兵器の開発を急いだりして、その結果、デスネヒトという植物の葉緑体を食い荒らすウイルスが、突然変異のように大発生してしまったのよ。デスネヒトはたちまち空や海に撒き散らされて、世界中の緑が急速に失われてしまったというわけなの。でも、もっと恐ろしいことは、デスネヒトが緑を破壊してから数年すると、脊椎動物の骨までぼろぼろに溶かしてしまう猛毒ガスを吐き始めることなの。危険地帯で、こげ茶色の煙を見たでしょう。あれが、その毒ガスよ。科学省の計算では、このままではあと十年ほどで、地球はデスネヒトガスに覆い尽くされて、生命の存在できない死の星と化してしまうそうよ。きっと一部の心ないマヤタ人たちの驕りや怠慢が、こんな取り返しのつかない事態を引き起こしてしまったんでしょうけど、エメラルド国の多くの人は、すべてのマヤタ人を緑を食い荒らし、世界を破滅させる大敵として憎んでいるの。特に保安警察や国防軍の人たちはね。わたしは、マヤタ人を敵だなんて思っていないわ」

「マヤタをそんな見せかけだけの先進国にしてしまったのは、日本の責任のようにも思えるけど、エメラルドの人は日本をどう思っているの？」

「日本はマヤタが先進国になる五年以上も前に、このまま経済成長だけを優先させていったら危険だと、ギノフ大統領に何度も警告していたのに聞き入れられなかったので、科学技術者の派遣や日本人の移民を打ち切り、マヤタ支援から手を引いてしまったから、エメラルド国では日本を非難する人はほとんどいないわ。むしろ、世界トップレベルの優れた技術力を持っている日本が、地球最大の危機を救ってくれるかもしれないと期待しているぐらいよ。それに、ベルガー中尉も言ってたけど、日本人を保護すると、日本政府から食料や水の支援を受けられるから、どのシェルターでも日本人は特別扱いよ」

「そうなの」

ルリエはほっとした半面、地球を未曾有の危機に追い込んだマヤタ人だと自分が疑われていることに強い不安を覚えた。

「あなたのことは決して悪いようにはしないから、心配しないで寝なさい」

看護師は念を押すように言うと、病室を出ていった。

ルリエは目を閉じて眠ろうとしたが、様々なことが頭をよぎって眠れなくなってしまった。そもそも自分は、なぜこんなところにいるのだろう？　信州の山の家にいたはずなのに、いったいどうしてエメラルドなんて全然知らない国へ来てしまったのだろう？　この国は、なぜ多くのものが緑色なのだろう？　そして、緑を食い荒らすデスネヒトとは何なのだろう？　どうして日本人である自分が、デスネヒトを大量発生させ、悪魔の手先とまで憎まれているマヤタ人だと疑われなければならないのだろう？

すべてが疑問だらけで、納得できなかった。

いろいろ考えているうちに、自分をかつぐための悪い冗談ではないかと思えてきた。そうだ、悪い冗談なんだと思って起き上がろうとした途端、激しい頭痛に襲われ、体の節々が痛み始める。ひどい痛みで、とても起き上がることなどできない。ルリエは顔をしかめ、あぶら汗をかいて痛みに耐えていた。

3

どうにか痛みが治まってきたころ、ブロンドの看護師が笑みを浮かべて入ってきた。

「気分はどう？　さあ、お食事よ」

看護師は、また緑色のジュースが入ったコップをルリエに手渡そうとする。ルリエは、にこりともせずに横を向いてしまった。

「どうしたの？　ご機嫌ななめのようね。どこか気分でも悪いの。それなら、ここへ置いておくわ」

看護師は、コップをベッドの横の机の上に置いた。

「いらないわ。そんなジュース一杯で食事と言えるの。もう、お芝居はたくさん。わたしは、おじいちゃんの育てたスイカや、おばあちゃんの手作りおやきが食べたいの。誰が仕組んだのか知らないけど、もうこんな悪い冗談は終わりよ。わたし、家へ帰る」

ルリエはそうきっぱり言い放つと、再び起き上がろうとする。だが、その瞬間、体中に激痛が走った。

「痛い……」

体をよじって呻いた。さっき起き上がろうとしたときより、もっと強い痛みだ。あまりの痛さに意識が薄れていく。

「大丈夫？　しっかりして。これを飲みなさい」

看護師は、ルリエの口に素早く緑色のカプセルを含ませる。体中がひやっとして、痛みが和らいでいく。五分もすると、身をよじるほどの激痛がウソのように引いてしまった。

看護師は、タオルで額の汗を拭いてくれた。

「ありがとう。お陰で楽になったわ」

ルリエは、看護師の方を向いて礼を言った。

「気持ちはわかるけど、焦ってはいけないわ。デスネヒトガスを吸ったせいなのよ。大量に吸ったのでなければ、安静にして中和カプセルを飲んでいれば、毒が少しずつ抜けていくけど、無理して体を動かそうとすると、血液中のデスネヒト毒が心臓を圧迫して、死に至ることもあるのよ」

「わかったわ。わたしが悪かった」

看護師の目を見ていると、自分をかつぐためのゲームではないことがよくわかった。

「それじゃあ、ジュースを飲んでしまいなさい。栄養をつけないと元気が出ないわ」

ルリエは黙ってうなずくと、緑色のジュースを飲みほした。

「いいこと、これは、わたしとあなただけの大切な話だから、絶対誰にも話さないって約束して。ペセロ先生にも言ってはだめ」

看護師は、真剣な眼差しでルリエを見つめる。ルリエは、また黙ってうなずいた。

「さっき、院長先生とペセロ先生が話しているのを立ち聞きしてしまったの。あなたの検査結果は、一週間以内に出るそうよ。そうしたら、すぐに国家保安警察に引き渡すって言ってたわ。たとえ、病気の子どもでも、マヤタ人の疑いがかかっている以上、見逃すわけにはいかないって、メーベル長官から命令があったそうよ。メーベルは氷のように冷酷な男なの。もし、命令に逆らったら自分たちまで反逆者として逮捕されるって、院長先生が青ざめていたわ。でも、わたしはあなたを保安警察なんかに引き渡したくない。あなたがいくら日本人だと言い張っても、確かな証拠がない限り、保安警察はマヤタ人として収容所送りにすることは確実だもの。それにマヤタでデスネヒトが大発生したのは、今から九年も前のことで、あなたがまだ小学校入学以前の話よね。仮にあなたがマヤタ人であったとしても、そんな罪もない人たちまで逮捕するのは間違っているわ」

「九年前に、本当にマヤタでデスネヒトが大発生したの？」

「ええ、本当よ。一年ほどでマヤタの緑が食い荒らされ、次にマヤタ周辺のアジアやロシアの森も被害を受け、それから、三、四年してわたしの住んでいたオーストリアのチロルにも被害が及んできたの。そのとき、わたしは十七歳だったわ。わたしの大好きなチロルの野山が、まるで鉄錆のように点々と赤茶けていったの。野山が血を流して苦しんでいるみたいで、見るのが辛かったわ。鉄錆はみるみる広がっていって、一年もたたないうちにチロルのほとんどの緑が消えてしまったの……」

看護師は目に涙をため、声を詰まらせる。

「ヨーロッパの美しい緑が消えてしまったの！　それじゃ、日本はどうなったの？」

「日本って、あなた日本から避難してきたんじゃないの？」

看護師は驚き顔で聞き返す。

「緑はいっぱいあったと思うけど、その緑と同じぐらいわたしの大好きなものが、いくら待っても出てこなかったような気がするの。それが、何だったか思い出せそうで思い出せない……」

ルリエは、頭を抱えて考え込んでしまった。

「緑と同じぐらい大好きなもの？　日本のことまでは詳しくわからないけど、世界屈指の研究チームがデスネヒト抗体を開発して、しばらくは持ちこたえていたようだけど、ロシアや中国の方から風に乗ってやって来るデスネヒトガスに遂に耐えられなくなって、大きな被害が出ているとか何年か前にニュースで見たことがあるわ」

「大きな被害が出ている……」

家の周りには緑がいっぱいあったような気がするが、だんだん自信がなくなってきた。

（確か夕暮れで、きれいな水が流れていた。そうだ、最後になって待っていたものがやっと出たんだ。それに犬がいたような気がする。名前は何て言ったっけ？）

　こうしている間にも記憶がどんどん失われていってしまいそうで、ルリエは不安だった。

「自分の国から美しい緑が消えてなくなって、どこを見ても赤茶けた鉄錆色の野山に囲まれて生活するなんて、とても耐えられないことだった。いつも何かに圧迫されているようで精神的に追い詰められて自殺したり、心が病んでしまったりする人が急増したわ。でも、本当の地獄は、このあとじわじわとやって来たの。牧草が全滅してしまったでしょう。だから、牛やヒツジにやる草がなくなって、みんな死んでしまった。森の動物や小鳥や虫たちも食べ物がなくて次々に死に絶え、川や湖でも魚が大量に浮いていたわ。気候もすっかりおかしくなってしまってね。インスブルックやザルツブルクでも、夏は四十度以上にもなり、冬はマイナス三十度以下になったの。熱中症で倒れたり、凍死したりする人が大勢いたわ。空気も汚染されて薄くなり、少し歩いたり働いたりするだけで、高山病のようになって入院する人があとを絶たなかった。でも、差し当って一番困ったのは食料よ。蓄えがあった家はまだよかったけど、そうでない人たちは一切れのパンやチーズを奪い合い、そのうち殺し合いまで始まったの。野原や道端に動物の死骸や、飢死したり病死したりした人の死体がごろごろしていて……。わたしの家には大きな地下貯蔵庫があって、半年ぐらいは食べるのに困らなかったけど、ある晩、オオカミみたいに飢えた人たちに嗅ぎつけられ襲われたの。止めようとした父と兄が、わたしの目の前でなぶり殺しにされ、母と妹とわたしは、命からがら母の生まれたグリースという山奥の村へ逃げていったの」

看護師の青い目から、大粒の涙がこぼれた。しばらくハンカチで目頭を押さえていた。ルリエも胸が一杯になってしまった。

「ごめんなさいね。父や兄が、あんまりかわいそうで……。グリースもね、デスネヒトの被害を受けてはいたけど、もっと標高の高いアルプスの氷河に近いところは、まだ少しだけ緑が残っていたのよ。熱には強いデスネヒトも、寒さには意外と弱いみたいなの。わたしたちは、そこに小さな小屋を建てて、アルプスの氷河から水を汲み、生き残ったヤギを飼い、温室を作って野菜を育てて三年間隠れ住んだの。冬はマイナス四十度にもなって、ときには一週間も二週間も雪嵐が吹き荒れ、小屋が吹き飛ばされてしまうんじゃないかって、夜も眠れなかったわ。こんなときに父や兄がいてくれたらなって、いつも思っていた。それでも、母と妹と力を合わせてどうにか生きていたわ。母が毎日、聖書の話をしてくれたの。すごく勇気づけられた。でも、そこも決して安全ではなかった。緑を破壊したデスネヒトが、毒ガスを吐き始めたのよ。毒ガスは気流に乗って山小屋へもどんどん押し寄せてきたわ。わたしたちは、食料をリュックに詰め込んで、麓の方から避難してきた人たちと一緒に三千メートルを超えるアルプスの峰を目指して、険しい山路を登っていったの。この時期の山頂付近には吹き下ろしの気流があるから、しばらくは毒ガスも来ないだろうって、ルーゲルさんというおじいさんが励ましてくれてね。ルーゲルさんはアルプスで四十年も山岳ガイドをしていた人で、頂上直下の山小屋へ案内してくれた。わたしたちの家族も含めて全部で二十七人は、三千メートルを超えるその小屋で、リュックに入れてきた食料を分け合って、三ヵ月息をひそめていたわ。そのうち毒ガスも消えて家へ帰れるだろうって、みんなで励まし合ったの。ところが毒ガスは消えるどころか、山小屋の近くまでじわじわと迫ってきてね。そこでルーゲルさんは言ったわ。『みんなでスイスへ脱出しよう。友だちのガイドの話では、どういうわけかスイスの山岳地帯は、まだほとんどデスネヒトの被害にあっていない。それに、スイスには毒ガスを防ぐことができる巨大なシェルターもある。うまくいけば、生き延びることができるかもしれない。ここに残っていたら、あと数日で確実に毒ガスの餌食になってしまうだろう。人間は、最後の最後まで生きる意志を捨ててはいけない。生きてさえいたら、必ず希望も生まれよう』、みんな、ルーゲルさんに従った。でも、山を下っていく途中で雪崩が起きて、わたしの数メートル先にいた母と妹があっという間に呑み込まれてしまったの。妹はそのとき、ちょうどあなたと同じ十四歳だった。わたしは父と兄だけでなく、母と妹までも、自分の目の前で亡くしてしまったの」

看護師は、また大粒の涙をこぼした。ルリエも思わず、もらい泣きしてしまった。

ポケットのブザーが鳴る。看護師はあわてて涙を拭き、丸い鏡のようなものを出す。

「はい、わかりました。すぐに行きます」

ペセロ医師に呼び出されたようだ。

「あなたを見ていると、妹のことを思い出すの。希望を捨てちゃだめよ。何とか保安警察に引き渡されなくてもすむように考えてみるから、元気を出して」

看護師は部屋から出ようとする。

「待って。さっきは疑ったりして、本当にごめんなさい。お話、よくわかりました。ありがとう。あなたの名前を教えて。まだうかがってなかったわ」

「自己紹介してなかったわね。わたしはマルガレーテよ。インスブルックの生まれ」

ルリエは心の中で、「マルガレーテ、マルガレーテ」と何度もつぶやいていた。

第二章●赤い牢獄

1

真夜中に、そっとドアが開いた。

「ルリエ、ルリエ、さあ、起きて。ここを逃げるのよ」

マルガレーテが、ルリエの肩を揺すりながらささやいている。

「こんな夜中に、いったいどうしたの?」

「しっ、声を出しちゃだめ。詳しいことはあとで話すから、黙ってついてきて」

二人は、寝静まった病院の廊下を用心深く忍び足で歩いていった。第一手術室の前を通り越すと、マルガレーテは、あっちというように左側を指さす。左へ折れてさらに行くと、正面に小さな倉庫がある。マルガレーテは辺りに誰もいないことを確かめると、倉庫のドアを開けて、ルリエを中へ入れた。倉庫の中はぼんやりとした明かりがつけられていて、様々な薬品の匂いが漂っている。手術用の機器のほかにダンボールや書類が雑然と積み上げられている。ダンボールの陰から、一人の若い男がすっと進み出てきた。

「ポール、この子がルリエよ」

若い男は頷くと、ルリエに銀色に光る服を手渡した。

「ルリエ、詳しいことを話している時間がない。その服を着て、ぼくと一緒に来るんだ。このシェルターは警備が厳重で、衛兵が交代するほんの一分しか、外へ逃げるチャンスはない。さあ、急いで」

ルリエが驚いてためらっていると、

「ルリエ、この人は科学省のポール・フィリップス博士よ。心配しないで。わたしたちの味方なの。あなたを安全な場所へ逃がしてくれるわ。さあ、早く防護服を着て、ガルバの丘へ行くのよ」

マルガレーテも、口をそろえる。ルリエが納得して銀色の服に手を通したとき、眩しいライトがいっせいについた。目を開けていられないほどの強い光だ。

「そこまでだ。反逆者どもめ、両手を頭の上に乗せろ」

どこに隠れていたのか、保安警察のベルガー中尉がレーザー銃を構えて立っている。ドアを蹴って十人ほどの部下たちが、倉庫の中へなだれ込んできた。

「国家保安警察を甘く見たもんだな。このシェルターから逃げ出せるとでも思ったのか。それにしてもアメリカ出身の有能な科学者が何を血迷ったのか、マヤタ人の手先だったとはな」

ベルガーは軽蔑しきった目で、三人を見つめる。

「わたしは、マヤタ人の手先などではない。ただ、罪もない少女を、君たちのような非人道的な集団に引き渡したくないだけだ」

フィリップスはベルガーを見すえて、きっぱりと言った。

「何だと。我々が非人道的な集団で、マヤタ人に罪がないと言うのか。お前、それでもエメラルド国民か！」

ベルガーは憎しみのこもった目で、フィリップスに殴りかかった。

「お前がもし、世界的な科学者でなければ、そんな大口が二度と叩けないように顎の骨を粉々に砕いてやるところだぞ。世界中の緑を破壊して、多くの命を死に追いやったのは、そこにいるマヤタの害虫どものせいじゃないか。マヤタ人は人類の敵だ。地球を破滅に導く悪魔の使いだ。我々は、その悪魔からエメラルド国民を守っているのだ。お前たちは、悪魔のマヤタにエメラルドの魂を売り渡す気か。この薄汚れたアメリカ人とオーストリア人を、容赦なく逮捕しろ。そこの害虫は収容所送りだ。それと、さっきガルバの丘へ逃げろと言ったな。そこに反逆者どものアジトがあるはずだ。ふん、これで汚らわしい害虫どもを一網打尽にできるぞ。すぐ、メーベル長官に報告しろ」

ベルガーは冷酷な笑いを浮かべると、顎で部下に指図した。

「待て、ベルガー中尉、逮捕するならわたし一人で十分だ。マルガレーテさんは、たまたま居合わせただけで関係はない。それに、その女の子は日本人だ。マヤタ人じゃない。仮に君の言うとおりマヤタ人だとしても、マヤタでデスネヒトが発生したのは九年も前のことじゃないか。その子がまだ五歳のころだ。その子にどんな罪があるというのだ。子どもに罪はない。収容所送りはやめるんだ」

フィリップスは、ベルガーに殴られた頬を赤く腫らしたまま必死で訴える。

「裏切り者の指図は受けない。こんな真夜中にこそこそ逃げ出そうとしたんだぞ。本当に日本人なら、なぜ泥棒の真似をするんだ。やましいことがある何よりの証拠じゃないか。その小娘は、間違いなくマヤタ人だ。今は子どもでも、やがて恐ろしい害虫になってエメラルドに襲いかかってくるんだ。見逃すわけにはいかないな。さあ、連れていけ」

三人はベルガーの部下たちに手錠をかけられ、手荒に連行されていった。

ルリエはマルガレーテやフィリップスとは別のエレベーターに乗せられて、地上七階にある国家保安警察本部へ連れていかれた。病院のあったところは地上五階だ。このエメラルド国は巨大なシェルターからでき上がっていて、主に欧米の人たちが暮らしていることはわかったが、シェルター全体はどんな構造になっていて、生活に必要な空気や食料はどのように得ているのか見当もつかない。ベルガーの部下は、ルリエを突き飛ばすように、「マヤタ人取締課」と書かれた部屋に入れた。

「中佐殿、病院から逃げ出そうとしたマヤタの小娘を連行しました」

「よし、ご苦労」

中佐は書き物を止めて、鋭い目つきでこちらを見る。ベルガーといい、この中佐といい、どうしてエメラルドの警察は、底意地の悪そうな目つきの男ばかりがそろっているのだろうと、ルリエは足をすくませた。

「まあ、そこへ座れ。わたしは、シュパイデル中佐だ。そんなに固くならんでもいい。わたしの質問に、お前が正直に答えてくれさえすれば、悪いようにはせんぞ」

中佐は口元に笑みを浮かべた。しかし、その目は獲物を狙うタカのようにルリエを細かく観察しているようだ。

「警備隊のワシレフスキー大尉からの報告によれば、お前はミノラスの谷で、酸素マスクもつけずに倒れていたそうではないか。いったいあんな危険地帯で何をしていたんだ？」

「………」

シュパイデル中佐は笑みを浮かべたまま、しばらくルリエの返事を待っていたが、ルリエが何もいわないので、

「黙っていると、お前のためにならんぞ」

椅子から立ち上がって、声を荒げた。

「でも、本当によくわからないんです。自分はどうしてあんなところにいて、どこから来たのか、わからなくなってしまったんです」

「わからなくなっただと？」

シュパイデルは、疑わしそうな目でルリエを見つめる。

「ええ、病院に運び込まれて、意識が戻ったころまでは覚えていたような気がするのに、だんだん記憶がなくなって、何もわからなくなってしまったの」

ルリエはうつむいたまま、小声で答えた。

「ふん、記憶にないか。便利な言葉だな。おい、例のものをこっちへ持ってこい」

中佐は、部下に書類を持ってくるよう命じた。

「デスネヒトガスによる記憶障害を認めるか、いまいましいマヤタ人め」

シュパイデルは、部下から受け取った書類を乱暴に机の上に放り投げた。

「お前がいくら記憶喪失の真似をしても、このわたしの目はごまかせんぞ。お前たちマヤタ人は、エメラルドのシェルターを乗っ取る計画を立てているのだ。我々はもう三ヵ月も前から情報を手に入れているんだ。お前たちの一味は、あの日、パトロール隊がミノラスの谷へ来ることをあらかじめ知っていた。そこで、お前がパトロール隊の気を引くために、マスクもつけずにわざとあの危険地帯に倒れていたというわけだ。病院へ運ばれることを計算に入れて、シェルター内部の様子を探るためにな。いかにも悪知恵の働くマヤタ人の考えそうなことだ。害虫の子は、どこまでも害虫だな。小娘のくせに、油断もスキもあったもんじゃない。地球の緑を破壊しておいて、今度はシェルターの乗っ取りか。憎んでも余りある悪魔の手先め！　地獄の底へ落ちるがいい。連れて行け。収容所送りだ。お前たちのリーダーのラギールを、ベルガー中尉がもうじき逮捕してくるから、楽しみに待っているんだな」

シュパイデル中佐は、青筋を立てて、一方的にまくし立てた。ルリエにはもちろん何のことか、まったく心当たりがない。シュパイデルがすごい剣幕で罵るので、恐ろしくて顔も上げられなかった。

2

「とっとと歩け、この害虫め」

ルリエが連れて来られたのは地下五階だ。エレベーターのボタンは地下五階までしかないので、おそらくこのシェルターの一番底の部分であろうと思われる。エレベーターを降りると、血のように真っ赤な色が目の中に飛び込んできた。ところどころで、でこぼこの岩がむき出しになっていて、粗末な穴倉という感じがする。病院も保安警察本部も目にやさしいエメラルドグリーンを基調としていたので、一面血のしたたるような赤は、不気味な圧迫感がある。ルリエを連行して来た二人の警察官は、赤い色を直接見たくないのか、グリーンのメガネをかけた。

「ここだ、入れ」

警察官は五〇九と書かれた部屋の戸を開け、ルリエを中へ押し込む。そして入口の戸にカギをかけると、靴音を立てて行ってしまった。細長い部屋の中には、人の姿はなく床も天上も壁もすべてが真っ赤なのだ。しかも、天井の高さはルリエが立ち上がって、ちょうどぐらいしかない。まるで血の海の中へでも突き落されたような不安な気持ちがする。

ルリエは赤い色を見ているのがいやで、目をつむって寝てしまおうと思った。昨日の夜中にマルガレーテに起こされ、倉庫でベルガーに見つかって逮捕され、そして今日、保安警察本部へ連行されてシュパイデル中佐に尋問され、ここへ連れて来られたのだから、ろくに寝ていないのだ。疲れているので、すぐに寝てしまえるだろうと思ったが、赤い色がどうにも気になってくる。辺り一面、血の洪水が渦を巻き、押し寄せてくるような気がして、動悸がする。目を開けて確かめないと、不安でいられなくなってきた。遂に我慢ができなくなり、目を開ける。渦は巻いていないが、真っ赤な天井や壁が押し迫ってくるように見える。ルリエは、すぐに目をつむった。けれど、やはり落ち着かない。

いろいろ考えているうちに、ルリエはどうしてこの国がエメラルド国という名前で、緑を基調としているのか、そしてなぜマヤタ人を収容する地下五階だけが赤一色なのか、わかるような気がした。

（マヤタ人は本当に地球の緑を破壊して、真っ赤な血の色に変え、多くの尊い命を死に追いやってしまったのだろうか？　もしそうだとしたら、世界中の人々に憎まれたって仕方がない。でも、わたしはマヤタ人じゃない、日本人よ。どうしてわかってくれないの。わたしは日本人なの）

その日、ルリエはとうとう眠ることができなかった。

五日か六日か、あるいは一週間がすぎた。

この赤い牢獄にいると、時間の感覚がなくなってしまう。何しろ一日中、明かりがつけられ、昼と夜の区別がつかないのである。せめて夜ぐらい暗くしてくれたら、もう少しぐっすり眠ることができるのだが、目を開ければ赤一色だ。ルリエはいつも脅されているような恐怖に苛まれた。少しうとうとしたかと思うと、真っ赤な洪水が押し寄せてきて大きな渦に呑み込まれてしまったり、溶岩がどろどろ湧き上がる噴火口の中へ吸い込まれていったりする夢にうなされるのだ。このままだと、今日一日持ちそうにない。

（もうだめ、誰か助けて……）

そのとき、ルリエの頭の中にエメラルド色に輝いて舞うホタルの姿が浮かんできた。

（ああ、そうだ。ホタルだ）

ホタルはつやつやとしたエメラルド色の光をきらめかせながら、ゆっくり飛んでくる。まるで赤茶けた灼熱の砂漠から、緑のオアシスへ来たように体がひんやりする。ホタルが舞うたびに、どろどろとした赤い恐怖が少しずつ消えていくのだ！

ルリエは美しいせせらぎが流れる緑の野原にいるような安らかな気持ちになって、ぐっすりと眠ることができた。

怒鳴り声で目が覚めた。

「とっとと入れ、このマヤタ人め！」

大学生ぐらいの若い女性が、突き飛ばされるようにして入ってきた。女性は床に打ちつけた膝をこすっていたが、ルリエがいるのを見て驚いたように顔を向ける。

「あなたは？」

「牧原ルリエ、十四歳よ。あなたは？」

「わたしは、ラギール菜穂子、十九歳。あなたは、もしかして日本人でしょう？」

「ええ、でも、いくら言っても信じてもらえないの」

ルリエは目を伏せた。

「そうだったの。お気の毒に。わたしの父はマヤタ人だけど、母は日本人だからすぐにわかったわ。こんなところで、日本人の女の子に会えるなんて思ってもみなかった！」

「ラギール……。ラギールさんって、もしかしたらガルバの丘に隠れていたんじゃない？」

「そう、よく知ってるのね」

菜穂子は大きな目をさらに大きくして、ルリエを見つめた。

「保安警察のシュパイデル中佐が、そう言ってたわ。わたしね、マルガレーテっていう看護師さんとフィリップスっていう科学者に、ガルバの丘へ逃がしてもらうところだったの。それをベルガー中尉に見つかって、ここへ連れてこられたの」

「まあ、ポールに。それでわかったわ」

菜穂子はそう言うと、悔しそうに口を閉じてしまった。

「わたしのせいで、迷惑かけちゃったようね。ごめんなさい」

「ううん、違うわ。あなたのせいなんかじゃない。あなたは純粋な日本人なんだもの。きっとマヤタ人と間違えられて捕まったんでしょう。マヤタに住んでいる日本人の中にも、誤認逮捕された人がまだ何人もいるみたいよ。だから迷惑をかけたのは、わたしたちの方よ。それに、いずれはガルバの丘の隠れ家も、あのハイエナみたいにしつこい保安警察に見つかっていたわ。緑がなくなって、みんな狂ってしまったのよ。でも、ポールまでが捕まってしまうとは、もう望みがないわ」

「ポール博士を知ってるの？」

「ええ、ポールは今から四年前まで、チューリヒの大学で、父と一緒に地球環境の研究をしていたの。そのころ、マヤタで発生したデスネヒトウイルスが世界中に広がっていて、スイスも危険な状態だった。父とポールはデスネヒトの特効薬のようなものを作っていたのよ。研究があと少しで完成というとき、スイスでもマヤタ人狩りが始まって警察の手が大学へ伸びてきたの。わたしたち一家は、ポールの知り合いのアメリカ人に助けてもらって、ヌーシャテルの山荘に隠れたけど、スイス警察に見つかりそうになって、ガルバの丘へ逃げていったのよ。父はそこに自分専用の小さなシェルターを作って、研究を続けたの。でも、協力者のポールはいないし、機械も材料もないから、どうしても特効薬が作れないって嘆いていた。バカなことだわ。あとちょっとで、デスネヒトを撲滅する薬が作れたはずなのに。そうすれば、こんなシェルターから出てみんな外で自由に暮らすことができたのよ。父と同じくデスネヒトの特効薬を作る能力を持っているポールまでが捕まってしまっては、地球はもう終わりね」

菜穂子は顔を膝に押しつけるようにして、そのまま黙りこくってしまった。ルリエは、マヤタ人の疑いをかけられた自分を保安警察の手に渡さずに逃がそうとしてくれたマルガレーテとフィリップスのことを考えていた。自分のせいでひどい仕打ちを受けずに、無事でいてくれることをひたすら祈った。

「ああ、この赤、何とかならないの。まるで血の海の中にでもいるみたいよ。頭がおかしくなりそう。息が苦しいわ。あなた、よく平気ね」

何時間かして、菜穂子が急にわめき出した。菜穂子は足をばたつかせて首を押さえてみたり、頭を叩いてみたり、だんだんと様子がおかしくなってくる。

「菜穂子さん、しっかりして。体を動かしちゃだめ。わたしの言うとおりにするのよ。まず、目をつむって」

ルリエは右手で菜穂子の肩を押さえ、左手で目を隠した。しかし、菜穂子は十九歳だけあって、ルリエが力いっぱい押さえているのに、簡単に振り払ってしまう。そしてまた、バタバタと体を痙攣させる。ルリエは菜穂子に飛びついて、今度は両手で目をふさいだ。

「菜穂子さん、お願い。落ち着いて。わたしの言うことをよく聞いて。緑色に輝くホタルを思い出すの。きらきらとしたきれいな小川も流れているわ。ホタルはエメラルドグリーンにきらめきながら、ゆっくりと舞っているのよ。ホタルが舞うたびに、赤い血は飛び散って、消えていってしまうの……」

そこまで言うと、固くなって抵抗しようとしていた菜穂子の体から、すうっと力が抜けていった。

「不思議、とってもいい気持ちになってきたわ。本当にきらきら流れる小川が見えてくる。何年振りかしら。もう七年も前にグリンデルワルトで見て以来よ。ああ、緑の野山がきれい。真っ白なアルプスの峰々も見えるわ。ユングフラウにメンヒにアイガーね。わたし、ホタルの実物は見たことないけど、母からビデオでなら見せてもらったことがある。あなたが言うように、エメラルドグリーンに輝いて舞っていた。何てステキなの！」

ルリエは菜穂子の目から両手をそっと外した。菜穂子は、さっきとは別人にように穏やかな表情でルリエを見つめる。

「ねえ、ルリエさん、あなた、まるでホタルの舞うのを見てきたように言ってたけど、本当に見たことがあるの？」

「ええ、何度もあるわ。本当よ」

ルリエは、渓流で舞っていた美しいホタルを思い出していた。

「うわあ、いいわね。いったい、どこで見たの？　父もわたしが小学校へ入ったころ、マヤタの主だった山や川を三ヵ月ほどかけて調査したことがあるそうだけど、汚染が深刻化していて、遂に見つけることができなかったと言ってたわ。わたしも一度でいいから、本物のホタルを見てみたい」

菜穂子は身を乗り出し、目を輝かせている。

「それがどこで見たのか思い出せないの。きれいな谷川が流れていて、ホタルが一匹舞っていたのよ。でも、そこがどこなのか、どうしてもわからないの。デスネヒトのせいで、記憶がなくなっちゃったみたいなの」

「まあ、そうだったの。それは大変だったのね。さぞ、辛かったでしょう。でも、この地球のどこかに、ホタルの住むきれいな川が流れていると思うだけでも勇気が湧いてくるわ。

まだ捨てたもんじゃないわね。わたし、さっきまで父だけじゃなくて、ポールも捕まったと聞いて、絶望的な気分だったの。そうしたら、壁や天井の赤が、だんだんと恐ろしい血の色に見えてきたのよ。だけど、あなたからホタルのことや、きれいな谷川のことを聞いて、希望が出てきたわ。本当にありがとう。もし、あなたがいてくれなかったら、わたし気が狂っていたかもしれない。これからもよろしくね」

「わたしも、こんな牢獄へ押し込められて、話し相手もなく独りぼっちで心細かったのよ。これから、ずっといいお友だちでいましょうね」

ルリエと菜穂子は、しっかりと手を握り合った。

3

二人は赤い牢獄の中で、いろいろな話をした。

「わたし、これでもれっきとした大阪生まれなの。でも、わたしが生まれて半年もしないうちに、父が大阪理科大学からシカゴ工科大学へ赴任することになって、アメリカへ移り住んだの。それから、十八年間一度も日本へは行っていないから、日本の記憶は何もないわ。マヤタへだって、父の勤務先の大学が夏休みのときに時々連れていってもらったぐらいよ。わたしが八歳か九歳ごろ、マヤタでデスネヒトが大発生して、国中の緑がなくなっていったそうよ。あとで父に聞いた話だと、そのころまだデスネヒトウイルスが発見されていなかったので、緑が枯れていくのはマヤタという近年急速に工業化が進んだ特殊な条件の国で起きた問題で、自分たちには関係ないと各国政府は深く受け止めなかったそうなの。しかしね、原因を調査していたシカゴ工科大学や大阪理科大学の研究チームは、新種の放射性物質のように振舞う奇妙なウイルスが関係しているらしいことを突き止め、父が先頭になって、ぜひ世界的規模での研究体制を整えるようアメリカ大統領に働きかけたそうよ。でもね、アメリカ国内ならともかく、海の向こうのマヤタで起こったことに、いちいち巨額の研究費を出すことはできないって断られたそうなの。あのときもっと世界中が人ごとでなく、本気になって考えてくれていたら、こんな深刻な事態には至らなかったと、父はすごく悔やんでいたわ。先進各国が重い腰を上げたのは、それから二年以上もして、中国やロシアの森が枯れ始めてからのことですもの。研究も対策もすべてが後手、後手よ。デスネヒトを発生させてしまったマヤタの責任は重いけど、警告を無視した各国政府の責任も軽くはないって父は言っていたわ」

「そうなの。そうすると、マヤタ人だけが悪いわけじゃないんだ。保安警察のベルガーやシュパイデルは、マヤタ人のことを世界を破滅に導く悪魔の手先だとか、緑を食い荒らす害虫だとか言って目の仇にしているけど、本当はそうでもないんだ」

ルリエは、自分がマヤタ人ではないのに何だか心が軽くなっていくような気がした。

「それは明らかに言いすぎだわ。もちろん大切な自然を破壊して、デスネヒトを発生させてしまったマヤタの責任は重大だけど、多くの国々が経済成長を優先させて、環境問題を後回しにしていたことは確かなのよ。それに、原発の核管理を徹底させなかったり、核実験を強行したり、深い森の奥に眠る新種の生き物を使った生物化学兵器の実験などがデスネヒトを発生させてしまった大きな原因になっているって、父やポールは指摘してたわ。つまりね、デスネヒトは、使い捨ての化学汚染ゴミや放射能汚染などが複合的に関わり合って発生してきたものらしいの。デスネヒトは決してマヤタ一国だけでなく、人間の醜い強欲や身勝手さが生み出した怪物なのよ」

「菜穂子さんのお父さんもポール博士も、本当に立派な科学者なのね」

菜穂子の話を聞いているうちに、今度はルリエの方が今まで考えもしなかったことに気づかされ、勇気づけられた。

「いいえ、父は科学者としていつも最善を尽くしていただけよ。チューリヒで父と一緒に研究していた学者たちも、みんな心豊かでステキな人たちだったわ。それなのに……」

菜穂子は顔を曇らせて、うつむいてしまった。

「菜穂子さん、元気を出して。わたし、あなたの話を聞いていて、すごく勇気が湧いてきたの。今度は、わたしがあなたに感謝する番だわ。マヤタ人は自分たちの欲得のために世界中の緑を破壊して、罪もない多くの人々を死に追いやった害虫だって、ベルガーやシュパイデルに一方的に罵られて、とても悲しい気持ちだったのに、あなたやあなたのお父さんのような立派なマヤタ人がいることがわかって、わたしすごく嬉しいの。今にきっと誤解が解けて、みんなで手を取り合えるときが来るわ。だから、元気を出しましょう」

「ルリエさん、あなたは日本人なのに、世界中から非難されているマヤタ人の悲しみや苦しみを自分のこととして受け止めて励ましてくれて、本当に心が美しくて思いやりがあるのね。わかったわ。もう父やポールが捕まってしまったことを、くよくよ考えるのはやめにするわ。あなたが言うように前向きに考えなくちゃね。また二人で、緑の野山やホタルのことを話しましょう」

菜穂子は、笑顔を向けた。

「わたしね、生まれてからすぐアメリカへ渡ってしまったから、日本のことは何も知らないって言ったでしょう。でもね、シカゴにも五歳までしかいなかったから、アメリカの記憶も正直言ってあまりないの。アメリカから次にスイスのチューリヒへ行ったの。わたしが小学校六年生ぐらいまでのスイスは、本当にきれいだった。父も母も山や湖が大好きだから、ツエルマットやグリンデルワルトへよく行ったわ。夕映えのアルプスの美しさが、今でも忘れられない。真っ白なマッターホルンやモンテローザがバラ色に輝いて、それから暗い紫のシルエットになって暮れていくの。この世にこんな美しいところがあるのかって、家族みんなで感動したわ。でも、あれが最後だった。わたしが中学生になるころから、ヨーロッパでもデスネヒトの被害が深刻になってきて、そのうちマヤタ人の締め出しやマヤタ人狩りが始まって、ガルバのシェルターへもぐり込んでしまったの。もう一度、緑の野山に腰を下ろして、アルプスの夕映えを見てみたいわ」

菜穂子は目を閉じたまま、嬉しそうに笑って、ルリエの手を握る。菜穂子の話を聞いているうちに、ルリエも何かを思い出したような気がした。

（アルプスの夕映え……。わたしも、どこかで見たような気がする。確か谷川が流れていて、そこに犬がいた。何て名前だったっけ。もうここまで出かかっているのに、思い出せない。じれったいなあ）

「ルリエさん、どうかしたの？」

「うん、わたしもアルプスの夕映えを見たことがあるの」

「ええ、あなたも。それじゃ、ルリエさんも、きっとスイスかフランスにいたのよ」

菜穂子は、ルリエの顔をまじまじと見る。

「スイスかフランス……。違うような気がする。早く帰らなくちゃって、谷川を急いで下っていったの。そうしたら、高いアルプスに夕陽が沈むところだった。とってもきれいで、思わず見とれてしまったわ」

「アルプスが見えたんでしょう。スイスでもフランスでもないとしたら、どこかしら？イタリアかもしれないわね」

「犬がいたの。何て名前だったのか思い出せそうで、思い出せない」

ルリエは、頭を抱えて考え込む。

「小学生のとき母に勧められて、『忠犬ハチ公』っていう本を読んだことがあるけど、ハチじゃないかしら？」

「忠犬ハチ公……。ハチじゃなくて、そうだ、ポチよ。ポチっていうのよ。やっと思い出した！」

ルリエは目を輝かせて、菜穂子の手を握りしめた。

「わたし、ホタルが見たくて、ポチと谷川を上流の方へ歩いていったの。でも、全然見つからなくて、おじいちゃんやおばあちゃんが心配するといけないから、急いで引き返していったの。その途中でホタルが出たのよ。そうだ、山の家よ。おいしいスイカやおやきも食べたわ。夜になると星がすごくきれいだった。思い出したわ。日本のアルプスよ」

「日本のアルプス！　せっかく思い出したのに水を差すようで悪いけど、ルリエさん、あなた何か勘違いしてるんじゃないかしら。わたし、日本のことは詳しくは知らないけど、母が日本人だから、大体のことは教えてもらっているのよ。日本はヨーロッパよりずっとマヤタに近いから、それだけ早くデスネヒトの影響を受け、森林や動物や虫たちに大きな被害が出て、ホタルも数年前に全滅したらしいって噂よ。母がそのことを聞きつけて、とっても悲しんでいた」

「数年前に全滅……。そんなことって！　それじゃあ、あのきれいな清流とホタルは、いったいどこで見たのかしら？」

ルリエは肩を落として、深い吐息をついた。

「あくまで噂だから、そんなに落ち込まないで。あの恐ろしいデスネヒトガスを吸ったのに、こうして元気でいるんだもの、それだけでも奇跡的よ。今にきっとここを脱出して、日本の家族やポチにも会えるわ」

「ありがとう。わかったわ」

ルリエは、やっと笑顔を浮かべた。

「ルリエさんに会えて本当によかった。こんな真っ赤な牢獄の中で、希望を捨てずに楽しく話ができるんですもの」

菜穂子は、緑が美しかったころのスイスの話を再びなつかしそうに始める。


それから半月ほどがたったように思う。

最初の一週間は、二人でいろいろな話をしてすごしていた。だが、そのうち話すこともなくなってきた。同じ話題ばかりで、喋ることが面倒になってきたのだ。だんだんと会話が途切れ、沈黙の時間が続くようになった。身長がルリエより十センチ近く高い菜穂子は、頭がつかえて立ち上がることもできず、日に日に元気がなくなっていく。ルリエが気をつかって清流で見たホタルの話を始めると、それでもぱっと目を輝かせてルリエの顔を見る。

「緑色に光るホタルか……。素敵ね」

「そうよ。ホタルは決して絶滅なんかしない。きっと、どこかで生き延びているわ」

「わたしも、一度でいいから本物を見てみたい」

そう何度も言って、溜息をつく。そしてまた、元気をなくしてしまう。こんな血のしたたるような真っ赤な牢獄に何日も押し込められていれば、どんな健康な人だっておかしくなってしまうのが当然だ。いったい、いつまでこんな所に閉じ込められているのか、ルリエは不安でならなかった。

自分の記憶もあれから一向によみがえらない。犬のポチと清流を歩いていて、ホタルを見つけたことはわかった。アルプスが見える山の家に、おじいさんとおばあさんがいて、一緒にスイカを食べたことも思い出した。しかし、それ以外のことはどんなに考えても深い霧の中へでも隠れてしまったようにわからない。最も不思議なのは、保安警察でも追及されたが、なぜ自分はデスネヒトガスが充満するミノラスの谷などで倒れていたのかということだ。さらに、ミノラスの谷と、ホタルが舞っていた清流とはどんなつながりがあるのか？　あの夕映えのアルプスは日本なのか、それとも菜穂子が言うようにヨーロッパなのか？　自分の父や母はどこにいるのか？　誰かと大切な約束があったような気がするのだが、どんな約束だったのか？　こんなことが、まるっきりわからないのだ。

いろいろ考えていると、心が苦しくなってくる。菜穂子とは、何時間も口をきかずにいることが多くなってきた。するとまた、天井や壁の赤い色がぐるぐると渦を巻き血の洪水となって押し寄せてくるように思える。

「菜穂子さん、最後まで希望を捨てないで頑張りましょう。きっと、きっとホタルを見ることができるわ。わたしたちを助けに来てくれるわ」

ルリエは菜穂子の手を握って、恐ろしい想像を打ち払うように言う。

「ええ、わかっているわ。ありがとう」

菜穂子もルリエの手を握り返す。二人はこうして、どうにか生きていた。ルリエは、病院でマルガレーテが話してくれたこと――暴徒と化した人々に食料を奪われ、父と兄を殺されたことや、迫り来る毒ガスの恐怖に怯えながら逃避行を続けたことを、何度も思い出していた。

「ルーゲルさんは言ったわ。人間は、最後の最後まで生きる意志を捨ててはいけない。生きてさえいたら、必ず希望も生まれよう」

マルガレーテの笑顔が浮かんでくる。

(マルガレーテ、ありがとう。あなたの言うとおりだわ。あなたはマヤタ人の疑いをかけられたわたしを、保安警察の手から命がけで逃がそうとしてくれたんですものね。わたしも、最後まで生き抜いてみせる。そして、また必ず会いましょう)


何日かがすぎた。一日中、明かりのつけられた地下五階の赤い牢獄に押し込められていると、昼夜の区別がまったくつかず、時間感覚が麻痺してしまう。半年ぐらいはたったような気がする一方、もっとずっと短いような気もする。いろいろ考えること自体、どうでもよくなってくる。二人は辛うじて生きていた。もう、言葉をかける気力も出ない。

食事は入口の小さな窓に、真っ赤なジュースが用意されている。最初のうちは動物の生き血のようで、気持ちが悪くてとても飲めなかったが、生き延びるために、鼻をつまみ、口の中へ無理やり流し込んだ。味は酸っぱくてどろっとした感じだが、飲めないほどでもない。だが、その命をつなぐジュースすら飲むのが面倒になってきた。これはいけないと思うのだが、入口の窓まで行く気力が起きない。ルリエは、またホタルを思い出そうとした。しかし、どうしたことか、全然浮かんでこないのだ。

（ホタル、ホタル）

心の中で呼び続けた。それでもホタルは浮かんでこない。今度こそ、もうだめかもしれないと思った。

そのとき、突然ごろごろと地鳴りのような音が聞こえた。牢獄の中も激しく揺れる。

「危ない！」

それまで死んだように動かなかった菜穂子が、大声を上げてルリエを抱き起こし、入口の方へ強い力で引っ張っていく。その直後、明かりが消え、今まで横たわっていた辺りに天井の鉄骨が崩れ落ちてきた。二人は抱き合って、ぶるぶると震えていた。もし、菜穂子が思い切り引っ張ってくれなかったら、あの大きな鉄骨の下敷きになって命を落としていただろう。ルリエはしばらく、膝の震えが止まらなかった。

辺りは停電したまま静寂に包まれている。真っ赤な壁や床は、漆黒の闇にかき消されてしまった。ようやく気持ちが静まってくる。やがて二人は、気が抜けたみたいに深い眠りへ落ちていった。もう赤い恐怖に脅されることなく、泥のように眠った。

第三章● 強制労働

1

バタバタという靴音で目を覚ました。辺りはまだ暗闇のままだ。

「おい、そっちはどうだ？」

「壁が崩れているぞ」

サーチライトをつけて歩き回る男たちの声が聞こえてくる。靴音は、二人が入れられている部屋にも近づいてきた。ルリエは、息をひそめた。サーチライトが部屋の中を照らす。

「ここは、天井が崩れている」

「こりゃ、ひどいもんだな、あの二人はぺちゃんこか」

「手間が省けたじゃないか」

そう言い残して、靴音は遠ざかっていく。

「もう大丈夫。行ってしまったわ」

菜穂子が、ルリエの肩を軽く叩いた。

「菜穂子さん、ありがとう。あなたが助けてくれなかったら、わたし、本当にぺちゃんこだったわ。あなたは、命の恩人！」

ルリエは涙ぐんだ。

「いいえ、あなたこそ、わたしの命の恩人よ。ホタルの話をして、わたしをいつも励ましてくれたんですもの」

ルリエと菜穂子が手を取り合っていると、暗かった牢獄が急に明るくなった。やっと明かりがついたのだ。眩しくて、しばらく目を押さえていた。赤い天井から鉄骨が崩れ落ち、床に突き刺さっている。コンクリートタイルだの石ころだのが、そこらじゅうに飛び散っている。こんなところで、よくケガもなく助かったものだと改めて背筋が寒くなる。

そのうちまた靴音が響いてきた。靴音は部屋の前で止まる。入口の鉄の扉が開けられ、グリーンのメガネをかけた兵士たちが入ってくる。二人が無事でいるのを見ると、腹立たしそうに言った。

「悪運の強いマヤタ人め。よし、出ろ。ちょうどいい。今度は死ぬまで働いてもらうぞ！」

二人を乱暴に外へ突き出す。エメラルドグリーンの制服を着た国防軍兵士に連れて来られたのは、地下五階の赤い牢獄よりさらに下にある、まるで地獄の入口のような深い穴蔵だった。ざっと見ただけでも百人ほどの人たちが土を掘ったり、大きな石や岩を運んだりしている。皆顔色が悪く、ひどくやつれて見える。子どもや年寄りまで働かされている。立ち止まったり、倒れたりしようものなら、エメラルドグリーンの兵士たちが、声を荒げて容赦なくムチを使う。

「お前たちも今日から、ここで働くんだ」

兵士の一人が、ルリエと菜穂子を後ろから突き飛ばした。

「お前はこっちだ」

別の兵士が、菜穂子を連れていく。

「わたしはともかく、その子は日本人よ。日本人にひどい仕打ちをしたら、エメラルドは国際的な非難を浴びて、経済制裁を受けるわ。その子を釈放して！」

菜穂子が、必死の形相で訴える。

「ウソを言うな。日本人になりすまそうとしても、そうはいかないぞ。お前たちは、二人ともマヤタ人だ。人類すべての敵だ。連れていけ」

兵士は冷酷に言い放つ。

「菜穂子さーん」

ルリエも大声を上げた。しかし、二人は別々の方向へ引っ張られていく。

ルリエは来る日も来る日も、黒くピカピカした何かの結晶のようなものを掘る作業につかされた。

「機械では掘れないんだ。ていねいに掘れよ。一つでもキズつけてみろ。ガス室送りにしてやるぞ。一人、一日三十個だ。ノルマを達成できない者もガス室だ」

見張りの兵士たちが脅しつける。作業を休むことは何時間も許されないし、近くの人と喋ることも禁じられている。人々は言葉を失った奴隷のように、毎日毎日黒い結晶を掘り出す作業を続けた。

一日三十個、キズをつけずに掘り出すのは大変な作業だ。慣れた人でも一個掘るのに、三十分近くかかる。三十個掘り出すためには、一日十五時間は働かなければならないことになる。慣れない者は、十七時間も十八時間もかかってしまう。ルリエは隣で作業していた中年の女の人と話してみたいと思った。初めてここへ連れて来られた日、どうやって掘ったらいいのかわからずにまごついていたルリエに、その人はやり方を手で教えてくれたのだ。人のことなどに構っていたら自分のノルマが達成できなくなってしまうかもしれないのに、その女の人は親切に教えてくれた。その人とは一週間ほど隣同士だったが、一言の会話もできないまま、姿が見えなくなってしまった。どこへ行ったのか気になる。

(まさか、ガス室?)

不安な日が続いた。あの女の人がどこへ連れていかれたのかはっきりしないが、自分だって、いつ見張りの兵士に目をつけられるかわからないのだ。ルリエはいったい何に使うのか見当もつかない黒い結晶を、キズつけないように慎重に掘り出していった。

これは、ずっと後になってわかったことだが、この黒い結晶は、実験製造中に大事故を起こして地下へ大量に埋まってしまったエメラルド国のエネルギー源であるジストニウムという化学物質なのである。

二十五個を掘り終わるころには、全身くたくたになり、両手は感覚がなくなってしまうほど痺れている。あと、五個、四個、三個と数えながら、三十個になるまで必死で掘り続ける。こうしてやっと作業が終了すると、少佐の軍服を着た監視長の点検を受け、よければ赤いジュースの食事にありつくことができるのだ。しかし、監視長のラーゲル少佐は陰

険な男だ。確かに三十個数えてから持っていったはずなのに、

「二十九個しかないじゃないか。一個ごまかすつもりだな。このマヤタ人のペテン師めが、罰として、あと四個掘ってこい」

と、毎日のように誰かを血祭に上げる。三十個掘り終えるだけでへとへとなのに、その上さらに二時間以上も働き続けなければならないのは、体力のない者にとって、死刑宣告を受けたも同じだ。ラーゲル少佐は、マヤタ人が苦しみもがくさまを見るのを楽しみにしているのだ。だから、

「いいえ、そんなはずはありません。三十個あるはずです。もう一度、数え直してください」

などと口答えしようものなら、

「数え直せだと。ほう、お前は自分のミスを棚に上げて、このわたしが間違えたとでも言うつもりか。おもしろい。よし、数えてみろ」

ラーゲル少佐がどんな汚い手を使って引き抜いてしまうかわからないが、いくら数えても二十九しかない。

「どうだ、わかったか、害虫めが。よし、見せしめに、この卑怯者の耳を削いでしまえ」

青筋を立てて命令する。

この間もクログという新入りの青年が、ラーゲルの罠にはまって、両耳を削ぎ落とされてしまった。噂ではクログは、翌日ガス室送りになったそうだ。皆、今日は誰が、「二十九個しかないじゃないか」と言いがかりをつけられるか、びくびくしながら点検を受けに行くのである。

ルリエはできるだけラーゲル少佐と目を合わさないようにしていたが、「お前は、オーストリア人の看護師やアメリカ人の科学者と一緒に逃亡しようとしたマキハラだな」

ある日、とうとう声をかけられてしまった。返事をしないわけにもいかないので、「はい」と小声で答えると、ラーゲルは、冷たい視線でしばらくルリエを見ていた。

翌日、案の定、「子どもだと思って大目に見てやってきたが、二十八個しかないじゃないか。二個もごまかすとは、ふてぶてしい害虫だな。罰として、あと八個掘ってこい！」

ラーゲル少佐は、眉を吊り上げて怒鳴りつけた。十五時間以上も働いてくたくたなのに、さらにあと八個も掘ってこいとは、体がばらばらになって死ぬまで働けと言っているに等しい。だが、命令に逆らえば、クログ青年のように皆の前で耳を削ぎ落とされ、明日は間違いなくガス室送りになる。ルリエは黙って作業場へ戻った。マヤタ人の囚人たちは、気の毒そうに見ているが、どうすることもできない。ラーゲル少佐や見張りの兵士たちは、底意地の悪い薄笑いを浮かべている。

ルリエは大きく深呼吸してから、小型のスコップを土に入れて掘り始めた。腕の感覚はもうほとんどなくなっているが、歯を食いしばって黒い結晶を掘り出していく。四十分ほどで、どうにか一個目が掘れた。全身汗だくで体中が疲れ切っていたが、まだ七個も掘り出さねばならないのだ。それは、ルリエにとって途方もなく遠い数である。再び深呼吸してから、ルリエは二個目に取りかかった。自分でもうまく説明はできないのだが、こんな理不尽な仕打ちに屈服したくはなかった。五分もすると、目が霞んできて気を失ってしまいそうになった。けれど、唇をきっと結ぶと死に物狂いで掘り続けた。

こうして三個目までは、何とか掘り出すことができた。しかし、四個目からはペースが極端に落ちて、腕が上がらなくなる。土の中にスコップを刺し込んでも、引き抜くことができない。呼吸も大きく乱れている。それでも、ルリエはあきらめなかった。最後の力を振り絞って、小型スコップを動かし続けた。手のひらの皮が破れて血が滲み出てきたが、掘ることは止めない。見張りの兵士たちの顔が、次第に青ざめていく。

「頑張れ、あと少しだ。頑張れ！」

寝ないで見ていた十人ほどの囚人たちが、声をかけ始める。その声を聞きつけた囚人たちの多くが起き出して、大声を上げてルリエを応援する。ラーゲル少佐が、不機嫌そうに監視の兵士たちに目配せしたが、ルリエへの声援を止めさせることはできない。ルリエは大声援に力を得て、遂に四個目の結晶を掘り出してしまった。割れるような拍手が起こる。

「よくやった。すごいぞ！」

感動の涙を流している囚人もいる。ルリエは、そのまま意識を失ってしまった。囚人たちは皆、心配そうにルリエを見つめている。

「ふん、茶番もどうやらここまでだな。命令の八個を掘れないで、のびてしまった。つまり、ガス室送りだ。連れていけ」

ラーゲルは、勝ち誇ったような顔をする。

「ふざけないで、ラーゲル少佐。あなたも国防軍の将校なら、卑怯な手は使わないで。恥を知りなさい。わたし、もう我慢がならないわ」

若い女の囚人が、いきなり前へ進み出てきた。

「何だ、お前は？　お前もガス室送りになりたいのか！」

ラーゲルは、目を吊り上げる。

「机の上の箱の中身を見せなさい。わたしはマキハラの隣で作業していたけど、彼女はちゃんと三十個掘ったわ。それなのに二十八個しかないなんて、あなたが汚い手で数をごまかしたのよ」

女の囚人は、警備兵を振り切って机に突っ込み、あっという間に点検用の箱の蓋を開ける。中から黒い結晶が二つ出てきた。

「どう、これでわかった。この男はこうやっていつも数をごまかし、卑怯な言いがかりをつけて、わたしたちを陥れていたのよ。許せないわ！」

女の囚人は強い口調で、ラーゲルを非難する。

「何だと、言わせておけば、この害虫めが！　お前たちは地球の緑を破壊した大罪人だ。人類共通の敵だ。そんな悪魔の手先が、このおれに向かって、よくもそんな大口が叩けたものだな。この腹立たしい女を、すぐにガス室送りにしろ。いや、ガス室なんて生ぬるい。八つ裂きにしてしまえ！」

ラーゲルは憎悪をむき出しにして、怒鳴り散らした。兵士たちが、若い女の囚人を押さえつけて連行しようとする。

「待て、オカベを連れていくなら、おれたちを殺してからにしろ」

最初からルリエを見守っていた十人ほどの囚人たちが、立ちふさがる。

「ふん、お前たちも頭がおかしくなったか。よし、命令に逆らう者はどうなるか思い知らせてやる。やってしまえ」

ラーゲルの命令で、兵士たちがいっせいにレーザー銃を構える。

「待ってもらおう。その人たちを殺すのなら、わしら全員を殺してもらいたい。わしらにもマヤタ人としての誇りがある。その誇りを捨ててまで生きていようとは思わない。さあ、ひと思いに全員やってもらおう」

痩せこけた老人が、目をつむって座り込んだ。

「そうだ、そうだ。もう命なんか惜しくない」

「マヤタの誇りの方が大事だ」

囚人たちは口々に叫び、老人の後ろに座る。

「何だ、お前たちまで、気が狂ったか！」

ラーゲル少佐は、顔を真っ赤にして唇を震わせる。

「そうじゃない。マキハラやオカベの勇気ある行動に、忘れかけていたマヤタ人としての誇りを取り戻したまでだ」

老人がきっぱりと言った。

「マヤタ人としての誇りだと。バカバカしい。悪魔の手先に誇りなどあるものか。よし、全員、反逆罪で望みどおり地獄へ送ってやる。この汚らわしいウジ虫どもを、一人残らず殺してしまえ！」

ラーゲルの命令に、兵士たちはおろおろした様子で銃を構える。だが、副監視長のマレンコフ中尉が、大声で「やめろ！」と制した。

「少佐、囚人全員を殺してしまうことなどできません。ジストニウム結晶の供給が滞ってしまえば、わがエメラルド国のエネルギー政策に重大な支障をきたすことになります。囚人を殺すには、メーベル長官の許可が必要です。許可なく全員を殺したとなれば、軍法会議ものですぞ」

マレンコフ中尉に諭されて、さすがのラーゲル少佐も黙り込んでしまった。

「いまいましいマヤタ人どもめ！　この貸しは、必ず返してもらうからな。覚えていろ」

ラーゲルは椅子を思い切り蹴りつけて、立ち去ってしまった。

「全員、持ち場に帰れ」

マレンコフ中尉の指示で、囚人たちは気を失ったままのルリエを連れて寝床へ引き返していった。

2

ルリエは、名前を呼ばれたような気がした。

「はーい」と答えて声のした方を見回したが、誰もいない。しばらくすると、また名前を呼ばれた。確かに「ルリエさん！」と、透き通った声で呼ぶ声がした。

声のした方へ歩いていくと、緑の森が広がっている。さわやかな風に梢は揺れ、したたるような緑が朝つゆにぬれている。

みず色の小鳥が、さえずっている。森の中を歩いていくと、水音が聞こえてきた。小鳥たちが、せせらぎで水浴びしている。ルリエも緑がかった清流に手をひたす。

「うわあ、冷たくて気持ちがいい！」

靴も脱いで、流れに入ってみた。冷たい水の感触が全身に伝わってくる。顔を洗って、水を飲んだ。ほんのりと甘く、力が湧き上がってくるような気がする。

「ルリエさん」

また、名前を呼ぶ声が聞こえてくる。ルリエは、みず色の小鳥のあとを追うように清流を歩いていった。木洩れ日を浴びて清流はきらめき、深い緑のしたたりに包み込まれてしまいそうな気がする。

「ルリエさん」

天から降りそそいでくるように透き通った声だ。

ルリエは、声の方へ歩いていく。さっと日が陰り、みず色の小鳥は森の奥へ飛び去っていった。辺りが急に静かになる。清流の水音以外、何も聞こえてはこない。緑の梢が、川面に影を落としている。

向こうのほの暗い木陰で、緑色の光がきらめいた。

「ルリエさん、ここよ」

「あなたは、あのときの……」

ルリエは、誰かにそっと見つめられていると思った。

「気がついたようね。ルリエさん」

自分がどこにいるのか、すぐにはわからなかった。まだ、緑の森の中を歩いているような気がした。

「あなたは?」

ルリエは、自分を優しく見つめている若い女性を不思議そうに見上げた。

「わたしは、岡部千里。あなたの隣で、結晶を掘っていたのよ。忘れた?」

「ああ、そうだった」

ルリエは、やっと現実に戻った。

「岡部さんて、もしかして、日本人?」

「ええ、わたしは日本人よ。でも、マヤタの日本人優遇政策で、両親がマヤタに移住し、マヤタで生まれたの。だから、マヤタはわたしのふるさと。わたしの魂は、マヤタ人と一緒よ。ルリエさん、あなたも日本人なんでしょ?」

「ええ、わたしも日本人なの。だけど、どうやってここへ来たのか、よくわからないし、保安警察でいくら日本人だと説明しても、なりすましだと決めつけられて、信じてもらえなかったのよ」

「でも、あなたは立派だったわ。ラーゲル少佐の卑怯な言いがかりに屈することなく、最後までやり抜こうとした姿に、みんな感動したわ。あなたがマヤタ人でなく日本人だとしても、エメラルド兵に虐げられ忘れかけていた人間の尊厳やマヤタ人としての誇りを取り戻すことができたのよ。マヤタ人は緑を破壊した害虫だ、地球の敵だって、蔑まれ続け、みんなすっかり自信をなくしていたから」

千里に言われて、ルリエはラーゲル少佐の傲慢な眼差しをはっきりと思い出した。

「今、みんな向こうで食事よ。ルリエさんの分、持ってきたわ」

「ありがとう」

ルリエは、千里が持ってきてくれた赤いコップを受け取った。

「じゃあ、わたしは向こうへ行っている。あなたは、ジュースを飲んだら、もうひと休みした方がいいわ」

ルリエは頷いて、ジュースを飲んだ。千里は笑顔を浮かべて歩いていく。ルリエは安心して、深い眠りに落ちていった。

翌日からまた強制労働が始まったが、作業場のマヤタ人たちは、初めて見たときとは別人のように生き生きと働いている。ルリエが入っていくと、全員大きな拍手で迎えてくれた。千里はもちろん、痩せた老人や最後までルリエを見守っていた十人ほどの人たちも、嬉しそうに手拍子を打ち鳴らす。「万歳！」と言って、ルリエに握手を求める者もいる。監視長のラーゲル少佐は、不機嫌な顔をしてそっぽを向いてしまう。マレンコフ中尉にひと言、ふた言耳打ちすると、出ていってしまった。それを機に千里が、「夏が来れば思い出す。はるかな尾瀬、遠い空」と、美しいソプラノで歌い出した。

「日本友好ソングだ。懐かしい！」

日本を手本にして富国政策を推進していたギノフ大統領は、日本の有名な歌の中から、自分の好みで「夏の思い出」や「浜辺の歌」や「ふるさと」などを選び、友好ソングとして学校や職場などで歌うよう指導した。日本からわざわざ水芭蕉やニッコウキスゲを取り寄せて、尾瀬ヶ原とそっくりな湿原を造ったりもした。

「自分は、マヤタオゼ湿原の近くの出身だ。自分が高校生の頃の二十年ほど前のマヤタオゼは、この歌のとおり水芭蕉やニッコウキスゲが咲きみだれていた。あの頃は、本当によかった！」

中年の男の人が涙ぐんでいる。

「よし、美しかったマヤタを思い出して、ひとつみんなで歌おうじゃないか」

老人が言うと、皆頷いた。

「夏が来れば思い出す。はるかな尾瀬、遠い空」

作業をしながら囚人たちは、大きな声で歌った。ルリエも、この歌には覚えがある。夢の中で見た緑の森や清流を思い出しながら一緒に歌った。多くの囚人たちの目に、涙が浮かんでいる。

「次は『浜辺の歌』を歌いたいな。ぼくは、南の海辺の出身で、毎日青い海とそこに浮かぶ島々を見て育った。二十五年も昔のことです。忘れられないなあ」

「いいじゃないか。わしも北の海辺の生まれだ。岩だらけの海岸へ出て、よく釣りをしたものだ。『浜辺の歌』を歌おう」

老人の合図で歌い出した。

「あした浜辺をさまよえば、昔のことぞ、しのばるる」

途中から歌えなくなって、涙を流している囚人もいる。マレンコフ中尉は見ない振りをしていたが、「歌うのは構わない。しかし、一人三十個のノルマを達成できない場合は、責任が持てないぞ」と、クギを刺した。

「そうだ。歌に気をとられて、作業が遅れては大変だ。それぞれ心の中で歌いながら、仕事をしよう」

皆、老人の言いつけに従って結晶掘りに精を出し始めた。ルリエと千里も隣同士で励まし合い、汗だくになって作業を続ける。千里はよほど歌が好きなのか、時々小声で、「ふるさと」や「おぼろ月夜」を口ずさんでいる。

ルリエは、もう作業が辛いとは思わなかった。皆一緒なんだ、助け合える仲間がいるんだ、そう思うと勇気が湧いてきた。

その日は、とうとうラーゲル少佐は姿を見せなかった。囚人たちは、いつもより三十分近くも早くノルマを終わらせ、マレンコフ中尉の点検を受ける。全員合格となり、食事を取ることができた。食後、千里が「ローレライ」を独唱する。マレンコフ中尉も見張りの兵士たちも黙って聴いている。歌い終わると、マヤタ人の囚人はもちろん、兵士たちからも拍手が起こった。

3

ルリエは寝床で、隣の千里に尋ねた。

「千里さんは、どうしてあんなに歌が上手なの？　わたし、感動しちゃった。マヤタ人を憎んでいるエメラルド兵まで、拍手してたわ。きっと、音楽大学で勉強したのね」

「音楽大学か……。わたしにとっては、夢のような話ね」

千里は、しばらく黙っていたが、そのうち自分の身の上を語り始めた。

「マヤタで生まれ育ったわたしは、ちょうどあなたぐらいの歳まで、幸せに暮らしていたわ。父は商社へ勤めていて、母は日本人学校の音楽の先生をしていたの。わたしもピアノを習っていて、音楽が大好きだった。中学二年生のとき、ピアノの発表会でショパンのワルツを弾いて、いっぱい拍手されたのを今でもよく覚えている。でも、それがマヤタでの最後の幸せのときだった。それから半年もしないうちに、マヤタ中の緑が枯れ始めて大騒ぎになったの。今から九年前のことよ。初めのうちは、マヤタでも大都会だけのことだって言われて、みんな先を争うように田舎へ疎開していった。わたしの一家も、父がマヤタオゼの近くの山奥に馬小屋みたいな粗末な家をやっと見つけ出してきて、引っ越したの。そんなあばら家でも、見つかった人はまだ運がよかったそうよ。でも、そこも三ヵ月足らずで、緑がなくなっていった。日本の尾瀬を手本に造った湿原も、周りの山々も濁った血のように赤茶けていって、家族で丹精して育てた野菜も果物もすべて全滅で、食べるものがなくなってしまって、そりゃあひどい生活だった。カエルやヘビはもちろん、モグラやバッタまで捕まえて食べたわ。そんな動物や虫たちも、緑が消えてしまったせいでたちまち姿が見えなくなってしまった。父は、マヤタはもうおしまいだから日本へ帰るしかないと、帰国手続きを進めていたけど、ひと足先に帰った会社の人から、日本にもデスネヒトの被害が及んできて危険な状態だから、マヤタから遠く離れたアメリカかヨーロッパへ逃げるのがいいと勧められて、スペイン行きを決めたの。わたしたち一家は、夏休みにスペインへ旅行していて、マドリッドの宿屋のおかみさんと親しくなっていたから、あのおかみさんを頼ってマドリッドへ行こうってことになったのよ。だけど、マヤタを脱出するのがすごく大変だった。銀行からお金を引き出そうとしても、窓口業務もATMもストップしたままだし、港や飛行場は外国へ脱出しようとする人たちであふれ返って、座席の奪い合いから暴動や殺人まで起きていたのよ。こんな状態ではマヤタで飢え死するしかなさそうだと半ばあきらめていたとき、父の会社の部下だった長谷川さんという人が、思いがけず誘いに来てくれたの。『自分がとても親しくしているマヤタ人の友人が、漁船を持っている。もう正規のルートでマヤタを脱出するのは不可能だ。岡部さんには会社で身内同然によくしてもらったから、自分たちと一緒に漁船でウラジオストクへ渡らないか。もちろん、これは密航だからロシアの警備船に見つかったら逮捕されるだろう。しかし、このままマヤタにいるより、ずっと可能性がある。危険が伴うので無理強いはできないが、よく考えて、行く気があったら、三日以内に北港まで来てくれ』。中学生だったわたしにはよくわからなかったけど、父と母はその危険な誘いに飛びついてしまったの。あのままマヤタにいても命をつなぐ可能性はなかったから、当然といえば当然よね。わたしたち一家四人は、ロシアでお金に換えられそうな貴金属や残り少なくなった食料を車に積んで、北港で待っていてくれた長谷川さんの親友の漁船に乗り込んだの。船にはマヤタ人が八人と、長谷川さん夫婦とわたしたち一家の合計十四人が乗り込み、ロシアまではどうにか行くことができたけど、上陸して半日ほど歩いたところでロシア警察に逮捕されてしまったわ。マヤタから持ってきたものはすべて没収されて、マヤタ人収容所へ入れられてしまった。長谷川さんが、いくら自分たちは日本人だと説明しても、マヤタの漁船で密航してきたことと、ロシア語がうまく通じなかったことで、聞き入れてもらえなかったの。わたしたちと同じように密航して来たマヤタ人が何千人もいて、収容所は足の踏み場もないほどだった。それから先は生き地獄よ」

千里は目をつむったまま、黙り込んでしまった。涙が頬を伝わっている。

「千里さん、辛いことを思い出させちゃって、ごめんさない。わたし、そんなつもりじゃなかったの」

ルリエは、余計なことを尋ねてしまったと悔いた。

「いいえ、ルリエさんが謝ることはないのよ。わたし、あなたの勇気に感動したの。それで、今まで誰にも話したことのない身の上話を話す気になったのよ」

自分の周りから緑がなくなってしまったために、マルガレーテも菜穂子も、そして千里もぞっとするような地獄を見てきたのだなと、ルリエは心を痛めた。

「ロシアの収容所は、ひどかったわ。それだけ、密航してきたマヤタ人の数が多かったのと、ロシアにもデスネヒトの被害が少しずつ及び始めて、食料が少なくなり、マヤタ人への差別が強まったことがあったようだけど、食料は一日に黒パンがひとかけらにスープが一杯だけ。冬でも暖房がないの。みんな飢えや寒さで、ばたばた死んでいった。収容所の衛生状態は最悪で、長い冬を越せたのは全体の半分もいなかった。運よく生き延びた人は、死体を運び出して埋めるのよ。でも、多いときには一日に百人近くも死者が出て、そのまま雪の中に放置するようになったの。わたしたち一家は、みんなで励まし合って生きていたけど、三月に弟と父が肺炎にかかって、あっという間に死んでしまった。まるでごみ屑みたいに折り曲げられて、雪の中へ投げ捨てられてしまったわ……」

千里は体を向こう側にして、黙り込んでしまった。肩が小刻みに揺れている。それから、涙声で話を続けた。

「五月半ばになってやっと春めいてきたと思ったら、芽吹き始めてきた緑がどんどん赤茶けていったの。デスネヒトが海を渡って、ロシアにも本格的に広がり始めたのよ。七月になるとロシア人たちは、土地を捨てて逃げていってしまった。看守もいなくなり、生き残ったマヤタ人たちは、やっと自由の身になれたわけね。しかし、辺りは植物も動物もいない赤茶けた死の世界だったのよ。三千人ほどのマヤタ人たちは、食料を求め緑を求めて行進を続けたの。でも、それは死の行進だった。半日もしないうちに、体力の衰えた人たちが次々に倒れていって、二日目の行進を続けられた者は、もう千人も残っていなかった。母とわたしも、それ以上行進を続けていく体力も気力も残っていなかった。二日目の午後、わたしたちは行進から外れて休憩し、そのあと行進とは別の方向へ歩き出したの。母はきっと、静かに死ねる場所を探していたのかもしれないわ。二時間ほど歩いたところで、とうとう力尽きて倒れてしまった。『こんなひどい目にあうぐらいなら、家族四人無理をしても日本へ帰って、日本で死んだ方がよかったね。あなたは生まれはマヤ夕だけど、日本人なのよ』と、母は涙を流してわたしに詫びたわ。そして、これはお母さんの形見と言って、日本人学校で使っていた音楽の教科書を渡したの。それから一時間ほどして、母は静かに息を引き取った。十四歳だったわたしは、冷たくなっていく母にしがみついて泣いたわ。オレンジ色の夕陽が地平線に沈んでからもまだ泣いていた。どのくらいそこで、泣きじゃくっていたかわからない」

話を聞いているうちに、ルリエも涙を流した。また長い沈黙が続く。千里は、もう眠ってしまったのではないかと思った。

「ルリエさん、人間の運命って本当に不思議よね。わたしは、母のあとを追ってそのまま死ぬつもりでいたの。母の遺体を放置して、独りぼっちで当てもなく歩き続けるなんて、十四歳のわたしにできるはずもないし、体力も残っていなかったわ。ところが、行進から外れて数キロ西に入っていたことが、思いがけない運命を開いていくことになったの。そこはレオーノフさんというロシア人のピアニストの別荘のすぐ近くだったのよ。レオーノフさんも周りの緑が枯れ始めてきてモスクワへ帰るつもりでいたけど、十三歳の娘さんが熱で寝込んでしまって出発を延ばしていたそうなの。たぶんただのカゼだから安静にしていればすぐに治るだろうと、それほど心配していなかったのと、別荘には食料の蓄えが十分あったので、あわてて逃げなくても生活に困るようなことはなかったそうよ。ところが娘さんの病気は半月たってもよくならず、ナホトカやウラジオストクの病院の医者はすべて避難してしまって治療を受けさせてやることもできないまま、七月に入ると容体が急変して、あっけなく亡くなってしまったそうなの。レオーノフさんと奥さんが別荘の庭に墓を作って、悲しみに暮れていたちょうどその頃、母とわたしが行進から外れて、すぐ近くまでやってきていたのよ。そして、二人が荷物をまとめて車で通りかかったとき、母の遺体にしがみついて泣きじゃくっていたわたしを見つけたというわけなの。死んだ娘さんと同じぐらいの年格好のわたしを見て、レオーノフさんも奥さんも、とても驚いて感動したそうよ。しかも、音楽の本を持っていたでしょう。敬虔なクリスチャンだった二人は、きっと神の導きに違いない、この子を連れて行こうって、手を取り合ったってあとで話してくれたわ。レオーノフさんは、母の遺体を娘さんの墓の隣に手厚く葬ってから、わたしをモスクワへ連れて行ってくれた。モスクワでの一年半は、わたしを実の娘のように大切に育ててくれたわ。ピアノや歌も教えてくれた。ところが、そのモスクワにも赤茶けた死の砂漠が迫ってきたの。美しい緑の森が次々に枯れていってしまい、わたしたちはスイスへ逃げることにしたの。スイスにはレオーノフさんの音楽仲間がヨーロッパ各地から避難してきていて、サース・フェーの山荘で三年間暮らしたわ。ドイツ人やフランス人やイギリス人などいろんな人たちが四十人ぐらいいて、毎晩ミニコンサートのようなことをしていてね。みんな親切で気さくな人たちで、よくハイキングにも連れていってもらったな。テッシュホルンやドムの四千メートル級のアルプスの眺めが素晴らしくて、こんなに美しいところがあるのかって思うくらい自然の豊かな村だった。父や母を亡くして、しかもデスネヒトが迫ってきているのに、そんなことを忘れてしまうほど毎日が楽しくて輝いていたわ。わたしの誕生日には、ピアノや歌のソリストにして音楽会まで開いてくれてね。みんなわたしを、かわいがってくれた。でも、スイスにも遂に恐ろしい魔の手が伸びてきたの。サース・フェーの野山がデスネヒトに蝕まれて、醜く枯れていくなんて信じられないし、そんな姿を見たくないって、誰もが悲しんだわ。こんなに美しい自然が失われるぐらいなら、もう死んだ方がましだと言って泣いている人もいた。それでも、世界的な指揮者のブロンハイムさんの骨折りで、当時最も安全と言われていたエメラルド国のシェルターへ入ることができたの。最初の一年間は、何事もなくすぎたわ。でも、そのうち国家保安警察がわたしの素性を徹底的に調べ始めたの。わたしはレオーノフさんの娘ということになっていたけど、東洋人の顔をしたわたしを、当時のベルガー少尉が疑い始め、ロシアのマヤタ人収容所で看守をしていた男を見つけ出して、わたしがマヤタの漁船でロシアへ密航したことを突き止めてしまったのよ。わたしがいくら日本人だと言っても身分を証明できるものが何もなく、強制収容所へ送られ、レオーノフさんと奥さんもマヤタ人をかくまった罪で逮捕されてしまった。両親や弟とも死に別れ、大切にしてくれたレオーノフ夫妻とも引き離されて三年間、わたしは何の希望もないこの収容所で緑を食いつぶした害虫だ、世界を破滅させる悪魔の手先だと罵られて、家畜以下の扱いで働かされてきたの。でも、あなたの勇気に人間としての誇りや尊厳を取り戻すことができたわ。ありがとう」

千里はルリエの手を握ると、安らかな寝息をたて始めた。ルリエは、千里の寝顔にマルガレーテや菜穂子の顔を重ねていた。

4

マヤタ人囚人たちの明るい歌声が、地獄の入口のような作業場に響いている。「早春賦」や「赤とんぼ」などの日本の歌のほかに、「庭の千草」や「アニー・ローリー」などのヨーロッパの歌も歌ったので、はじめは聴いていただけのエメラルド兵たちも、そのうち誰からともなく一緒に歌うようになった。もうマヤタ人にムチを使う兵士は一人もいない。それどころか、マヤタ人が転んだり、よろけたりすると進んで手を貸してくれるようになる。結晶掘りの仕事はきついことには変わりがないが、歌うことによってマヤタ人たちは、生きる張りを持ち、お互いに助け合って一つにまとまっていた。囚人たちの目つきはいつになく輝き、それだけ仕事もはかどっていた。

　ところがそのころ、監視長のラーゲル少佐は国家保安警察本部のマヤタ人取締課を訪れ、シュパイデル中佐と密談していた。

「中佐、科学省のミュンケル博士は、このところアルプスの地下水が涸れ始め、ごく近い将来、水不足のために酸素生成に深刻な事態が生じるであろうと警告しています。現在わが国には、五百名余のマヤタ人が投獄されていますが、将来の水不足に備え、役に立たないマヤタ人は処分していったらどうでしょうか。マヤタ人はもともとわがエメラルドの大敵、強制労働に耐えられない者にまで水や酸素や食料を与え、生かしておく必要はありません。わたしの計算では、とりあえず五十名ほど処分しても、ジストニウムの掘り出しには、さほど影響がないと思いますが、いかがでしょうか」

「五十名か」

　シュパイデル中佐はそう言ったまま、目を細めてラーゲル少佐を見すえた。

「本当にジストニウムの掘り出しに影響がないんだな。エネルギー省がうるさいからな」

　念を押すように付け加える。

「はい、それはもう」

「よし、わかった。しかし、最初の処分は二十にしておけ。二十ぐらいなら、ベルガーがすぐに代わりを見つけてくるからな。何しろ、我々の調べでもあと千近いマヤタの害虫どもが、このシェルターの周りにひそんでいて、水や酸素を横取りしようと狙っている。いや、シェルター乗っ取り計画まであるくらいだ。ふん、いまいましい害虫どもだ。最終的にマヤタ人はすべて処分するが、ジストニウムが掘れるうちは生かしておかないとな。メーベル長官に話を通しておくから、哀れな処分者のリストを提出しろ」

「はい、さっそく」

ラーゲル少佐は、思わずほくそ笑んだ。これで堂々とあの憎たらしいオカベとマキハラと、それから自分に逆らったやつらをすべてガス室送りにできるのだ。三年ほど前まで、マヤタ人の処刑は、現場の裁量に任されていた。しかし、せっかくの労働力をムダに死なせてしまうのは惜しいと、エネルギー省からクレームがつき、暴動や反逆など特別の場合を除き、許可がない限り勝手なことができなくなった。近ごろでは「ガス室送りにするぞ」と、脅し文句に使うのが関の山だ。点検の際に、ラーゲルが結晶の数をごまかし、言いがかりをつけてガス室送りにしていた囚人は、病死や逃亡によるやむを得ない射殺ということで届け出ていたのである。けれど、これも度重なると、事細かく調べられてしまう。

ラーゲル少佐は処分者リストを書き上げ、部下に命じてシュパイデル中佐に届けさせた。

三日後、メーベル長官のサイン入りの許可書が届いた。

そんな恐ろしい計画が進行しているとも知らないで、作業場では仕事に一区切りつくころになると、歌声が響く。千里が美しいソプラノで「埴生の宿」を歌い始めた。見張りのエメラルド兵たちはしばらく聴いていたが、そのうち一緒に歌い出し大合唱となる。故郷を思い出したのか、目頭を熱くして歌っている兵士もいる。歌が終わると、黙って聴いていたマレンコフ中尉が拍手する。マレンコフが拍手を止めないので、

「それでは、中尉さんのアンコールにお応えして、日本の歌を歌います」

千里が「ふるさと」を独唱した。

「うさぎ追いしかの山、こぶな釣りしかの川」

今度はマヤタ人の囚人たちが、しみじみと聴き入っている。老人は目をつむったまま、大きく息をつく。胸にしみる歌声に、全員が感動の拍手をした。ところが、その時、

「ピーッ」と笛が鳴って、レーザー銃を構えた男たちが、十人ほどなだれ込んできた。

「全員、手を挙げろ」

先頭に立って指図しているのは、ベルガー中尉だ。

「栄誉あるエメラルド国防軍の兵士と、マヤタの害虫が仲よく一緒に音楽会とはどういう

ことだ。これは、国家反逆罪だぞ、マレンコフ中尉」

マレンコフの顔色が、さっと変わる。

「いや、それは誤解だ。歌を歌うことによって、囚人たちは実によく働くようになった」

「言い訳は無用だ。お前の異動命令が出ている。ドミトリー・マレンコフ、お前をマヤタ人強制労働所副監視長の任から解き、本日付けで、外地警備を命ずる。ただし階級は二等兵だ。ふん、バカな男だ。シェルターの外へ出て、マヤタ人が発明した毒ガスの餌食にならないようせいぜい気をつけることだな。おい、この愚かな二等兵を警備隊へ連行しろ」

ベルガーはあざ笑うように言うと、マレンコフの制服から中尉の襟章をはぎ取った。

「待て、それはいくら何でもあんまりじゃないか。マレンコフ中尉には何の落ち度もない。中尉のお陰で、我々は以前よりずっと働く意欲が出たんだ」

老人が、ベルガーの前に立ちふさがる。

「黙れ、老いぼれ！　害虫のくせに、何て口のきき方だ」

ベルガーは、老人を思い切り蹴りつけた。老人は呻き声を上げて倒れたが、必死でベルガーの足にしがみつく。

「汚らわしい害虫め！　くたばれ」

ベルガーは老人に向けてレーザー銃を発射した。老人は体を痙攣させると、そのまま動かなくなってしまった。マヤタ人の囚人たちから悲鳴が起こる。

「国家の命令に従わぬ者は容赦なく処分するから、そのつもりでいろ。以後、お前たちには歌はもちろん、一切の私語を禁ずる。害虫に歌も会話も必要ない。さっさと作業を開始しろ。今日から一日のノルマは、一人三十二個とする。栄光あるエメラルド国防軍の警備兵は、容赦なくムチを使え。忘れるな、こいつらは人間なんかじゃない。人間の仮面を被った悪魔の手先だ。地球の緑を食いつぶし、お前たちの親兄弟を死に追いやった憎んでも余りある害虫だ。そんな敵と親しくすることは、国家に対する反逆だ。この害虫どものために死んでいった罪なき人々への裏切りだぞ。情けは一切無用だ」

ベルガーは冷たく底光りのする目で辺りを睨みつけ、ムチを振り下ろす。その様子をラーゲル少佐が入り口で薄笑いを浮かべ、満足そうに見ている。マヤタ人の囚人たちはまた暗い顔に戻り、うな垂れたまま作業を始める。警備のエメラルド兵たちは、一緒に歌を歌ったことなどなかったように顔をこわばらせて、ムチを使い始めた。マレンコフが連行されていくのと入れ違いで、ラーゲル少佐がやって来た。少佐はベルガーに何か耳打ちし、よくやったというように肩を叩く。そして、おもむろに処分者リストを取り出して、ベルガーに渡す。ベルガーはリストに目を通すと、何事かささやいて出ていってしまった。

ルリエも千里も、一言も口をきかずに必死でジストニウムの結晶を掘った。今までより二個も多く掘らなければならないのだ。二十五個を掘り終えるころから体中が痛み始め、疲れがどっと出てくる。ここらで一曲歌えれば力が湧き上がってくるのだが、警備兵たちがさっきとは別人のように目を光らせている。もし、マヤタ人に好意を示せば、敵の協力者としてマレンコフ中尉のような仕打ちを受けるのだ。横を向くと、千里が口を小さく開けて声を出さずに何か歌っているようだ。ルリエも心の中で、「ふるさと」や「夏の思い出」を歌ってみた。さっきより、少しは気が楽になる。ルリエは、心の中で歌い続けた。

最後の一個を掘り終えると、もう口もきけないほどの疲れで、その場に倒れ込んでしまった。周りを見ると、千里もマヤタ人たちもぐったりしている。皆食事を取りに行く元気も出ないようだ。警備兵が、囚人たちの掘った結晶の数を数えている。兵士からの報告を聞いて、ラーゲル少佐は満足そうに頷いた。

「お前たちもやればできるじゃないか。今日は皆ノルマの三十二個を掘ることができた。全員合格だ。これなら、明日からもう一個増やしてもいいくらいだな。これから大いに働いてもらうから、食事にしろ。五分以内にすまさないと、片づけてしまうぞ。そのあと、保安警察のベルガー中尉から、お前たちの異動についての命令がある」

ラーゲルは意味ありげな顔をして、薄笑いを浮かべている。五分以内と聞いて、囚人たちは疲れ切った体を起こし、這うようにして赤いジュースを取りに行く。

「明日から、もう一個増やすなんて、おれたちを使い捨てにして殺す気か」

「異動についての命令っていったい何だ？」

囚人たちが不安そうな顔で、ひそひそ話をしている。

「ルリエさん、食事を取りに行きましょう。ジュースを飲んでおかないと、明日は体がもたないわ」

千里が起き上がって声をかける。

「ええ、そうね」

ルリエは疲れすぎて食欲が湧かないが、明日のことを考えると、このまま寝てしまうことはできない。口の中に流し込むようにしてジュースを飲む。

しばらくすると、ベルガー中尉が保安警察の部下たちを引き連れて入ってきた。グリーンのヘルメットの部下たちは、レーザー銃を構えて囚人たちを取り囲む。

「メーベル国家保安警察長官より、マヤタ人囚人に異動命令が出たので、ここに該当者名簿を読み上げる。名前を呼ばれた者は、速やかに命令に服さねばならない。ソファビ・モルカ、グラノ・トゼ、ルスカ・セハビ、ベケス・ジュノイ……」

ベルガーは早口に名簿を読み上げていく。ルリエは、名前を呼ばれている人たちが、いったいどこへ連れていかれるのだろうと思って聞いていた。最後に、

「チサト・オカベ、ルリエ・マキハラの以上二十名である」

二人の名前も呼ばれたので、千里と顔を見合わせた。

「名前を呼ばれた者は、すぐに前へ出ろ」

ベルガーの部下のガルトナー軍曹が、声を張り上げる。

「おれたちは、どこへ飛ばされるんだ?」

モルカが、真剣な顔でガルトナーに尋ねる。

「お前たちは働きがいいから、楽な仕事に就かせてやろうってわけだ。とっとと並べ」

ガルトナーは、モルカの腕をつかむと、乱暴に引っ張った。ルリエと千里を含めた二十名の囚人たちは、保安警察の男たちに銃で突き立てられるようにして連行されていく。

ラーゲルとベルガーが目で合図して、冷酷な笑いを浮かべている。

5

　ルリエたちは迷路のように曲がりくねった通路を歩かされ、こざっぱりとした部屋へ入れられた。部屋の中は、壁と床がエメラルドグリーンで、天井がブルーだ。まるで深い青空が広がる緑の野原へでも来たような清々しい気分だ。あの血のしたたるような赤一色の牢獄や、地獄の入口のような作業場とは大違いである。皆ほっとして、備え付けのソファに腰を下ろす。

「へえ、こいつはすごいや！　いい所へ連れて来てもらったじゃないか。緑や青を見るのは何年振りだろうか。なつかしい。実にいい色だ。生き返ったような気分だぜ」

「本当にな。おれはまたガス室送りにでもなるのかと、内心びくびくしていたが、ガルトナーの言ってたことは、どうやらウソじゃないらしい。ああ、これはいい。緑や青ってのは、こんなにも感動する色だったんだな」

「あいつら、おれたちのことを害虫だ、悪魔の手先だと、目の仇にしてたけど、案外いいところもあるじゃないか。地獄から天国へでも来た気分だぜ。空気までうまい！」

モルカやトゼやセハビが相好を崩して、語り合っている。ルリエと千里も、思い切り深呼吸した。たとえ、ペイントにしろ、こんなにも美しい緑や青が現実にあったのかと、奇跡を見るように嬉しい。

「思い出すなあ、スイスの野山を。よくオーケストラの人たちと一緒に散歩したっけ。あなたにも見せてあげたかったわ」

千里は、楽しかった日々をなつかしんでいるようだ。ルリエも、せせらぎの音と緑の森を思い浮かべていた。

「お食事の用意ができました」

青と白のチロリアン風の衣装を着たブロンドの女性たちが、笑顔でグリーンのコップを机の上に置いていく。

「へえ、こりゃまたどういう風の吹き回しだ。あんまり待遇がよすぎて、気味が悪いくらいだな。どれ、おれがまず味見をしてやるか」

セハビが、コップに口をつける。

「うまい！　こりゃあ最高だ。作業場の赤いジュースとなんか比べものにならない」

「本当だ。これはうまい。体中にしみわたって、力が湧いてくるような気がする」

「こんないい部屋へ案内されて、極上のジュースを飲ましてもらって、おれたちはよほどいい働きをしたってことだな。あの暗い穴蔵で、汗まみれになって作業している連中にも飲ませてやりたいよ」

皆、満足そうにジュースを味わっている。ルリエも一口飲んでみた。確かに口当たりがよく、とりこになってしまいそうな味がする。

「おいしいわね、千里さん。まるで天にも昇る気分よ」

ルリエがそう言って、再びコップを傾けようとしたとき、

「待って、ルリエさん。これはワナよ。飲むのはやめて」

千里が手のひらで、コップをふさいだ。

「どういうこと？」

ルリエは、びっくりして聞き返す。

「このジュースには薬が入っているわ」

「薬？」

「詳しくはわからないけど、かなり即効性の強い薬よ」

「それじゃあ、皆にも教えてあげなくちゃ」

「もう手遅れよ」

連れて来られたマヤタ人たちは、すでにコップを空にし、まるで宙をさまよっているような目つきをしている。最初にジュースを飲んだセハビは、床に倒れ込んでしまった。

「セハビさん、しっかりして」

ルリエがかけ寄っていって、体を揺すってみたが、セハビはうつろな目つきでへらへら笑っているばかりだ。

「やっぱり薬が入っていたのよ。あと、十分か十五分ぐらいしたら、地獄の苦しみを味わわされることになるわ。一番残酷な殺し方よ」

千里は青ざめた顔をして、肩を落とした。

「そうだったのか。どうりで、話がうますぎると思った」

ルリエは、あのときのラーゲルとベルガーの冷酷な笑いを思い出した。

「ルリエさん、わたしの勘が当たっていれば、おそらくここがガス室よ」

「ええ、ここが！」

ルリエは体が震え、それ以上言葉が出てこなかった。

「オカベ、よく見抜いたな」

突然、ラーゲル少佐の声がスピーカーから聞こえてきた。

「本当はお前にそのジュースを飲んでもらい、大いにのたうち回って死んでもらいたかったが、それはお前の知恵に免じて許すとしよう。この部屋は、お前が見抜いたとおりガス室だ。あと十分もすると、毒が全身に回って、ジュースを飲んだ愚かな奴らに地獄の苦しみが襲ってくる。これで、まず半分以上は持たないだろうな。たとえうまく生き延びても、一時間後にデスネヒトガスが入ってくるようにセットしてあるのだ。残酷な人食いアリのように骨までぼろぼろにしてしまう猛毒ガスだ。お前たちマヤタ人の発明品だ。のたうち回れ。悶え苦しめ。地球の緑を破壊した大罪人め。今こそ裁きを受け、地獄の底へ落ちるがいい！」

ラーゲルの罵り声が止んでしばらくすると、壁の緑や天井の青に点々と鉄錆色の染みができ始める。

「こうやって、マヤタ人に復讐しているんだわ。愚かなことよ。ラーゲル少佐、よく聞きなさい。あなたは間違っている。その証拠に、わたしもルリエさんもマヤタ人ではなく日本人なのよ。それに、今さらマヤタ人に復讐なんかして、いったい何になるっていうの？　復讐からは、何の幸せも生まれはしない。生まれるのは、さらに大きな災いだけよ」

千里は、鉄錆色が少しずつ広がっていく壁を見つめながら言った。

「ふん、この期に及んでまだそんなでたらめを言って、我々をたぶらかそうというのか。お前たちは二人とも、憎んでも余りあるマヤタ人だ。日本人になりすまそうとしても、そうはいかないぞ。悪魔のマヤタ人め、地獄の業火に焼かれるがいい！」

ラーゲルの愉快そうな笑い声が、しばらく響き渡った。

「ルリエさん、神に祈りましょう。わたしね、ロシアの収容所にいるころまでは、神なんて絶対に信じられなかったわ。わたしたちに、こんなひどい仕打ちをする神を呪っていたぐらいよ。でも、レオーノフ夫妻に大切に育てられ、美しい自然や音楽に触れて神が素直に信じられるようになったの。せめて、心安らかに神のもとへ行けるように祈りましょう」

千里は、ひざまずいて祈り始める。しかし、ルリエには千里のしていることが理解できなかった。これから地獄の苦しみが始まり、一時間後にはデスネヒトガスで骨までぼろぼろにされて死んでいかなければならないというのに、どうして心安らかに神のもとへなどと祈れよう。ルリエは、何とかして恐ろしい地獄から抜け出して、生き延びることができますようにと祈った。

千里はまるで石像のように微動だにせず、ひたすら祈り続けている。ルリエは気が気ではなかった。あと五分か十分で、薬入りのジュースを飲み干してしまったマヤタ人たちに、凄まじい苦しみが襲いかかってくるのだ。そんな阿鼻叫喚は、見たくも聞きたくもない。

壁や床の赤い染みはどんどん広がり、もう緑はほとんどない。天井の青も、一面黒ずんだ血の色に変色している。ルリエは目を固くつむり、部屋の隅にうずくまっていた。

誰かが、弾き飛ばされたようにルリエにぶつかった。両手でふさいでいた耳から手を離すと、マヤタ人たちは呻き声を上げて悶え苦しんでいる。たまらなくなって、目を開けた。モルカやジュノイたちが、体中をかきむしり、自分で自分の首を絞めてもがいている。

「やめろ。あっちへ行け。大蛇がおれの体に巻きついてくる。誰か助けてくれ」

「うわあ、血だらけの真っ赤な化け物に踏み潰される。いやだ、早く助けてくれ」

皆髪を振り乱し、狂人のような目をしてわめき散らしている。

「そうだ、その調子だ。もっと苦しめ。這いつくばれ。地獄はまだ始まったばかりだ。あと一時間たっぷりもがき苦しんでもらうからな」

またラーゲルのがなり声が聞こえてくる。そのとき、身じろぎひとつしなかった千里が、突然立ち上がって美しいソプラノで歌い始めた。

「うさぎ追いしかの山、こぶな釣りしかの川。夢は今もめぐりて忘れがたきふるさと……」

天から降りそそいでくるような透き通った声に、ルリエは涙が出るほど感動した。もがき苦しんでいたマヤタ人たちの動きが、ぴたりと止まる。

「ああ、気持ちいい、赤い化け物が逃げていく」

「大蛇も消えてしまった！」

モルカやジュノイたちが、悪夢から覚めたように辺りを見回している。

「そうよ、みんな千里さんについて歌いましょう」

ぽかんとした顔でこっちを見ているモルカやジュノイたちに、ルリエは手で合図した。

「うさぎ追いしかの山、こぶな釣りしかの川。夢は今もめぐりて忘れがたきふるさと……」

ルリエの指揮で、二十名の合唱が響き渡る。

「くそう！　またしてもオカベとマキハラか。どうしてくれるか見てろ」

ラーゲルが腹立たしげに怒鳴ったが、ルリエは素晴らしい合唱に夢中だった。ルリエの指揮で、「浜辺の歌」が始まった。後ろのドアが開いて、ラーゲル少佐がレーザー銃を構えて狙っている。

「マキハラ、地獄へ落ちろ！」

「ルリエさん、危ない！」

すぐ横で歌っていた千里が、ルリエの前に飛び出した。弾は、千里の脇腹に命中した。

「チサトさん！」

モルカやジュノイが、顔色を変えてかけ寄る。

「おのれ、ラーゲル、よくもチサトさんを。絶対に許さないぞ！」

モルカがラーゲルに飛びかかっていったが、レーザー銃を浴びて倒れてしまった。

「銃に向かってくるとは、愚かなやつだ」

ラーゲルは、見下すように死体を蹴り上げる。だが、マヤタ人たちは右からも左からも次々にラーゲルに飛びかかっていく。二、三人は倒れたが、ラーゲルは遂に取り押さえられてしまった。

「千里さん、しっかりして！」

ルリエは、千里の腕を取る。

「ルリエさん、あなたに会えてよかった。これをあなたに……」

胸のロザリオを指さすと、そのまま息絶えてしまった。

「いやだ、千里さん、死んじゃいやだ。千里さんに案内してもらって、アルプスを見るのを楽しみにしてたのよ。だから、絶対に死んじゃいやだ」

ルリエは、千里にしがみついて泣いた。

「くっそう、ラーゲルめ！　チサトさんのような立派な人を、よくも手にかけたな。お前こそ悪魔の手先だ」

ジュノイはレーザー銃を持ったまま、怒りに燃える目でラーゲルを睨みつける。

「チサトさんはもちろん、今殺されたモルカやセハビやトゼや、言いがかりをつけられて、耳を削がれて殺されていった仲間たちみんなの深い怨みがある。ジュノイさん、そんな奴、袋叩きにして、殴り殺してやりましょう。そうしなくちゃ、おれの気が収まらない」

若いゲルドが、ラーゲルの胸ぐらをつかんだ。

「待て、やめろ。わかった。命を助けてくれたら、お前たちだけ、特別ここから出して自由の身にしてやる。だから、助けてくれ」

ラーゲルは、ひざまずいて命乞いをする。

「黙れ、お前だけは絶対に許さないぞ」

ゲルドが、ラーゲルを突き飛ばす。

「そうだ、そうだ。そんな卑怯なやつ、やっちまえ。おれたちは、その男にさんざん見下され、いじめ抜かれてきたんだ」

みんな拳を振り上げて、迫っていく。

「待って、やめて。そんなことをしたら、千里さんが悲しむわ」

ルリエが、声を上げた。

「千里さんは、亡くなる前にわたしに言ったの。今さらマヤタ人に復讐して何になるかって。そして、心安らかに神のもとへ行けるように祈りましょうと言って、ずっと祈っていたの。その人を殴り殺したら、結局わたしたちも復讐してしまうことになるわ。人を許すことは、復讐することよりずっと尊いことよ。だから、千里さんは天使のような美しい声で、わたしたちを地獄の苦しみから救うことができたのよ」

ルリエの言葉に、男たちは拳を下ろして泣き始めた。

「よーし、そこまでだ。全員、手を挙げろ」

ベルガー中尉と部下たちが、なだれ込んできた。

「せっかく名演説をしてもらったのに、残念だったな。しかし、わがエメラルド警察はそんなに甘くはないんだ。復讐するより、許す方がずっと尊いか。ふん、害虫めが、きいた風なことを言うもんじゃない。そんなことは弱者の言うセリフだ。お前たちがどれだけ尊いか、見届けてやろうじゃないか。いいですね、ラーゲル少佐」

ベルガーは、青ざめた顔で座り込んでいるラーゲルを引っ張り起こした。

「もちろんだ。まったく油断もスキもない。マヤタの害虫どもめ！　よくも、このおれに恥をかかせおったな。デスネヒトガスでのたうち回らせて、全員地獄の底へ突き落としてやるぞ」

ラーゲルはひざまずいて命乞いしたことなどなかったように、眉根を寄せて怒鳴った。

「この恥知らずめ！」

ゲルドが、唾を吐きかけた。ラーゲルは唾を拭き取ると、すごい形相でゲルドを殴りつける。ゲルドが倒れたところを、今度は軍靴でさんざん蹴りつけ踏みつけた。ゲルドは口から血を流し、気を失ってしまった。

「このおれに逆らうやつはどうなるか、わかったか。汚らわしい害虫め。デスネヒトガスで、皆殺しにしてやる」

ラーゲルは吐き捨てるように言うと、ベルガーを促して出ていく。部屋はロックされ、またラーゲルの口汚い罵声がスピーカーから流れてきた。

「さんざん手こずらせたが、お前たちもいよいよ終わりだな。あと五分足らずで、この部屋はデスネヒトガスが充満する。みんなで念仏とやらを唱えるんだな。お前たちが這いつくばって地獄の底へ落ちていく様を、とっくりと見物させてもらうぞ」

ラーゲルの高笑いが部屋中に響く。ルリエは千里の胸の十字架を手にした。千里の眠るように穏やかな顔を見ていると、あと数分で恐ろしい毒ガスを吸って死んでいかなければならないことなど、怖いとは思えなくなった。ルリエはロザリオを持ったまま、千里がしていたように目を閉じて祈った。千里の美しいソプラノが聞こえてくる。

(千里さん、わたしもあなたのいる高い平和の世界へ行くことができるのね。ありがとう。うれしいわ。あなたとまた会えるんだから、誰も怨まない。みんな許すことができる)

そう思いながら祈り続けていると、突然目の前が眩しく輝いた。そして、エメラルドグリーンの光がきらめく。

「ホタルの女王！」

ルリエは、思わず叫んでいた。その瞬間、辺りが地震のように激しく揺れた。立っていることができないほどの強い揺れだ。皆、床に伏せた。

「何だ、いったいどうしたというんだ？　うわあ、助けてくれ」

ラーゲル少佐のうろたえ、わめく声がスピーカーを通して聞こえてくる。揺れは少し静かになってきた。マヤタ人たちは辺りを見回しながら、そっと立ち上がろうとする。だが、再び激しい揺れが襲ってきた。

「危ない。ソファの下に隠れろ」

明かりが消え、天井がめりめりと音を立てて崩れ落ちてくる。ルリエは必死で、ソファの下にもぐり込んだ。揺れは、いつまでもしつこく続いた。

第四章●デスネヒトムカデ

1

銀色の防護服を着て酸素ボンベを背負った国防軍警備隊のワシレフスキー大尉は、探査車から降りて、六名の部下と共にミノラスの谷の周辺を見回っていた。

ここは二ヵ月ほど前、酸素マスクもつけずに少女が倒れていたところだ。あれからワシレフスキーは、時々ミノラスの谷へ来るようになった。科学省の観測から、この谷はデスネヒトの発生量が多い上に、放射能濃度も高く、要注意地点としてマークされている。今日もこげ茶色のデスネヒトガスが発生し、視界は二十メートルにも満たない。その上、氷河のクレバスのような深い裂け目がところどころで不気味な口を開けていて、危険この上ない。ワシレフスキーは行く手をライトで照らしながら、赤茶けた死の谷を部下たちと一歩一歩慎重に進んでいく。ここがかつて、豊かな緑の森が広がる動物や小鳥たちの楽園であったことなど、誰が信じられよう。まれに、ぼろぼろに穴の開いたシカかイノシシのような動物の頭蓋骨が転がっているだけで、生き物の姿など何一つ見えない。

「隊長、あそこがオレンジ色に光っています」

ヘンリー隊員の指さしたところは、オレンジ色の光が強くなったり弱くなったりして、まるで何かの合図のように明滅を繰り返している。

「うーん、いったい何だ？　あんな光は見たことがないな」

ワシレフスキーは、顔をこわばらせてオレンジ色の明滅に見入っていた。

「隊長、わたしとランドルフで様子を見てきましょうか？」

ヘンリー隊員は、ワシレフスキーの命令を待った。

「いや、君たち二人だけで行くのは危険だ。もっと光の近くまで寄って、しばらく様子を見よう。シュミットは国防軍本部と、念のため科学省へも連絡を入れておいてくれ。じゃあ行くぞ。油断するな」

隊長の命令で、パトロール隊はオレンジ色の光に向かって、ゆっくり前進していく。どうやら、謎の光は深い裂け目の奥で明滅しているようだ。

「これ以上は近づけないな」

ワシレフスキーは、裂け目をのぞき込むようにして言った。それは幅二十メートル以上、長さは百メートル近くもある巨大な口を、獲物を狙うアリ地獄のようにばっくりと開けているのである。

「隊長、明滅がさっきよりずっと速くなってきました」

ハートリー隊員が不安げな顔で、放射能濃度を測定しているワシレフスキーとヘンリーに報告する。確かにさっきの二倍以上のスピードでオレンジ色の光が明滅を繰り返している。何か恐ろしいことが起こる前触れのような気がする。

「隊長、これは一種の警戒信号ではないでしょうか。我々が近づきすぎたので、ガラガラヘビが尻尾を鳴らすように明滅速度が速くなったと考えられないでしょうか……」

アメリカ出身のハートリーは、ガラガラヘビの怖さをよく知っている。

「ガラガラヘビか。なるほど、そうかもしれないな。放射能濃度を測定したら、すぐに引き上げよう」

ワシレフスキーが裂け目から測定器を引き上げたとき、大音響と共に辺りがぐらぐらと激しく揺れ始めた。とても立っていることができない。裂け目の近くにいた二人の隊員が、落ちていくのが見えたが、どうすることもできない。激しい揺れはさらに数分間続いた。

「おい、大丈夫か？　これはただの地震ではないな。今のうちに探査車へ帰るぞ」

揺れが少し収まってきたところで、ワシレフスキーが残りの隊員に声をかけた。

「ハートリーの足に崩れてきた岩が当たりました」

ヘンリーの声が返ってくる。ワシレフスキーとランドルフが近づいていくと、ハートリーが左足を押さえて、痛そうにうずくまっている。

「どうだ、歩けるか？」

ワシレフスキーが尋ねたが、ハートリーは顔を歪めたままうつむいている。銀色の防護服が破れている。このまま放っておくと、高濃度のデスネヒトが体内へ入り込んでくる。

「ハートリー、おれにおぶされ」

ワシレフスキーが背中を向けた。そのとき、再び激しく揺れ始めた。さっきより強い揺れだ。あっという間に地面に亀裂が走り、ハートリーとヘンリーが呑み込まれてしまった。

ワシレフスキーは岩にしがみついて、揺れに耐えていた。腕がしびれ、岩につかまっているのが辛くなってきたころ、やっと静まってきた。ワシレフスキーはそっと起き上がり、辺りを見回した。自分の数メートル先で、ランドルフ隊員が血まみれで倒れている。崩れてきた岩に直撃されたようで、酸素ボンベが飛ばされ、すでに息絶えている。ワシレフスキーは五人の部下を一度に失い、呆然と立ち尽くしていた。

「隊長、大丈夫ですか？」

探査車に残って、本部と連絡を取っていたシュミットの声が聞こえる。部下の顔を見た途端、ワシレフスキーは我に返り、ひざまずいてしまった。

「ハートリーやヘンリーは？」

ランドルフの無残な死体を見て、シュミットは青ざめた顔で尋ねた。ワシレフスキーは無言で首を振る。

「ミッチェルやダットンは？」

「裂け目に落ちてしまった……」

ワシレフスキーの目に涙が浮かんでいる。

「隊長、お気持ちはわかりますが、直ちに本部へ戻って、事態を報告することが、第一にすべき任務であると思います」

「そうだ、君の言うとおりだ」

ワシレフスキーは立ち上がって、シュミットと探査車の方へ歩いていく。ところが、また大きな地鳴りがした。二人はすぐに身を伏せた。裂け目の方から、デスネヒトガスとは明らかに違う黄色っぽい煙が立ち昇っている。

「いったい何だ？」

ワシレフスキーは思わず叫んだ。オレンジ色の光を明滅させながら、何か巨大な生き物が裂け目からぞろぞろ這い上がってくる。

「あれは！」

二人は息を呑んで、その奇怪な生き物たちを見つめていた。

それは体長十メートル以上、高さが二メートルもありそうなムカデの化け物なのである。

二人の顔から、みるみる血の気が失せていく。ムカデたちはオレンジ色の目玉を明滅させながら、毛むくじゃらの足をうごめかせている。まるで地獄の底から這い上がってきたような醜い姿だ。

「隊長、早く逃げましょう」

シュミットは体を震わせ、走り出そうとする。

「待て、今逃げるのは危ない」

ワシレフスキーは、シュミットを制した。二人に気づいたのか、ムカデの化け物はオレンジ色の目玉を激しく明滅させ、こちらを見ている。

「うわあ、こっちへ向かってくる。助けてくれ！」

若いシュミットは、ワシレフスキーの制止を振り切って走り出す。大ムカデたちは、シュミット目がけていっせいに突進していく。

「シュミット、戻ってこい」

ワシレフスキーは大声で呼び止めたが、シュミットは振り向きもせず、全力で探査車の方へ走っていく。大ムカデの動きは素早く、あっという間にシュミットに追いついてしまう。シュミットは探査車まであと数メートルというところで、先頭のムカデに捕まってしまった。化け物は、いくつもの足を動かしてシュミットを押さえつけ、口から毒針を出して銀色の防護服をめった刺しにする。シュミットは、たちまち血まみれになる。あとから来たムカデたちが、シュミットの体を引っ張り合って、ばらばらに引き千切ってしまった。血だらけの手足や胴を、先を争って瞬く間に貪り食ってしまう。余りに残酷で、顔を背けずにはいられない。

大ムカデたちは口から黄色いガスを吐き、寄ってたかって探査車までも引き裂き、踏み潰してしまった。そして、オレンジ色の目玉を明滅させながら、エメラルド国のシェルターの方へ、かなりのスピードで進んでいく。

ワシレフスキーは、シェルターから八十キロ以上も離れたデスネヒトガスが充満する死の谷に、たった一人取り残されてしまった。ボンベの酸素は、あと二時間程度しか持たない。探査車が踏み潰され、本部と交信する手段もない。とにかくこの恐ろしい谷を脱出して、二時間以内に安全な場所を見つけるしか生き延びる道はないのだ。そんなことは、ほとんど不可能と知りながらも、ワシレフスキーは赤茶けた死の谷を必死で歩き始めた。

2

エメラルド国防軍参謀総長、ジョルジュ・ハイドシェック大将は葉巻をくわえながら、苛々した気持ちで副官の報告を待っていた。大きな地震のあと、ミノラスの谷へパトロールに出ていた警備隊との交信が途絶えてしまったのだ。警備隊からは、ミノラスの谷付近でオレンジ色の怪しい光が明滅しているとの報告が入った。これを受けて国防軍と科学省はそれぞれ別々に、確認のため探査機を飛ばした。その直後シェルターを激しい地震が襲ったのだ。耐震構造で設計されている巨大シェルターは、ほとんど被害が出なかったが、耐震でない地下五階のマヤタ人収容所はどうなっているのか、未だにはっきりとした連絡が取れていない。停電したままかなりの死傷者が出たらしいとの報告も入っていたが、大将にはマヤタ人の囚人たちのことなど二の次であった。そんなことより、ミノラスの谷へ向かった最新鋭の探査機が、

「おい、あれは何だ？　もっと近づいてみろ。うわあ、信じられない……」

という言葉を最後に、交信を絶ってしまったことの方が気がかりなのだ。いったいミノラスの谷で何が起こっているのか、それが知りたいのである。科学省に先を越されては国防軍のメンツにも関わる。口髭の大将は部屋の中をぐるぐる歩き回り、腕組みしながら副官のフレーベル中佐を待っていた。

「閣下、一大事であります！　何か巨大な生き物が、このシェルターへ向かって進んできます」

フレーベル中佐はノックもせずに、血相を変えて飛び込んできた。

「生き物だと！　そんなバカなことがあるものか。何かの間違いじゃないのか」

「いえ、間違いではありません。科学省も確認しております。体長約十五メートル、時速二十五キロで移動しています」

フレーベル中佐は、息を切らしながら答えた。

「いったい何だ？　猛毒のデスネヒトガスの中を、平気で走り回ることができる生き物とは。そんな物がいるのか？」

ハイドシエックは、怒ったように尋ねる。

「今のところ不明です。しかし、レーダーにはっきりと捉えられています」

「うーん」

大将は口髭に手をやり、考え込む表情をした。

「そうだ、これはワナだ。わがエメラルド国を乗っ取るワナだ」

ハイドシエックは、確信したように言った。

「では、マヤタ人が？」

「マヤタ人か別の組織かはわからない。だが最近、わが国の地下水が何者かに横取りされる事件が頻発している。エメラルド国民になることができずに、貧弱なシェルターに甘んじている各国難民が、この付近には何十万人もいるという。マヤタ人も含めて、そんな連中がわが国のシェルターを乗っ取ろうと計画するのも不思議ではない。地上のあらゆる生き物の骨までぼろぼろにしてしまうデスネヒトガスの中を、走り回れる動物などいるはずがないではないか。そんな偽装にごまかされるな。まず警備を厳重にするよう全軍に指示しろ」

「承知いたしました。ではレーダーで捉えた未確認物体は、いかが処理すればよろしいでしょうか？」

「そんな物は相手にするな」

「お言葉ですが、閣下。国防軍の探査機が行方不明のままでありますが……」

ハイドシェックは、渋面をつくって腕組みする。

「やむを得んな。エバンスの戦車隊を出動させろ」

「かしこまりました」

フレーベル中佐は敬礼すると、エバンス中佐の作戦室へ急いだ。

副官があわただしく立ち去ったあと、ハイドシェック大将は国家保安警察本部に連絡し、リヒター大佐を呼び出した。

「忙しいところ、呼び出してすまなかったな」

ハイドシェックは、大佐に葉巻を勧める。

「いえ、わたしは葉巻はやりません。それより閣下、用向きは何でしょうか？」

今や国防軍の高級将校さえも一目置くほどの強大な警察権力の中枢にいるリヒター大佐は、にこりともせずにハイドシェック大将を見すえた。口では「閣下」と敬っているが、その目は「おれを呼びつけるとは何という無礼なやつだ」とでも言いたげに冷え切っている。

「実はさっきの地震のあと、ミノラスの谷付近で、わが国防軍の最新鋭の探査機が消息を絶った。レーダーには巨大な生き物の影が映り、このシェルターへ接近中とのことだ。念のためにエバンスの戦車隊に出動命令を出したところだが……」

ハイドシェックは葉巻に火をつけた。

「ほう。巨大な生き物の影ですか？」

リヒターが、訝しげな目を向ける。

「うん、そうなんだ。君もおかしいと思うだろう。わたしもデスネヒトガスの中を生き物なんて、何かの偽装としか思えない。最近、地下水の横取り事件も起こっている。マヤタ人または他の組織による陰謀が進行していないとも限らない。そこで、わが国防軍は外部の警備に全力を尽くすから、保安警察にはシェルター内部の警備と不審者の取り締まりを特に厳重にしてもらいたい」

ハイドシェック大将は、葉巻を吹かしながら、国防軍参謀総長としての威厳を保って言った。ところが、リヒターは顔色ひとつ変えずに言い返す。

「閣下、それは言われるまでもなく、われら国家保安警察の日々任務とするところでありま す。我々も、シェルター乗っ取り計画については鋭意捜査しています。ご心配には及びません。それよりも、消息を絶った探査機の行方とレーダーに映ったという巨大な生き物の正体を一刻も早くお調べください。それともう一つ、国防軍内部に不審者がいないかどうか、そちらの方もよく調べてみてください」

リヒターが勝ち誇ったような顔で立ち上がったので、ハイドシェックは表情を険しくして問いただす。

「国防軍内部に不審者がいないかどうか調べろとは、聞き捨てならないな。国防軍を侮辱する気か！」

「とんでもございません、閣下。ただ、獅子身中の虫ということもありますので、念には念を入れていただきたいということです。それでは、メーベル長官主催の会議がありま すので、これにて失礼いたします」

リヒターは軽く礼をすると、さっさと出ていってしまった。たかが警察の大佐が、国防軍参謀総長のこの自分に何という高飛車な態度なのかと、ハイドシェックはまだ吸いかけの高級葉巻を、灰皿に押しつけた。


ハイドシェック参謀総長から出動命令を受けたエバンス戦車隊は、時速三十キロほどのゆっくりしたスピードでミノラスの谷を目指していた。分厚い装甲に覆われた二十両の戦車は、整然と隊列を組んで見渡す限り赤茶けた平原を進んでいく。

（水も酸素も不足しているというのに、実にバカげたことだ。地震で本部のレーダーがおかしくなったに違いない。毒ガスが噴き出すミノラスの谷に、動物などいるはずがないじゃないか）

エバンス中佐は戦車内に装備されたレーダーを、腹立たしい気持ちで見つめていた。体長十五メートルの巨大動物が、時速二十五キロでわが国シェルターへ向かって移動中との報告を受けていたが、さっきから一時間以上もレーダーを見続けているのに、そんな動物の影は一向に映らない。

「フェイクか……」

エバンスは念のために、先頭を行く副隊長のウイルソン少佐の戦車に連絡を入れた。

「ウイルソン、聞こえるか、エバンスだ。どうだ、レーダーに何か映っているか？」

「いいえ、何も」

「やっぱりそうか。よし、そのまま三十キロで前進を続けろ。何か見えたら、すぐに知らせてくれ。以上だ」

ウイルソン少佐の戦車に装備されているレーダーは、半径六十キロ以内で動くものなら、たとえアリ一匹でも捉えることのできる高感度レーダーだ。それにも映らないということは、ミノラスの谷付近で動くものは何もないということである。エバンスはもう一度、戦車の外に広がる荒涼たる大地に異常がないか確かめてから、参謀本部を呼び出した。

「こちら、戦車隊のエバンス中佐だ。フレーベル中佐を呼び出してくれ」

「はい、しばらくお待ちください」

「エバンスか。フレーベルだ。どうした、何かあったのか？」

「いいや、何もないから連絡したんだ。ミノラスの谷まで五十キロ地点まで来ている。ウイルソンの高感度レーダーが十分使える範囲だが、何も映らん。もしかしたら、戦車隊をおびき出すためのワナかもしれんぞ。シェルター付近の警備を厳重にするよう、ハイドシェック閣下に伝えてくれ」

「わかった。よく伝えておく」

「こちらは、とにかくミノラスの谷までは行ってみる。何かあったら、すぐに連絡する」

「探査機も探査車も行方不明になっているから、用心しろよ。油断は禁物だ」

「ああ、またゆっくり話したいよ」

それが、フレーベルが聞いたエバンスの最後の声だった。

3

エバンスは戦車の外側の窓を閉め、ソファに寄りかかってタバコを吸っていた。赤茶けた死の大地を一時間以上も見ていると、気持ちが疲れてくる。

エバンスは、もう二十五年近くも前、ベルヒデスガーデンの国立公園で、フレーベルと出会ったときのことを思い出していた。ニューヨーク生まれのエバンスにとって、初めて目にするドイツの古い町並みや自然はすべてが新鮮だった。二十一歳のエバンスは感動の余り、夕暮れになってもロッジへ戻ろうとはしなかった。夕映えの山々と湖の景色こそ、最も魅力的だったからだ。エバンスは遊歩道を外れた山の斜面で、茜色に染められていく山々や湖の光景に見入っていた。まるで神が、何かを語りかけているように思えたのだ。やがて日は沈み、星が輝き始めた。ニューヨークでは見たこともない美しい星の輝きに、すっかり心を奪われてしまった。気がついたときには、日はとっぷりと暮れ、冷え込んできていた。あわてて山を下りたが、辺りは深い闇に閉ざされ、ロッジへの道がわからない。うかつなことに、ライトも持っていなかった。初秋の山は夜の冷え込みが思いのほかきつく、昼間の軽装ではとても耐えられそうにない。エバンスは必死で道を探したが、動けば動くほど森の奥へ迷い込んでいくばかりだった。

その頃、ロッジではアメリカ人の青年が帰って来ないと捜索隊が出動したが、夜の九時をすぎても行方がつかめぬままだった。ロッジに泊まり合わせていた二十歳のフレーベルは、地元の大学で植物を専攻していて、この辺りの山や森はよく歩き回っていた。彼は昼すぎ、アメリカ人らしい青年が森の遊歩道から外れて、山の方へ登っていくのを目撃していた。注意しようと思ったのだが、青年の姿がすぐに見えなくなってしまったのだ。行方不明者は、あのときの青年に違いないと直感した。フレーベルは大学の陸上部で鍛えた足で一時間近くかけて湖まで走り、昼間青年を目撃した山の斜面を登る辺りで、ライトを振りながら大声で叫んだ。

「おうい、どこだ？　助けに来たぞ。いるなら声を出して、場所を知らせろ！」

夜のしじまに、自分の声が思いがけないほど大きく響いた。フレーベルは、ライトを振りながら叫び続けた。道を探すのを諦め、疲れ切って寒さに震えていたエバンスに、フレーベルの声が届いた。こうして、九死のエバンスはフレーベルに救い出され、二人の友情が始まったのである。

エバンス中佐は、なぜ急にあんな昔のことを思い出したのかと、ソファに寄りかかったまま息をついた。そのとき、いきなり大音響がして戦車が揺れた。エバンスはソファから床に投げ出されてしまった。

「どうした。何があったんだ？」

「わかりません」

「窓を開けろ」

シャッターが上がり、窓から外の様子が見える。黄色い煙が立ち昇り、前方のウイルソンの戦車が横転して炎に包まれている。エバンスはすぐに連絡を入れたが、応答はない。

「中佐殿、大変です。体長二十メートルもあるムカデの化け物です。先頭のウイルソン少佐の戦車がやられました」

ウイルソンの次を行くモロー少尉の戦車から連絡が入った。

「ムカデの化け物だと！ いったいどこから現れたんだ？ よし、すぐにロケット弾で攻撃しろ」

前列四両の戦車から、厚さ二メートルのコンクリート壁でも破壊できるロケット弾が、次々に発射された。

「どうだ、モロー、化け物の息の根を止めたか」

「何てやつだ！ 信じられない。動いています。わあ、こっちへ突っ込んでくる！」

「モロー、モロー、どうした？」

モロー少尉からの交信が途絶えた。前方は、黄色い煙と炎で、どうなっているのかわからない。

「全車、非常態勢を取れ。ミサイルの用意をしろ。準備でき次第発射せよ」

非常事態の赤ランプが点滅し、残りの十五両の戦車が扇形に開いていく。レーダーに誘導されて、前方の戦車からミサイルが発射された。レーダーを見る限り、間違いなく命中している。このミサイルの威力は、さっきのロケット弾の十倍以上もあるので、命中さえすれば、まず大抵のものは粉々に破壊されるはずだ。まして、動物であればなおのことである。エバンスは目を皿のようにして、レーダーを見つめていた。だが、レーダーには何も映っていない。窓から前方を見たが、やはり何も見えない。

「スミス、化け物ムカデは、いったいどこへ消えたんだ？　残骸すら見えないじゃないか」

五分ほど待っても何もわからないので、エバンスはミサイルに詳しいスミス中尉の戦車に話しかけた。

「化け物のやつ、ミサイルの熱で溶けてしまったんじゃないですか。何しろこの新型ミサイルは命中すると、瞬間的に三千度の高熱を発しますから」

「三千度か。それじゃあ、粉々になる前に跡形もなく蒸発してしまったわけか。ウイルソンやモローには気の毒だったが、彼らの仇は討てたわけだ。よし、全車、非常態勢を解除して、これより探査機および探査車の捜索に向かう。時速三十キロメートルで前進せよ」

エバンスが戦車隊に命令を下してから、参謀本部のフレーベル中佐に連絡しようと、コンピューターのボタンに手をかけたとき、再び激震が走った。赤茶けた地面がせり上がり、オレンジ色の目玉を明滅させ、毒針を突き立てた巨大なムカデの顔がいきなり目の前に現れた。それは、一目見たら誰でも恐怖で体が凍りついてしまいそうな顔だった。ムカデの口から黄色いガスが噴射され、戦車はたちまち炎に包まれる。

「うわあ、助けてくれ！」

操縦士のマイケルソン軍曹が叫び声を上げる。エバンスは、コンピューターのボタンを押しながら、「フレーベル」と叫んでいた。

「フレーベル」

参謀本部で、シェルターの警備状況を確認していたフレーベル中佐は、後ろからエバンスに声をかけられたような気がした。

「何だ、エバンス、もう帰ってきたのか。それならそうと、連絡してくれればいいのに。まあいい。すぐにひと区切りつくから、冷たいビールでもやろう」

フレーベルはそう言って、後ろを振り返った。しかし、エバンスの姿はどこにも見えない。確かにエバンスの声が聞こえたのに、どうしたのだろうと小首を傾げる。参謀本部付きの将校たちが、怪訝そうな顔でフレーベルの方を見ている。フレーベルは胸騒ぎがしてきて、すぐに通信室へ行き、エバンス戦車隊から何か連絡があったか確認した。

「いいえ、中佐殿、あれから何の連絡もありません」

「おかしいな。そろそろ何か言ってきてもいいころだ。こっちから連絡を入れてみてくれ」

通信士はコンピューターを操作して、エバンス中佐を呼び出した。だが、いくら呼んでも応答はない。

（まさか、エバンスに限って……）

「中佐殿、レーダーから戦車隊が消えました」

別の通信士が叫んだ。

「何だって！」

「巨大な影が映ったと思ったら、戦車隊もその影もあっという間に消えてしまいました」

フレーベルもレーダーをのぞき込んでみたが、エメラルド国シェルターとミノラスの谷の間には、それらしい影がどこにもない。

「いったいどういうことだ？　レーダーの故障ではないのか」

「いえ、レーダーは正常に作動しています」

「レーダーの焦点を絞って高感度にしてみろ」

通信士は、戦車隊がいた辺りに焦点を絞り込んでみたが、反応はまったくない。

「まるで怪談じゃないか！　あの戦車はミサイルで攻撃され破壊されても、破片は高感度レーダーで捉えられるようにできているんだ。レーダーに映った巨大な影を解析して、そいつの正体をすぐに突き止めるんだ」

フレーベルは、苛立っていた。パトロール隊の探査車も探査機も、そしてエバンス戦車隊までもが、レーダーから忽然と消えてしまったのだ。こんなことが、あり得るのかと思った。どれも、最新の科学技術の粋を集めた設備が施されている。特に戦車隊はレーザー銃やロケット弾では絶対に破壊されないし、ミサイルで攻撃されても、自動的に迎撃ミサイルが発射されるようにできているのだ。しかも、隊長は百戦錬磨のエバンスだ。それが、一瞬のうちに跡形もなく消えてしまうなんて、そんなことが起きるはずがない。

（何かの間違いに決まっている）

フレーベルは、エバンスと歩いたアルプスの峰々を思い出していた。

「中佐殿、画像が出ました」

通信士が指さした画面には、戦車の何倍もある巨大な動物の頭らしきものが映っている。

「何だ、これは？　もっと、大きくならんのか」

通信士がボタンを操作する。動物らしき影が大きく鮮明になっていく。

「これは！」

皆、言葉を失った。

4

科学省から呼ばれた生物学の権威、オーギュスト・ラパヌーズ博士は、レーダーに映し出された画像を見て、驚きの表情を禁じ得なかった。

「これは、間違いなくムカデです。でも、信じられない。この巨大さもそうですが、猛毒ガスの中で生きているなんて……」

　博士は言葉を詰まらせる。

「博士、このムカデに、二十両もの最新鋭の戦車隊がやられてしまったのでしょうか？」

　作戦副部長のケストリング少将が、眉根を寄せて尋ねた。

「断定はできませんが、デスネヒトガスが平気なくらいですから、このムカデには普通の生物の常識が一切通用しないと考えた方がいいでしょうね。おそらく、ロケット弾もミサイルも効き目はなかったと思います」

「ミサイルも……」

　ケストリングの顔が青ざめていく。

「それにしても、戦車隊やムカデの化け物は、いったいどこへ消えてしまったのでしょうか？　ムカデはともかく、戦車はたとえ三千度の高熱で焼かれても、溶けて消えてしまうようなことは絶対にないんです」

　作戦部長のバートレット中将が、納得できないというように顔を曇らせた。

「さあ、それはわたしにもわかりません。何しろ相手は、まともな生き物じゃない。ムカデの姿をした妖怪と言った方がいいくらいですからね」

「それじゃ、まるでオカルトですな。妖怪が最新鋭の戦車隊を、手品のように消してしまったのですか？」

バートレット作戦部長が、溜息をつく。

「うん、いや、レーダーに映らないからといって、消えたことにはなりませんぞ」

ラパヌーズ博士は、何かを思い出したように頷いた。

「消えたことにはならない？」

「ええ、わたしがまだソルボンヌ科学大学で助手をしていたころ、ボゼッティというイタリア人の助教授が、アマゾンの奥地で地面深くに穴を掘って、移動することのできる新種のムカデを発見したんです。ボゼッティが持ち帰ったムカデの標本には、確かに足に鋭い爪のようなものがついていました。そこでフランスはもちろん、イギリスやドイツの大学も生きたままのボゼッティムカデを捕まえようと調査隊をアマゾンへ派遣したのですが、遂に発見できませんでした。そんなわけで、ボゼッティムカデの穴掘り移動については未だに不明のままです」

「なるほど、地面を深くもぐって移動するムカデですか。それなら、高感度レーダーでも姿が捉えられないわけだ。ケストリング副部長、これは大変なことになったぞ。すぐに作戦会議だ。総司令官をお呼びしろ。博士もご出席願いたい」

バートレット作戦部長はラパヌーズ博士を連れて、あわただしく通信室を出て行った。

ケストリング少将は、エメラルド国防軍総司令官、マンネルベルク元帥始め、高級将校たちが居並ぶ中、地図を指さしながら状況を説明していた。皆、難しい顔をして聞き入っている。

「警備隊のワシレフスキー大尉から、ミノラスの谷でオレンジ色の怪しい光が明滅しているとの連絡が入ったのが本日の午前十時二十分すぎです。そこで、国防軍と科学省が、それぞれ別々に探査機を飛ばしました。その十二分後に、ご存じのとおり、震度六強の大きな地震があったわけです。以後、警備隊とも探査機とも連絡が取れなくなってしまいました。そのとき、本部の高感度レーダーに一瞬ではありますが、体長約二十メートル、時速二十五キロメートルで動く巨大な動物らしい影が映りました。ですが、この時点ではまだ影の正体が何であるかわかりませんでした。まさか猛毒のデスネヒトガスの中に生き物が存在するとは思えず、もしかしたらマヤタ人など不穏分子の偽装ではないかと考えられ、エバンス戦車隊を出動させたわけであります。エバンス中佐からは、午後十二時四十分ごろ連絡がありました。ミノラスの谷まで五十キロ地点へ来たが、高感度レーダーには何も映っていない。やはり偽装の可能性が高いから、警備を厳重にするように伝えてくれとのことでした。ところが、一時間後、戦車隊は急に交信を絶ち、本部レーダーからも消えてしまいました。その直前、何か巨大な影がレーダーに映っていましたので、詳しく解析したところ、体長二十メートルものムカデの化け物であることが判明いたしました」

「ムカデの化け物だって！」

驚きの声が上がる。

「では、わたしからムカデについて説明いたします」

ラパヌーズ博士が立ち上がった。

「このムカデは体長二十メートルという巨大さもさることながら、生命にとっては致命的なデスネヒトガスの中で生息しているわけですから、一切の生物学的な常識が当てはまらないと考えるべきです。デスネヒトが生み出したモンスターと言ってもいいでしょう。おそらく、戦車隊のロケット弾もミサイルも歯が立たなかったものと思われます」

「ミサイルも歯が立たない！」

ラパヌーズ博士の説明に、ざわめきが起きる。

「はい、相手は脊椎動物の骨までぼろぼろに溶かしてしまう猛毒ガスの中を、平気で動き回っている化け物です。ミサイルが効かなくても不思議はありません」

「うーん、それじゃ、レーダーから消えてしまったのはなぜだ？　ミサイルに吹き飛ばされてしまったとは考えられないのか」

航空司令官のバルトシュテット上級大将が、興奮の余り立ち上がって尋ねる。

「今から三十年以上前、アマゾンの奥地で地面を深くもぐって移動することができるボゼッティムカデが発見されました。この化け物ムカデもボゼッティムカデのように地面をもぐって移動していると考えれば、レーダーから消えてしまった謎が解けます。わたしの計算によると、ムカデは時速四キロメートルで、このシェルターへ向かっているものと思われます。ムカデが速度を変えたり、地上へ出たりしない限り、あとおよそ十二時間ほどで、このシェルターは危険にさらされます」

ラパヌーズ博士が説明を終えて腰を下ろすと、国防軍の首脳たちは沈痛な面持ちで腕組みしたまま黙り込んでしまう。ケストリングに、通信室から緊急の連絡が入った。

「緊急連絡です。シェルター手前四十五キロ地点に、ムカデが姿を現しました。体長は三十メートル、時速三十キロで当シェルターへ向かって移動中とのことです。なお、ムカデは二十匹ほどいるものと思われます。以上」

「何、二十匹もいるのか！」

「あと一時間半で、ムカデがやって来るではないか！」

「作戦部長、何か方法はないのか？」

バルトシュテット航空司令官が、バートレット作戦部長を険しい目で見すえる。

「ミサイルが効かないとなると、どうにも打つ手が……」

バートレットは口ごもって、下を向いてしまった。

「何を言っているんだ！　時間はあと一時間半しかないんだぞ。このまま手をこまねいていて、ムカデの餌食になってもいいのか。総司令官、全軍出撃の命令をお願いします」

バルトシュテット上級大将は、マンネルベルク元帥に詰め寄る。

「しかし、作戦部長と参謀総長が作戦内容を示して、合意ができない限り、出撃命令は出せないぞ」

「ですが、総司令官、今は緊急の場合であります。航空部隊を出動させて、最低でもやつらの動きを止めておかないと、手遅れになってしまいます」

バルトシュテットは一歩も引かない。

「相手は、最新鋭の戦車のロケット弾もミサイルも効かなかったんだぞ。航空部隊にどんな攻撃をさせるというのだ？」

老齢の元帥は、腕組みをしたまま尋ねる。

「ジストニウム爆弾を使ってみましょう。ミサイルの十倍以上の破壊力があります」

バルトシュテットの右腕で航空参謀のジェノビッツ大佐が発言した。

「ジストニウムだと！　バカなことを言うな。目標は、わずか五十キロ足らずのところにいるんだぞ。そんなものを爆発させれば、このシェルターまで吹っ飛んでしまうではないか」

マンネルベルク元帥は、話にならないというように首を振る。

「いいえ、総司令官閣下、わが航空部隊はジストニウム銃の開発に成功しています。これを使えば、今までのように広範囲を破壊してしまうのではなく、攻撃したいところだけをピンポイントで破壊することができます」

「ジストニウム銃なら、戦車隊も開発した。しかし、あれはやはり危険が多い。少なくともシェルターから六十キロ以上は離れていないと、安全とはいえない。それに、貴重なジストニウムを大量に消費してしまう。ジストニウムは、わが国の大切なエネルギー源だ。

できることなら、使いたくはない」

　バートレット作戦部長が反対する。

「だが、バートレット、今は国家存亡の非常時だ。ミサイルがだめだった以上、ジストニウムを使うしか方法がないではないか。背に腹は代えられない。これに代わる方法があったら、教えてもらいたい。なければ、航空隊によるジストニウム攻撃をぜひとも許可願いたい」

　バルトシュテット大将は、血走った目で周囲を睨みつける。

「わかった。それほどまで言うのなら、航空部隊の出撃を許可しよう。しかし、一つだけ条件がある。このシェルターから六十キロ以上離れたところで、攻撃してもらいたい」

「六十キロ以上離せですと……」

　大柄なバルトシュテットはマンネルベルク総司令官の命令に不満げな顔をし、ラパヌーズ博士の方を向いて尋ねる。

「博士、ムカデの進路を変える何かうまい手立てはないものかね？」

「うーん、相手はムカデの姿をした妖怪ですからね。そう簡単にはいかないでしょう。わたしにはいい考えが浮かびませんが、ソルボンヌ科学大学でボゼッティ博士の助手をしていた菊川博士なら、何かいい手があるかもしれません」

「菊川博士、今どこにいるんだ？」

「菊川博士は、日本国シェルターの環境科学研究所の所長をしています」

「日本国シェルターか。日本は、わがエメラルド国の友好国だ。科学省から日本の環境科学研究所へ連絡を取って、何とか博士を招くことはできないのか」

バルトシュテットが、ケストリングの方を見る。

「わかりました。わたしから、科学省のオッテム長官へ至急連絡して、日本の菊川博士にお出でいただくようお願いしてみます」

「わたしもご一緒して、菊川博士に頼んでみましょう。学会で何度かお目にかかったことがありますからね。少し気難しいので、上手に頼まないと断られる心配もある」

「わがエメラルド国存亡の危機だ。博士にお出でいただくか、もしそれが無理なら、せめてよい知恵を授けてもらうようぜひお願いしたい」

バートレット作戦部長も、心配そうな目を向ける。作戦会議は一時休憩となり、参加者たちはコーヒーを飲んだり、雑談したりして朗報が来るのを待っていた。

十五分後、日本の菊川博士とやっと連絡が取れ、ラパヌーズ博士が言葉を尽くして事情を説明したところ、快くボゼッティムカデの習性を教えてくれた。菊川博士によると、ボゼッティムカデには超低周波と微弱な硫黄臭に集まる不思議な習性があり、この二つの習性を使って、地中にひそんでいるムカデを捕まえたというのである。

ラパヌーズ博士は、急いで会議室へ戻り報告する。

「超低周波と微弱な硫黄臭か……」

「はい、体長わずか五センチのボゼッティムカデと、体長三十メートルの化け物ムカデがまったく同じ習性を持つとは考えられませんが、試してみる価値はあると思います」

「もう時間がない。あと一時間ほどで、ムカデがやって来てしまう。その方法でやってみよう。すぐに科学省へ連絡して、協力を要請しろ。バルトシュテット大将、航空隊出撃準備だ」

マンネルベルク総司令官が命令する。

「はい、了解しました。ジェノビッツ大佐、航空部隊に出撃準備命令を出せ。超低周波か微弱硫黄臭にムカデが反応するかどうか確認した上で、当シェルターから最低でも六十キロ以上離すことが差し当たっての目標だ」

バルトシュテット大将とジェノビッツ大佐は、あいさつもそこそこに出ていく。作戦会議は終了となり、国防軍の幹部たちはそれぞれの持ち場へ引き上げていく。

会議中、厳しい表情で黙り込んでいたハイドシェック総長が、ケストリング少将とラパヌーズ博士を呼び止め、会議室のソファに招いた。ハイドシェックは、時計に目をやりながら話し始めた。

「博士、もう時間がありませんので要点だけをうかがいます。仮にムカデが超低周波か微弱硫黄臭に反応し、シェルターから六十キロ以上離すことができたとして、ジストニウム銃で、二十四ものムカデの化け物を退治することができるものでしょうか？」

口髭の参謀総長は、博士の目をじっと見つめて答えを待った。博士は腕組みをしたまま、しばらく黙していた。

「うーん、難しい質問ですな。何とかジストニウムでケリがついてくれればよいのですが、やつらには生物学的な常識などまったく通用しませんからな。これは、わたしの単なる推測にすぎませんが、おそらくだめでしょう。ロケット弾もミサイルも歯が立たなかったのです。やつらには、いかなる破壊兵器も通用しないと思います。考えてもごらんなさい。やつらは、地球上の生命を絶滅させてしまうデスネヒトから生まれてきたんですからね。果たして、超低周波や微弱硫黄臭に反応するかどうかも期待はできませんぞ」

「それでは、エメラルド国を救う方法はもうないのですか？」

ハイドシエックが、溜息をついた。ラパヌーズ博士も考え込んでしまう。そこへ科学省から、日本の菊川博士が到着したとの連絡が入った。

「ちょうど、いい人が来てくれた。菊川博士に知恵を借りましょう」

三人は急いで、四階の科学省へ向かった。長官室へ入ると、オッテム長官と菊川博士が話し込んでいる。

「菊川博士、わざわざお越しいただきまして、誠にありがとうございます」

ラパヌーズ博士が右手を差し出して、菊川博士と握手する。

「お久し振りですね、ラパヌーズ博士。今は非常時です。エメラルドの危機は日本はもちろん、世界の危機でもあります。わたしでお役に立てることでしたら、何なりと申しつけてください」

「ありがとうございます。ぜひ我々に、博士のお知恵をお貸しください」

ラパヌーズ博士は、デスネヒトムカデについて、現在わかっていることを簡単に説明し、ジストニウム銃以外にこの怪物を撃退する方法がないか尋ねた。ハイドシエック参謀総長とケストリング少将も、思い詰めた顔で頭を下げる。

「わたしもラパヌーズ博士と同じ考えで、デスネヒトムカデにはジストニウム銃でも効き目はないだろうと思います。それなら、いったい何がデスネヒトムカデに効果的かということですが、一つだけ方法があると思います」

「方法がありますか！」

ハイドシェックが、目を輝かせる。

「はい、百パーセントの確信はありませんが、ジストニウムなどより可能性はずっと高いと思います」

「わが国の存亡がかかっています。ぜひ、お聞かせください」

ハイドシェックが再び頭を下げる。

「東洋には、柔よく剛を制すという諺があります。この諺に従えば、ミサイルもジストニウムも剛にすぎません。つまり、どんなに強力な破壊兵器を持ってきても、デスネヒトムカデを退治することはできないということになります。ジストニウムの百倍の破壊力のある兵器でもです。それではムカデにとっての柔とは何か、わたしは、酸素ではないかと思います」

「酸素！」

「ええ、地球上の生命を育んできた酸素こそ、デスネヒトムカデにとって最大の弱点ではないかと思います」

「なるほど、確かに一理ありますな」

「さすがは、菊川博士です。わたしには考えも及びませんでした」

ハイドシェック参謀総長と、ラパヌーズ博士が感心したように頷いた。

「しかし、相手は体長三十メートルもある巨大なムカデです。しかも二十匹以上もいるのですから、大量の酸素が必要になると思います。酸素は、エメラルド国民の命の綱です」

ケストリングが心配顔をする。

「いや、ムカデにこのシェルターを破壊されてしまったら、酸素などいくら残しておいても何の役にも立たない。菊川博士が言われる方法でやってみよう。ケストリング、大至急、酸素ボンベのストックを集めろ。時間はあと一時間しかない。急ぐんだ！」

「はい、閣下」

ケストリングが、参謀本部の指令室へ走っていく。

「オッテム長官にもお願いします。戦車隊を出動させて、ムカデに酸素弾攻撃をしますので、大量の酸素が必要になります。国防軍向け酸素量を、最大にするようお願いします」

「承知しました。科学省としても、協力は惜しみません」

「ありがとうございます。それから、菊川博士、わが国シェルターがムカデに破壊されるようなことになれば、次に狙われるのは日本国シェルターかもしれません。そこで、もうしばらくわが国シェルターに留まって、ぜひご助言をいただきたいのですが。どうかよろしくお願いします」

「わたしからも、お願いします。博士がいてくだされば安心です」

ラパヌーズ博士も頭を下げた。

「わかりました。日本国政府もデスネヒトムカデの出現を深刻に受け止め、専門家チームが対策を協議しています。日本とエメラルドでなお一層連携を密にして協力し合うべきだと、わたしは思っています。さっそく、日本の科学技術省へ連絡して許可を取ります」

「重ね重ねありがとうございます。日本が協力してくだされば、百人力です」

ハイドシェック総長も、ラパヌーズ博士も胸をなで下ろした。

5

　ジェノビッツ大佐率いる五十機の航空隊は、シェルターの約二十五キロ先で、赤茶けた大地を移動するデスネヒトムカデの姿を捉えていた。ムカデたちも航空隊に気がついたのか、長いヒゲを突き立てて、オレンジ色の目玉を激しく明滅させている。先頭のムカデが、毛むくじゃらの足を跳ね上げるようにして背伸びしてきた。あっという間に、二十メートルも伸び上がってしまう。

「化け物め、いったい何をする気だ?」

　一番機のハーベイ大尉が叫んだ。

「ハーベイ、相手はただのムカデじゃないんだ。油断するな。早く微弱硫黄弾を投下しろ」

ジェノビッツ大佐が催促する。

「了解。微弱硫黄弾を投下します」

先を行く十機から、巨大ムカデに向かって微弱硫黄弾が次々に投下された。ムカデたちは、先頭の真似をして、オレンジ色の目玉を明滅させながら、飛行隊の方へ背伸びをする。飛行隊が超音速で去ってしまうと、長いヒゲをぴくぴくと動かしている。まるで辺りの臭いを嗅いでいるように見える。

「よし、二番隊、ムカデの五百メートル北へ微弱硫黄弾を投下せよ」

二番隊の十機が、ジェノビッツの命令どおりに微弱硫黄弾を投下していく。ムカデたちはヒゲを突き立てて飛行隊の方を見上げていたが、やがて微弱硫黄弾など無視するように向きを変え、シェルターの方へ前進を始める。

「うーん、微弱硫黄弾は効き目がないようだ。これより、超低周波攻撃に切り替える。三番隊、出動せよ」

「了解です。三番隊、ムカデの上空百メートルで、超低周波銃を発射します」

三番隊十機から、いっせいに超低周波銃が発射された。ムカデたちは足の動きを緩め、長いヒゲをアンテナのように動かしている。そのうち目玉の明滅が遅くなり、体の向きを変えて三番隊の方へ移動を始める。

「うまくいった。よし、三番隊は高度百メートルを保って、ムカデをそのままゆっくり北六十キロ地点まで誘導しろ。残りは先回りして、ジストニウム銃の準備だ」

ジェノビッツ大佐は満面に笑みを浮かべ、航空指令室へ連絡を入れる。

「閣下、うまくいきました。大成功です。ムカデは、超低周波に反応しました。催眠術にでもかかったように誘導されていきます。六十キロ地点で、ジストニウム攻撃をします。今度こそ、こっぱみじんにしてやります。マンネルベルク元帥や、ハイドシェック総長の鼻を明かしてやることができますな。これで、閣下が文句なく国防軍の総司令官です」

「うん、そのときは、目障りなハイドシェックとバートレットを追い出して、お前が作戦部長だ。ムカデを退治したら、すぐに連絡しろ」

バルトシュテット上級大将は、満足そうな高笑いをした。

ピエルス大尉をリーダーとする十機のムカデ誘導機は超低周波を出しながら、一時間以上かけて化け物ムカデたちを北六十キロ地点まで連れていった。ムカデたちは目玉も明滅させず、おとなしく誘導機に従っている。

「よし、北六十キロ地点まで来たぞ。全機、ジストニウム銃の発射準備。三番隊誘導機はご苦労だった。ただちに避難せよ。時間は一分だ。今から一分後に総攻撃を開始する」

ジェノビッツ大佐が、全機に命令した。誘導機が全速力で飛び去っていく。攻撃機はレーダーを見ながら、ジストニウム銃の照準をデスネヒトムカデに合わせている。誘導機が飛び去って三十秒ほどすると、ムカデたちは夢から覚めたように目玉を明滅させ、ヒゲや毛むくじゃらの足を動かし始める。

「攻撃開始！」

ジェノビッツ大佐の号令で、四十機の航空隊は、いっせいにジストニウム銃を撃ち出した。ミサイルの十倍以上も強力な破壊力を持つジストニウム銃が機関銃のように連射され、赤茶けた大地が激しく揺れ、どす黒い煙がキノコ雲のように舞い上がった。攻撃は一分間、容赦なく続けられた。大地が砕け吹き飛び、轟音を立てて陥没していく。

「攻撃終了！」

レーダーの画面から、デスネヒトムカデの姿が消えていた。ジェノビッツ大佐は、ムカデがこっぱみじんに吹き飛ばされてしまったものと確信した。それでも、実際に自分の目で確かめ、できればムカデの体の一部でも手土産にして、シェルターへ凱旋しようと思った。

「ピエルス大尉、ジェノビッツだ。攻撃は成功した。だが念のため、もう一度、超低周波を出しながら攻撃地点へ近づいてみてくれ。レーダーからは完全に消えているが、化け物どもの死を確認したい。万一、地中に隠れているものがいれば、超低周波に反応して姿を見せるはずだ。そんなことはまずあり得ないが、用心に越したことはない」

「了解しました。三番隊は、高度百メートルで超低周波を出しながら、攻撃地点へ近づいてみます」

ピエルスは配下の機に命令を伝え、超低周波を出しながら高度を下げていった。ジストニウム銃の攻撃に晒された地点は、まるで深い谷底のように大地が裂け、抉られている。レーダーで深さを測定すると、二百メートル以上もある。ピエルス機が、ゆっくりと谷底へ下りていく。超低周波を出して百五十メートルほど降下してみたが、何の反応もない。ムカデの死骸らしきものも見当たらない。

「大佐殿、ピエルスです。攻撃地点にできた谷を百五十メートルほど下りてみましたが、何も発見できません。超低周波も出してみましたが、まったく反応がありません。ムカデはおそらく粉々に吹き飛ばされてしまったものと思われます」

「よし、ご苦労。超低周波にも反応しないということは、死滅したということだ。つまり、わが航空隊の大勝利だ！　全機、胸を張って凱旋するぞ！」

ジェノビッツ大佐から、大勝利の報告を受けたバルトシュテット大将は舞い上がっていた。あの作戦会議で、もし自分がマンネルベルク総司令官に航空隊を出撃させるよう食い下がらなかったら、この大勝利はあり得ないし、下手をしたら、今ごろシェルターはムカデの餌食になっていたかもしれないのだ。エメラルド国の大きな危機を救ったのは、この自分だ。老いぼれのマンネルベルクに代わって、自分こそが国防軍総司令官にふさわしいのだと、意気揚々と参謀総長室へ向かった。

ハイドシェック参謀総長も、航空指令室から大勝利の報告を受けていたが、ムカデの死が確認されない以上、素直に信じることはできなかった。あらゆる生命を絶滅させてしまうというデスネヒトから生まれてきた化け物ムカデには、どんなに強力な兵器も通用しないだろうというラパヌーズ博士の言葉や、柔よく剛を制すという菊川博士の言葉が強く印象に残っている。ハイドシェックは、航空部隊の未確認情報などに惑わされず、酸素弾攻撃の準備をせよと戦車隊に命令を出していた。

「参謀総長はいるか」

バルトシュテット大将が、得意満面に入ってきた。

「どうだ、わが航空隊が完膚なきまでに邪悪な化け物どもを退治したではないか。わしの読みが見事に的中したわけだ。これでエメラルド国は、重大な危機を乗り越えた。実にめでたいことだ。これを機に、高齢のマンネルベルク元帥には第一線を退いてもらおうと思うが、国防軍参謀総長として、よもや異存はあるまいな」

「さて、それはどうだろうか。時期尚早ではないのかな」

「何だと、時期尚早とはどういうことだ？」

バルトシュテットは、声を荒げて詰め寄る。

「デスネヒトムカデが本当に死滅したのか、確認が取れていない。レーダーから消えただけなら、エバンス戦車隊のときもそうだったではないか」

ハイドシェックは、眉ひとつ動かさない。

「この期に及んで、航空隊の決死の活躍にケチをつけるつもりか！　ジェノビッツからの報告によれば、ジストニウム攻撃のあと、超低周波で徹底的に調べたが、何の反応もなかったということだ。つまり、ムカデはレーダーだけでなく、この世から完全に消えてなくなったのだ。これでもまだ疑うのか！」

バルトシュテットは眉を吊り上げ、青筋を立てて怒鳴った。そのとき、ドアがノックされ、副官のフレーベル中佐が入ってきた。

「閣下、攻撃準備が整いました。戦車隊、いつでも出動できます」

「よし、ご苦労。間に合ってよかった。戦車隊をすぐに出動させろ」

「はい、了解しました」

「待て、これはいったい何の真似だ？　貴様ら、寄ってたかって、わが航空隊の栄誉ある勝利に水を差す気か。そんな命令は、このわしが絶対に許さんぞ！」

バルトシュテットは凄い形相をして、フレーベルの腕をつかむ。

「フレーベル、行け。国防軍の出動命令には、総司令官から任を受けたこのわたしが責任を負っているのだ。たとえ上級大将といえども、参謀総長の命令には逆らうことができない。もし逆らえば、国家に対する反逆罪で軍法会議だ。手を放せ、バルトシュテット！」

ハイドシェックは、毅然として言った。

「よくも上級大将のわしに命令したな。この狂った命令の責任は、必ず取ってもらうぞ。首を洗って待っていろ！」

バルトシュテットは、ドアを蹴って出ていった。

6

航空指令室へ戻ると、バルトシュテットはすぐに国家保安警察のリヒター大佐に連絡を入れた。強大な警察権力をバックに、国防軍の高級将校にも睨みをきかすリヒター大佐も、バルトシュテットの言うことには、なぜか忠実な番犬のように従うのだ。かつてこの二人がどんな仲であったか、エメラルド国で知っている者は誰もいない。

「リヒターか、バルトシュテットだ」

「ああ、これはこれは閣下。航空隊の大勝利、誠におめでとうございます。閣下のご英断と、航空隊の勇猛果敢な活躍により、わがエメラルド国は最大の危機を脱したと、メーベル長官もことのほかお喜びです」

「そうだろう。誰だってそう思うだろう、リヒター。ところが、あの小心者のハイドシェックときたら、参謀総長の権力を笠に、わが航空隊の英雄的な活躍を一切認めようとはせず、戦車隊に出動命令を出して、このわしに恥をかかせおったのだ。わしは、腹が煮えくり返って、どうにも我慢がならない」

「何ですと、ムカデの化け物はジストニウム攻撃で、こっぱみじんにされたそうではないですか。それなのに、なぜ戦車隊が出動しなければならないのですか?」

「ハイドシェックのやつ、ムカデの死が確認されていないと言いがかりをつけておるのだ。わしに手柄を独り占めされたくないのだ」

「なるほど、あの男は、この間もわざわざわたしを呼びつけて、余計なことを言いつける傲慢なやつだと思っていましたが、そんなことだったのですか!」

「そうだ、実に傲慢な男だ。参謀総長面して、上級大将のこのわしに命令したのだ。絶対に許せん。国家保安警察の力を使って、あの男を失脚させろ。ついでに、奴の後ろにいるマンネルベルクも引きずり下ろしてしまえ」

「閣下のお腹立ち、ごもっともです。承知しました。いざとなったら、スキャンダルをでっち上げてでもハイドシェックとマンネルベルクを葬り去ってごらんにいれます。こういうことは、国家保安警察の最も得意なことでして」

「さすがにお前は頼りになる。うまくいけば、わしが国防軍総司令官だ。そうなったら、メーベルに掛け合って、お前を警察ナンバーツーの次官にしてやる。ゆくゆくは長官だが、とりあえずは次官だ」

「ははあ、閣下、いつもお目をかけていただいて、ありがとうございます」

「わしが総司令官で、航空次官のオーベルクが参謀総長で、ジェノビッツが作戦部長で、お前が保安警察次官だ。もう怖いものなしだ。エメラルド国は、われらの思いのままだ」

「閣下、さっそく腕によりをかけて、ハイドシェックとマンネルベルクの追い落としに全力を挙げますので、楽しみにお待ちください」

「頼んだぞ」

バルトシュテットは、満面に笑みを浮かべた。

リヒターは、すぐに部下のシュターゼ中佐とカレンスキー少佐を呼び出し、ハイドシェック参謀総長について徹底的に調査するよう命じる。

「どんな小さなことでもいい。スキャンダルになりそうなネタをほじくり出せ」

「はっ、かしこまりました」

シュターゼとカレンスキーは冷酷な笑いを浮かべると、敬礼して出ていった。

ジェノビッツ大佐の航空隊がデスネヒトムカデにジストニウム攻撃を加えてから、すでに十時間以上がたっていた。酸素弾を積んだ五十両の戦車隊は、攻撃準備を整えたまま待機しているが、ムカデの消息は一向につかめない。ハイドシエック参謀総長も、バルトシュテットが言うように、もしかしたら粉々に吹き飛ばされてしまったのではないかと疑いを持ち始めた。

そのころ、国家保安警察は待機中の戦車隊や航空隊までが、国中のほとんどの酸素ボンベを酸素弾につぎ込んでいることを突き止めた。報告を受けたリヒター大佐は、顔色を変えて叫んだ。

「何だって、貴重な酸素のストックの大半を酸素弾にしてしまったというのか！」

「はい、それればかりか、科学省にも酸素の生成量を最大にするよう要請しています」

「うーん、そうすると、国内消費量の一年分近い莫大な酸素が、ハイドシエックのバカげた命令のために使われてしまうというわけか。これは明らかに国家に対する背信行為だ。自ら墓穴を掘ったか、ハイドシエックめ。やつも、遂に終わりだな。メーベル長官に報告してくる」

リヒターは、急いで長官室へ向かう。これで、ハイドシェックとマンネルベルクが失脚して、いよいよ自分の時代が来るのだとほくそ笑んでいた。

翌日の朝になっても、ムカデが現れたという報告はない。朝まで待って、何の動きもなかったら、ハイドシェックを逮捕しろというメーベル長官の命令を受けていたリヒター大佐は、カレンスキー少佐以下二十名の部下を引き連れ、興奮した面持ちで参謀本部へ向かった。シュターゼ中佐は、戦車隊の指揮官と打ち合わせをしているバートレット作戦部長の逮捕に向かった。

ハイドシェック参謀総長は一睡もしないで、通信室からの報告を待っていた。朝の八時をすぎたが、ムカデについての情報は何一つ入ってこない。ハイドシェックは舌打ちして、考え込んでいた。

（いや、きっと現れる。デスネヒトから生まれた怪物が、ジストニウムごときにやられるはずがない）

ドアがノックされ、国家保安警察の制服を着た男たちが、銃を構えて入り込んできた。

「何だ、お前たちは。ここを参謀総長室と知っての振るまいか！」

「ハイドシェック参謀総長、あなたを国家背任容疑で逮捕する」

カレンスキー少佐が、逮捕状を見せた。

「バカ者！　お前たちのような下っ端が、参謀総長を逮捕できるとでも思っているのか」

ハイドシェックは一歩も引かぬ構えで、カレンスキーを睨みつける。

「いや、これはメーベル長官じきじきのご命令です。逆らうことはできませんぞ、ハイドシェック大将」

リヒター大佐が、レーザー銃を構えながら言った。

「メーベルの命令だと。容疑はいったい何だ？」

「エメラルド国の貴重な酸素を、一年分近くも独断で流用した国家への特別背任容疑です」

「独断で流用だと！　バカなことを言うもんじゃない。メーベルも焼きが回ったか。これは国防軍の非常事態における作戦上やむを得ない処置で、参謀総長の職務権限として認められていることだ。保安警察ごときが、とやかく口出しすることではない。顔を洗って出直して来い！」

ハイドシェックは立ち上がって、リヒターを怒鳴りつけた。

「いや、そうではありませんな。バルトシュテット上級大将の申し立てによると、ムカデの化け物は超低周波で誘導してジストニウム攻撃で退治したにもかかわらず、あなたはそれを聞き入れようともせず、貴重な酸素をムダ遣いして、エメラルド国民に莫大な損害を与えたのです。これ以上の裏切り行為はない」

リヒターは、身じろぎせずに言い返した。

「ムカデはまだ死んではいない。やつは必ず生きている。ムカデの死が確認されない以上、国防優先で作戦を立てることこそ、エメラルド国民を守ることではないか。酸素弾は、決してムダではない」

「今さらそんな言い訳が通用すると思うか。ジストニウム攻撃を受けて、二十時間にもなるんだぞ。ムカデは、こっぱみじんに吹き飛んでしまったのだ。お前は、バルトシュテット大将の英雄的な大勝利が妬ましいだけだ。さあ、構うことはない。この男を逮捕しろ。こいつはもう参謀総長などではない。エメラルド国最大の裏切り者だ。獅子身中の虫とは、お前のことだ！」

リヒターが冷酷に言い放つと、制服の男たちはハイドシェック参謀総長を押さえつけ、手錠をかけてしまった。

「こんなことをして、必ず後悔するぞ」

ハイドシェックは髪を振り乱し、唇をかんだ。

「ふん、言いたいことがあったら、軍事法廷で言うんだな。もっとも、お前の言い分など一つも通らんがな」

リヒターは薄笑いを浮かべると、連れて行けというように顎で部下たちに指図する。

ハイドシェック参謀総長が逮捕されたころ、作戦部長室へも保安警察の男たちがなだれ込んできた。部長室では、バートレット中将とリンデマン戦車隊長が、酸素弾攻撃について最終の打ち合わせをしていた。

「二人とも、おとなしく手を挙げろ。国家反逆罪で逮捕する。メーベル長官の逮捕状だ」

シュターゼ中佐が、逮捕状を突きつけた。

「何だと、国家反逆罪とはどういうことだ！　国家存亡の非常時に国防軍が全力を挙げているというのに、お前たちは何を血迷ったことを言っているか！」

リンデマン大佐は血相を変えて、シュターゼから逮捕状をひったくると、破り捨ててしまった。

「メーベル長官の逮捕状を破るとは、それだけでも大罪だ。手加減するな。この反逆者たちを縛り上げろ」

制服の男たちは、リンデマンとバートレットに飛びかかった。

そのとき、ケストリング少将は科学省から帰ってきて、菊川博士とラパヌーズ博士の考えを伝えようと参謀総長室へ連絡を入れたが不在なので、部長室のドアをノックしかけた。ところが、中から激しく言い争う声が聞こえてきた。耳をすますと、罵声が聞こえてくる。

「汚らわしい反逆者め！　国家保安警察に盾突くとどうなるか、思い知らせてやる」

（くそ、保安警察めが）

ケストリングは、すぐに丸いポケット電話を取り出して通信室へつないだ。

「反逆者どもに、作戦部長室を占拠された。国防軍兵士は、ただちに部長室を包囲し、反逆者を鎮圧せよ」

と、命令を出した。それから参謀総長室へつないだが、まだ応答がない。ケストリングは廊下の曲がり角に身をひそめ、銃を構えて部長室の様子をうかがっていた。しばらくすると、手錠をかけられたバートレットとリンデマンが銃で突き立てられながら出てきた。二人とも、髪が乱れ、国防軍の襟章がはぎ取られている。ケストリングは、早く味方の兵士たちが来てくれないかと待っていたが、二人が保安警察へ連行されていってしまいそうなので、遂に銃を向けて大声を出した。

「待て、愚かな反逆者どもめ。全員、手を挙げろ」

シュターゼ中佐は驚いて手を挙げたが、相手がケストリング一人と気づくと、部下たちに目配せした。制服の男たちは、いっせいに撃ってくる。ケストリングも必死で撃ち返したが、曲がり角へじりじりと追い詰められていった。しばらくして、

「国防軍が完全に包囲したぞ。武器を捨てて、手を挙げろ。さもないと、命はないぞ！」

大声がかかった。国防軍の兵士たちが、前からも後ろからも大挙してレーザー銃を構えている。アリのはい出る隙間もない。

「警告を無視すると、皆殺しだぞ」

また声がかかる。数え切れないほどの銃口が自分たちに向けられていることを知ったシュターゼ中佐は、真っ青な顔をして降伏した。

「部長、おケガはありませんか？」

ケストリングが、手錠を外しながら尋ねた。

「わたしなら大丈夫だ。それより、菊川博士とラパヌーズ博士は何と言っていた？」

「はい、大変なことがわかりました。菊川博士の分析によると、ムカデは間違いなく生き

ています。それも、さらに巨大化して地下にもぐっているというのです」

「何、さらに巨大化だと！」

バートレットは髪を乱したまま、眉間に皺を寄せた。

「ええ、あのムカデは生命を破壊するデスネヒトから生まれた化け物だから、破壊兵器すべてのエネルギーを吸い取って、より巨大化するというのです。それが証拠に最初発見されたときは、体長十メートル余りだったのに、エバンスの戦車隊にミサイル攻撃を受けてからは体長三十メートルにもなっています。破壊兵器のエネルギーとムカデの体長をコンピューターで計算すると、航空隊のジストニウム攻撃では、体長が何と八十メートルにもなるそうです。ムカデが地上に現れないのは、ジストニウムのエネルギーを吸収して成長するまでに二十四時間以上かかるからだそうです」

「体長八十メートルだと！　何ということだ。航空隊のジストニウム攻撃は英雄的な大勝利どころか、火に油を注いだだけだったんじゃないか」

バートレットは、唇をかんで拳を握りしめた。

「閣下、菊川博士の計算どおりだとすると、ムカデはあと数時間で地上に姿を現します。一番の問題は、酸素が足りません。最低でも、今の三倍から四倍の酸素がないと、体長八十メートルにも巨大化したムカデの息の根を止めることはできません」

「今の三倍から四倍だって！　とても無理な話だ。バルトシュテットの愚か者め！　出しゃばりおって、取り返しのつかないことになってしまったではないか。とにかく参謀総長に連絡して、すぐに作戦会議を開こう」

「それが、ハイドシェック総長と連絡が取れないのです」

「まさか、お前たち、参謀総長も逮捕したわけじゃないだろうな？」

バートレットは、シュターゼの胸ぐらをつかんだ。シュターゼは、青ざめた顔で押し黙っている。

「お前、今の話が聞こえたろう。バルトシュテットのしたことこそ、国家に対する裏切りなんだ。お前に良心のひとかけらでも残っていたら、参謀総長の居場所を教えろ」

「リヒター大佐が逮捕して、国家保安警察本部の牢に閉じ込めているはずです」

シュターゼは、うな垂れたまま答えた。

「よし、国家保安警察本部を包囲しろ。参謀総長を救出するんだ。逆らう者は、たとえメーベル長官であろうと容赦するな。ケストリング少将は科学省に連絡して、国家を救うためにできるだけ多くの酸素を供給するよう話してみてくれ」

ケストリングはこれ以上無理とわかっていたが、もう一度頼んでみることにした。

7

リヒター大佐は、ハイドシェック参謀総長を逮捕したことをバルトシュテット大将に報告しようと、さっそく航空司令室を訪れた。

「閣下、裏切者のハイドシェックを捕らえて、本部の牢に押し込めました」

「そうか、よくやった。ハイドシェックのやつめ、とうとう年貢の納めどきだな」

バルトシュテットは、愉快そうに高笑いする。

「バートレットも、間もなく連行されてくるはずです」

「それは上できだ。これでマンネルベルクも、ハイドシェックとバートレットの両腕をもがれて赤子同然というわけだ」

「国防軍は閣下の思いのままです。今日からは、総司令官バルトシュテット元帥閣下です」

「うん、お前もリヒター国家保安警察次官だ」

二人は笑いが止まらなかった。ところが、突然、不気味な轟音がしたかと思うと、激しい揺れが襲ってきた。バルトシュテットもリヒターも立っていることができず、あわてて机の下にもぐり込んだ。揺れが収まってから、二人は恐る恐る辺りを見回す。椅子がひっくり返り、書類が散乱している。

「いったい何があったんだ？」

「本部に問い合わせてみます」

リヒターは、保安警察本部を呼び出した。

「リヒターだ。今の揺れは何だ？」

「ただ今調査中であります。詳しいことは、わかっておりません」

「シュターゼ中佐は、戻ったか？」

「はあ、それがまだお戻りにはなっていません」

「戻ったら、すぐに航空司令室へ連絡するよう伝えろ」

　そのとき、ドアがノックされ、ジェノビッツ大佐がこわばった顔をして入ってきた。

「閣下、ご無事でありましたか」

「ああ、だが、今の揺れはいったい何事だ?」

「はい、航空本部の高感度レーダーが、シェルター北五十キロ地点に体長八十メートル余りの動く物体を捉えました。激しい揺れは、その物体が原因ではないかと思われます」

「体長八十メートル余りの動く物体だと! 何だそれは?」

　バルトシュテットは、訝しげな顔をする。

「それが、どうも……」

　ジェノビッツが、口ごもってしまった。

「はっきり言え!」

「はい、どうもムカデらしいのです」

「ムカデだと! そんなバカな。ムカデなら、死滅したはずではないか。どういうことなんだ?」

　バルトシュテットが、顔を引きつらせた。

「とにかく、レーダーをご覧ください」

バルトシュテットとリヒターは、ジェノビッツに促されて航空本部のレーダー室へ入る。高感度レーダーには、確かに体長八十メートルを超える巨大な生き物の影が多数映し出されている。

「これは！　どういうことだ？」

バルトシュテットは、眉をひそめたまま立ち尽くしてしまった。

「閣下、このムカデは出現場所こそ近いですが、航空隊が全滅させたムカデとは別物です。体長が違いすぎます。航空隊がジストニウム攻撃したムカデは三十メートルほどでしたが、これは八十メートル以上もあります。もしかしたら、やっつけられたムカデの親たちかもしれません。子どもの仇を取るために、地下深くから出てきたに違いありません」

リヒター大佐が、鋭い眼差しで発言する。

「親ムカデの敵討ちか。うん、それなら話がわかる」

「わたしはまた、殺されても殺されても蘇ってくる妖怪かと思いましたが、なるほど親ムカデでしたか！」

ジェノビッツも、納得したように頷く。

「親の敵討ちなら、望むところだ。向こうからわざわざ出てきてくれたんだから、もう一度航空隊を出撃させて、返り討ちにしてやる。ジェノビッツ、頼んだぞ。うまくいけば、お前を少将に昇格させ、バートレットを追い出して作戦部長にしてやる」

「はっ、承知いたしました」

ジェノビッツは勇躍して、レーダー室を出ていった。

航空隊の精鋭五十機の出撃準備が整ったころ、航空本部にマンネルベルク元帥名で、出撃中止命令が伝えられた。

「閣下、一大事です。マンネルベルク元帥から、航空隊の出撃は直ちに中止せよとの厳命です。命令に従わない場合は、航空司令官始め幹部全員を厳罰に処すとあります」

オーベルク航空次官が、あわてふためいた様子で命令書を見せる。

「何だと、出撃中止命令だと。エメラルド国を破滅させる気か、頭のイカレた老いぼれめが！　今さら、中止などできるものか。巨大な親ムカデたちが、シェルターへ迫っているんだぞ。こんなニセ命令に惑わされるな。マンネルベルクは、参謀総長も作戦部長も不在で命令など出せないはずだ。この命令書は、裏切者たちの陰謀だ。すぐに、ジェノビッツの航空隊を出撃させるんだ！」

「しかし、閣下……」

オーベルク次官は、困惑顔で立ちすくんでいる。

「そんな命令書は破り捨てろ！」

バルトシュテットは、物凄い形相でオーベルクを睨みつける。

「わかりました。航空隊を直ちに出撃させます」


バルトシュテット航空司令官の命令で、ジェノビッツ大佐率いる五十機の航空隊は、北五十キロ地点を目指して出撃した。

「大佐、北四十五キロ地点で、体長八十メートル超のムカデの群れを発見しました。三十匹ほどいます」

先頭のハーベイ大尉が報告する。

「一番隊、超低周波を使って北六十キロ地点まで誘導しろ。あとの機は先回りしてジストニウム攻撃の準備をするぞ」

ジェノビッツ大佐は、一回目の出撃と同様の命令を出す。

「了解しました」

一番隊の五機が、超低周波を出しながら降下していく。ムカデたちは近づいてくる誘導機に気づくと、目玉をオレンジ色に明滅させながら長いヒゲをぴくぴく動かし始める。背伸びしようとしたムカデもいたが、そのうちおとなしくなり動きを止めてしまった。

「化け物どもめ、図体はでかいが、超低周波にはまるでおとなしいヒツジだな。よし、高度二百メートルを保って誘導しろ」

ハーベイは薄笑いを浮かべで、ムカデたちの様子を見ていた。五機の誘導機が高度二百メートルで超低周波を発するが、どうしたことかムカデたちは目玉をゆっくりと明滅させているだけで動こうとはしない。

「どうしたんだ？　ちっとも動かないじゃないか。もう少し高度を下げて、目いっぱい超低周波を浴びせてみろ」

「はい、高度を百メートルまで下げてみます」

五機の誘導機は、巨大ムカデに接近していく。ムカデの目玉の明滅がさらにゆっくりしてきたが、超低周波の誘いには乗ろうとしない。そのうち長いヒゲを突き立てて背伸びをし、誘導機に向かって黄色いガスを吹きかけた。四機が、ガスに呑み込まれ爆発する。ムカデたちは、炎上して墜落してくる誘導機を競って丸呑みしてしまう。

この様子を参謀本部のレーダー画像で見ていた菊川博士は、隣にいるラパヌーズ博士につぶやいた。

「実に愚かなことです。ムカデの狙いがジストニウムだということが、どうしてわからないんだ。ムカデは誘導機のジストニウム燃料を吸い込んで、さらに巨大になりますぞ」

「博士の言われるとおりです」

爆破を免れた一機が残りの五機とともにさらに高度を下げて、必死で超低周波を発するが、ムカデたちはまったく反応しない。

「危ない、やめろ！　いくら高度を下げたってもう大きくなりすぎて、超低周波になんか反応しないんだ」

菊川博士が、画像に向かって叫ぶ。ムカデたちは激しく目玉を明滅させ、黄色いガスを吹きかける。六機の誘導機はたちまち炎上し、ムカデたちに呑み込まれてしまった。

「総司令官の命令を無視して、何というバカなことだ。この計画に加担した者は、全員厳罰に処してやる。特にバルトシュテットとジェノビッツは絶対に許さんぞ！」

バートレット作戦部長が、ジェノビッツ大佐から届いた作戦書類を床に叩きつけた。

「閣下、ムカデが当シェルターに向かって、時速二十キロほどで動き始めました。あと二時間で、ムカデの攻撃を受けることになります」

作戦参謀のゾンマーシュタイン大佐が報告する。

「よし、戦車隊、航空隊に出撃命令を出せ」

「承知いたしました」

酸素弾を積んだ五十両の戦車と、五十機の攻撃機が出撃していく。

「総司令官、ムカデがこのシェルターにやって来る目的は、菊川博士が言われるようにジストニウムです。ジストニウムはやつらにとって、一番のご馳走です。だからやつらは、ジストニウムに引かれて、このシェルターへ向かっているのです。至急、わが国のジストニウムを移動させましょう。そうすればムカデは進路を変え、このシェルターに被害は及びません」

ラパヌーズ博士がマンネルベルクに訴えたが、年老いた元帥は口を閉ざしたまま腕組みしている。

「博士、仰ることはよくわかりますが、ジストニウムは酸素生成やそのほかのエネルギー源として、わが国には必要不可欠です。これを放棄してしまえば、たとえシェルターだけ残っても、国民は生きていくことができません」

バートレットが、元帥の代わりに答えた。

「しかし、ジストニウムがある限り、ムカデは必ずこのシェルターを攻撃し、破壊してしまいます」

「それは、戦車隊と航空隊が何とか食い止めてくれるものと思います」

「菊川博士、作戦部長はこのように言っていますが、戦車隊と航空隊の酸素弾攻撃だけで、ムカデの侵攻を阻止できるものでしょうか。ぜひ率直なご意見をお聞かせください」

ラパヌーズ博士が菊川博士に尋ねた。

「その答えは、わたしに尋ねるまでもなく博士ご自身よくわかっていると思います。航空部隊がジストニウム銃攻撃をする以前の体長三十メートル程度のムカデなら、何とか防げたかもしれませんが、体長八十メートルを超えてしまっている現在では巨大すぎて、少なくとも今の三倍から四倍の酸素弾がないと、到底防ぐことはできないでしょう」

菊川博士は深刻な顔で答えた。

「やっぱりそうですか……」

バートレットが溜息をつく。

「菊川博士は、すぐに日本国シェルターへお帰りください。ご家族や関係の方々が心配しておられると思います。博士まで危険に巻き込んでしまうことはできません。今まで適切など助言をいただきまして、本当にありがとうございました。エメラルド国を代表して深く感謝いたします」

バートレット作戦部長が深々と頭を下げた。ラパヌーズ博士や、将校たちも頭を下げる。

「いえ、たいしてお役にも立てず申し訳ありません。デスネヒトムカデの災禍はエメラルド国だけでなく、日本や欧米各国にとっても重大な脅威です。帰ったらすぐに、より強固な対策を講じるよう政府に進言します。今後もお互いに協力できることは、ぜひ協力し合って危機に立ち向かっていきましょう。それと、ずっと気になっていたのですが、フィリップス博士はどうされたんですか。スイスの研究所でラギール博士と抗デスネヒト剤の研究に取り組んでいて、わたしもその抜きん出た実力はよく存じています。こんなときには一番頼りになるはずなのに、どこにも姿が見えませんね。どうかされたんですか？」

菊川博士が心配そうに尋ねる。

「フィリップス博士なら、わたしも探しているのですが、このところずっと連絡が取れなくなっているんです」

ラパヌーズ博士も顔を曇らせた。

「保安警察に逮捕されたという噂もあります。何しろ、参謀総長やこのわたしまで逮捕しようとしたんですからね。今、ケストリング少将が参謀総長救出に出向いていますので、フィリップス博士も必ず釈放するように伝えます。ゾンマーシュタイン、菊川博士を日本国シェルターまで無事にお送りするんだ」

「はい、かしこまりました」

バートレット作戦部長やラパヌーズ博士に見送られて、菊川博士が参謀本部を出てしばらくして、ずっと黙り込んでいたマンネルベルク元帥が意を決したように口を開いた。

「エメラルド国を救う方法が一つだけある」

「総司令官、今何と言われましたか？」

「方法が一つだけあると言ったんだ」

「その方法をぜひお聞かせください。ムカデはこのシェルター目指して迫っています。あと二時間足らずで、ここまで来てしまいます」

バートレットが切迫した顔で、マンネルベルクの答えを待つ。

「ひと月分のジストニウムだけ残して、あとはシェルターからできるだけ遠くへ捨ててしまうのだ」

「なるほど。ラパヌーズ博士、総司令官のお考えはどうですか？」

「うーん、そうすると現有のジストニウムの約一割を残して、九割は捨ててしまうということですね。確かに貪欲なムカデは多い方に引かれて移動するかもしれませんが、そのあとはどうなるのでしょうか。そのまま満腹して引き下がってくれればいいのですが、再び残り一割を狙いに来る可能性が大いに考えられます」

「しかし、酸素弾が不足している現在の状況で、考えられる最善の方法だと思います。ムカデが九割のジストニウムに引かれて方向を変えてくれれば、少なくとも時間は稼ぐことができます。稼いだ時間で、次の方法を考えることもできます」

バートレットの説得に、ラパヌーズ博士も頷いた。

「では、問題はどこへどうやってジストニウムとムカデを移動させるかということですが、この点について博士のお考えをお聞かせください」

「超低周波が効かなくなってしまったので、ムカデの誘導は極めて困難です。ジストニウムのエサで上手に釣りながら、途中でエサをばら撒いて、できるだけ遠くへムカデを移動させてしまうことが必要です。航空隊と戦車隊の酸素弾攻撃が終わったあと、その成果を見定めてから、高度五百メートルでムカデに気づかせるようにゆっくりとミノラスの谷のできるだけ南へ移動させたらどうでしょうか」

「わかりました。すぐに手配します」

8

そのころ、酸素弾を積んだ五十機の航空隊は巨大なムカデの姿を捉えていた。隊長のウォーレン大佐は、ムカデの頭に向けて酸素弾を発射するよう命令を出してした。二十五機の第一次攻撃隊が、高度五百メートルから急降下していく。ムカデたちも気づいて、オレンジ色の目玉を明滅させ長いヒゲを突き立て、攻撃機に向かって背伸びする。攻撃機は、伸びてきたムカデの頭を目がけて酸素弾をいっせいに発射した。

「命中だ！」

酸素弾は緑色の煙を出して、ムカデの頭を吹き飛ばしてしまった。首のないムカデがお互いに絡み合い、数え切れない足を動かしながらのたうち回っている。

「うまくいったぞ。二次攻撃隊、残りのムカデの頭を狙うんだ」

ウォーレンの命令で、第二次攻撃隊二十機が残りのムカデ目がけて、急降下していく。ムカデたちは上空を向いて、口から黄色いガスを吹きかける。

「まずい、向きを変えろ！」

だが、間に合わずに十機がガスの中へ突っ込んで炎に包まれた。間一髪危機を脱した残り十機の攻撃機は、ムカデの後ろに回り込む。

「頭だけ狙うのは、もう無理だ。できるだけ頭の近くを狙って撃て」

二次攻撃隊が、次々と酸素弾を発射する。巨大ムカデたちは背中や腹に被弾し、吹き飛ばされていく。予想以上の大成果だ。胴体が千切れて首だけのムカデや、逆に首のないムカデがよろよろとうごめいている。

「ほう、これはすごい！　菊川博士が言われたとおり、ムカデの弱点はやはり酸素だったのですね。それにしても、酸素弾がこれほど効くとは思いませんでした。戦車隊が残りを片づけてくれたら、もうジストニウムを移動させる必要はないんじゃありませんか」

バートレット作戦部長は満面の笑みを浮かべているが、ラパヌーズ博士は黙ったまま何も答えない。

「閣下、ウォーレン大佐からの連絡です。酸素を被弾したムカデは死んだように動かないとのことです。攻撃を受けていないムカデは、あと七、八匹とのことです」

「あと七、八匹か」

通信兵からの報告に、バートレットは満足そうに頷く。

「キャンベル大佐、戦車隊をムカデのところへ向かわせろ。残りのムカデも徹底的に叩き潰してしまえ」

「はい、すぐに隊長のリンデマン大佐に伝えます」

キャンベル作戦参謀からの連絡を受けて、リンデマン大佐は五十両の戦車隊に時速四十キロで前進するよう指令した。三十分ほどすると、ムカデの残骸が見えてくる。戦車の何倍もありそうな巨大な頭や胴体が、あちこちに転がっている。首のないムカデが、ひくひく体を動かしている。その向こうで、無傷のムカデたちがオレンジ色の目玉を激しく明滅させ、長いヒゲを突き立てている。

「全車、止まれ。これ以上近づくと危ない。ただちに酸素弾攻撃を加える。第一次攻撃隊、攻撃準備」

リンデマン隊長の命令に従って、二十五両の戦車がムカデを囲むように扇形に開いていく。ムカデは寄り集まったまま、口から黄色いガスを吐くが、戦車までは届かない。隊長の合図で、戦車からいっせいに酸素弾が放たれた。ムカデの頭や腹に次々に命中する。まるでやわらかな雪ダルマに石でも投げつけたように、ムカデは粉々に吹き飛ばされてしまう。生き残っているムカデは、もう一匹も見当たらない。

「やったじゃないか！　三十匹以上もいたムカデが全滅したぞ！」

バートレットもキャンベルも小躍りする。けれど、ラパヌーズ博士は表情をほとんど変えない。

「博士、さっきから浮かない顔をして、いったいどうしたんですか？　博士が紹介してくださった菊川博士考案の酸素弾攻撃で、化け物ムカデはめでたく全滅したんですよ。博士と菊川博士は、エメラルド国の救い主です」

「作戦部長の仰るとおりです。酸素弾攻撃など、我々軍人には思いもつかない作戦です。柔よく剛を制すという、東洋の諺の意味がよくわかりました」

バートレットとキャンベルがほめ称える。

「いや、まだ決して油断をしてはいけません」

「ええ！　それはまたどういうことですか？　博士もご覧になったとおり、ムカデは全滅したではありませんか」

　バートレットが、首を傾げて聞き返す。

「確かに見た目はそうですが、あのムカデはデスネヒトが造り出した怪物です。酸素弾攻撃でムカデとしての形は崩れてしまいましたが、デスネヒトそのものが死滅したわけではありません」

　ラパヌーズ博士は、厳しい表情で語った。

「ということは、どういうことですか？」

「何時間かすれば、ムカデから飛散したデスネヒトが再び寄り集まって、新たな怪物ムカデが生まれる可能性が十分にあるということです」

「何ですと！」

　バートレットの顔から血の気が失せていく。

「菊川博士が言われたように酸素弾の数が今の四倍程度あれば、飛散した大量のデスネヒトを死滅させることができるかもしれませんが、それができずに逃がしてしまったので、デスネヒトは酸素弾の動力であるジストニウムを吸い取って、さらに巨大なムカデとして蘇るかもしれません」

「……」

バートレットもキャンベルも、しばらく言葉が出てこなかった。

「それで、ムカデが蘇るまでに時間はあとどれだけ残されているんですか？」

「それは、わたしにもわかりません。早ければ、二、三時間かもしれません」

「たったの二、三時間……。それまでに、九割のジストニウムを運び出す準備を完了しなければなりませんな。すでに手配はしてあるが、科学省とエネルギー省に再度確認し、直ちに全航空隊を動員してジストニウムの積み込み作業を開始しろ」

バートレットが、キャンベルに命令する。

「わかりました」

「自分はマンネルベルク元帥の許可を得て、バルトシュテットとジェノビッツを逮捕してくる」

バートレットが唇を固く結んで、総司令官室へ向かう。

国家保安警察本部へハイドシェック参謀総長の救出に向かっていたケストリング少将は、リヒター大佐と激しい押し問答を繰り返していた。しかし、ジェノビッツ率いる航空隊のジストニウム攻撃が失敗し、ウォーレン大佐とリンデマン大佐の酸素弾攻撃でムカデが退治されたと報告が入ると、リヒターも顔色を変え、ハイドシェック参謀総長の釈放に同意せざるを得なくなった。

「獅子身中の虫とは、どうやらお前たちのことだったようだな」

部下に取り囲まれて応接室へやって来たハイドシェックが、リヒターを睨みつけた。

「ここの牢には、アメリカ出身の科学者とオーストリア出身の看護師も閉じ込めてあると聞いている。その二人もすぐに釈放してもらおう」

ケストリングが、さらに迫った。

「だが、あの二人はマヤタ人を逃がそうとした敵のスパイです。そんな危険人物まで釈放することはできない」

リヒターは、あくまでも引き下がらない。

「まだそんなことを言っているのか！　エメラルド国最大の危機に際して、世界屈指の科学者であるフィリップス博士がどうしても必要なんだ。その博士を、ろくな取り調べもせずにスパイ扱いして投獄するなど、それこそ国家反逆行為だ。どうしても釈放しないというのなら、国防軍が全力で保安警察を攻撃するぞ！」

業を煮やしたケストリングが、怒鳴りつけた。兵士たちが、リヒターに向けていっせいにレーザー銃を構える。さすがのリヒターも苦り切った顔で、部下のカレンスキーに二人の釈放を命じた。

第五章●モーセの奇跡

1

エメラルド国が備蓄しているジストニウムの九割を百機の航空機に積み込む作業は、予想以上に難航していた。国防軍、科学省、エネルギー省の職員たちが総出で作業に当たったが、ジストニウム結晶の保管場所が地震で大きな被害を受け、復旧工事をするのに手間取っているのだ。デスネヒトムカデが酸素弾攻撃で退治されてから、六時間以上がたつのに、まだ全体の半分も積み込みが終わっていない。早くしないと、またいつ新たな妖怪ムカデが出現するかわからない。バートレット作戦部長は、時計を頻りに気にしながら苛々した気持ちで作業現場からの報告を待っていた。

そこへ、保安警察から救出されたハイドシエック参謀総長が、ケストリング少将やフレーベル中佐らと共に戻ってきた。

「参謀総長、お待ちしておりました。よくご無事で」

バートレットが嬉しそうに、右手を差し出す。

「今回の君の働きに感謝する。お陰であの横暴な保安警察からやっと解放されたよ。ムカデも、一応は退治したというではないか」

ハイドシェックもほっとした顔で、バートレットの手を握りしめる。

「はい、菊川博士提案の酸素弾攻撃が功を奏して、今のところは収まっていますが、実は酸素弾が大幅に不足していて、ラパヌーズ博士によると、また新たなムカデがさらに巨大化して生まれてくるとのことです」

「何だって、さらに巨大なムカデが！」

ハイドシェックの顔から笑みが消えた。

「はい、これもバルトシュテット一派が総司令官の命令を無視して、愚かなジストニウム攻撃を強行したことが一番の要因です。ムカデはジストニウムのエネルギーを吸い取って何倍にも巨大化してしまい、もはや酸素弾が大幅に不足しています。バルトシュテットらを、国家反逆罪で逮捕しました」

「そうか、あの成り上がりの愚か者め！　それで、新たな巨大ムカデから、どうやってこの国を守るつもりだ？」

「総司令官の命令で、わが国備蓄の九割のジストニウムでムカデを釣って、ミノラスの谷の南方へ追いやる作戦を準備しています」

「九割のジストニウムを放棄するというわけだな……」

ハイドシェックは、腕を組んだまま黙り込んでしまった。

「ムカデの狙いがジストニウムである以上、背に腹は代えられません。酸素弾攻撃もできずに、そのまま手をこまねいていたら、わが国は巨大ムカデに蹂躙され滅亡してしまいます」

バートレットの説明に、ハイドシェックが溜息交じりに頷いたとき、ゾンマーシュタイン参謀が息を切らして飛び込んできた。

「ムカデが現れました。当シェルター北二十キロ地点に、体長百メートルほどのムカデが三十四余り、時速三十キロでこちらへ向かって移動中とのことです。あと四十分で、わが国はムカデの攻撃にさらされます」

「化け物め、とうとう現れたか！　ジストニウムの積み込みはどうなっているんだ？」

「はい、現場で指揮を執るキャンベル大佐によりますと、地震の被害が深刻で、まだ半分程度のジストニウムしか積み込み作業が終わっていないとのことです」

「それでは間に合わないではないか！」

バートレットが、目を血走らせて叫んだ。

「部長、今は緊急の時です。とりあえず、半分でもいいから、航空隊を出撃させましょう。ウォーレン大佐に頼んで、ジストニウムのエサを上手にばら撒いて、ムカデを当シェルターから遠ざけることが、第一にすべきことです」

ケストリング副部長が進言する。

「ケストリングの言うとおりだ。その作戦でいこう」

ハイドシェックも賛成した。

「ですが、参謀総長、巨大ムカデはもう二十キロ地点まできているんですよ。そんな近くでジストニウムをばら撒けば、下手をすると当シェルターにも危険が及ぶ心配があります。それに、わが国シェルターには、まだ全体の半分以上のジストニウムが残っています。バルトシュテットらの愚かな企てで超低周波も効き目がなくなってしまい、腹を空かした貪欲なムカデは、量の多い方のジストニウムに狙いを絞り、航空隊の誘導には従わないのではないでしょうか」

ゾンマーシュタインは、頷こうとしない。

「君の言い分はもっともだが、ムカデがどう動くかやってみなければわからない。たとえ大きなカケであっても、当面の危機を何としても避けることが先決だ。神の加護を信じよう。ジストニウムの積み込みが半分でも構わないから、すぐにウォーレンの航空隊を出動させろ。これは国防軍参謀総長としての命令だ」

ハイドシェックが強い口調で言った。


参謀本部からの命令を受けて、ジストニウム結晶を積んだ五十機の航空隊は、ラパヌーズ博士の予言どおり出現した巨大ムカデの進路を変えるべく飛び立っていった。先頭のハミルトン大尉機が、前方五百メートル下にオレンジ色の目玉を激しく明滅させながら前進する頭が二つある巨大なムカデを捉えた。それは、本当に身の毛がよだつような凄まじい化け物の姿であった。

「隊長、ムカデを発見しました。どれも頭が二つあり、以前よりずっと巨大で不気味です。ジストニウムを投下してみますか？」

「いや、まだシェルターに近すぎて、ここでの投下は危険だ。何とか奴らの気をこっちに引きつけて、あと最低二十キロは遠ざけたい。まず自分がやってみるから、同じように飛んでみてくれないか」

「了解しました」

ウォーレン大佐は、ムカデの上空百メートルまで急降下し、ムカデが気づいてガスを吐く直前に反対側へ急上昇するアクロバット飛行を繰り返して、ムカデたちの進路を妨害してやろうと考えた。極めて危険な飛行であるが、もうこれしかムカデの前進を阻む方法は思いつかない。自分が犠牲になっても、エメラルド国の家族や友人たちを救うことができれば本望と覚悟を決め、ウォーレンは、双頭の化け物ムカデ目がけて突っ込んでいった。

ムカデたちはウォーレン機に気づき、長いヒゲを突き立てて背伸びしようとする。だが、ウォーレン機はムカデが背伸びしてガスを吐く直前に、素早く急上昇して飛び去ってしまった。ムカデたちは悔しそうに伸び上がり黄色いガスをやたら吹きかけるが、ウォーレン機には届かない。

「さすが隊長、お見事！　ようし、次は自分の番だ」

ハミルトン大尉も、ウォーレンに倣いムカデの上空百メートルまで急降下し、即座に急上昇に転じた。ムカデたちはハミルトン機に襲いかかろうといっせいに背伸びするが、するりと抜けられてしまい、あちこちでぶつかり合ったり絡まり合ったりして、目玉を激しく明滅させながら右往左往している。

「ハミルトン、よくやった。全機に告ぐ。ムカデはかなり興奮しているので、もう一度突っ込んでいったら危険だ。これから、ムカデの上空四百メートルを全機でゆっくり旋回飛行する。油断するな」

ウォーレンの命令で、五十機の航空隊はムカデたちの頭の上を渦でも巻くようにぐるぐると回り始めた。双頭のムカデたちはヒゲを突き立て背伸びし盛んにガスを吹きかけるが、航空隊には届かない。どのムカデも航空隊に気を奪われていて、シェルターの方へ前進しようとするものは一匹もいない。

「よし、これで、ムカデの注意をこっちへ引きつけることができたぞ。それではこれより高度四百メートルを保ち、時速三十キロでムカデをミノラスの谷の南側へ誘導していく。低速飛行なので、十分気をつけろ」

隊長のウォーレン機を先頭に、ミノラスの谷目指してゆっくりと飛行していく。ムカデたちも長いヒゲを突き立てたまま、航空隊のあとを追っていく。

「うまくいったぞ！　化け物ムカデたちが、航空隊のあとをムキになってついていく。

ウォーレンの活躍は見事じゃないか」

参謀本部のレーダー画像を見守っていたハイドシェック参謀総長が、喜色満面で拍手する。

「本当に、お見事です。これは表彰ものですな」

ケストリング少将やフレーベル中佐も、頷きながら拍手している。

「博士、このままうまく誘導できるものでしょうか？」

少し離れてスクリーンを見ていたバートレット作戦部長が、科学省から戻ってきたラパヌーズ博士に小声で尋ねた。

「それはどうでしょうかね。航空隊は確かによくやっていますが、限界もあります。ムカデはそのうち航空隊に興味をなくし、方向転換するでしょう。やつらの目的は、わが国に備蓄されているジストニウムを貪り食べることですからね。何とか、ジストニウムのエサが使える位置まで連れていってくれるといいんですがね」

「やっぱりそうですか。ところで博士、フィリップス博士にこちらへお出でいただくことはできませんか？」

「フィリップス博士は二ヵ月も保安警察に拘束され、連日厳しい取り調べを受けていたようで、最低でも一週間程度の静養が必要との医師の診断です。保安警察とは、随分と非人道的なことをする組織のようですね」

温厚なラパヌーズ博士が、珍しく憤慨している。

「わたしも、最近の保安警察のやり方は腹に据えかねています。メーベル長官やその側近たちに権力が集中しすぎています。国防軍として厳重に抗議し、リヒター一派の罷免を要求しています」

「当然でしょうな」

ラパヌーズ博士が頷いて間もなく、

「うん、ムカデの動きが止まったぞ！」

ハイドシエック参謀総長の大声が響いた。ラパヌーズ博士と、バートレット作戦部長も急いでレーダー画像に近づいた。

「どうやら、この辺りが限界のようですね」

「博士、ムカデはもう航空隊を追いかけないんですか？」

「ムカデは、腹を空かしたライオンと同じです。ライオンをからかったカラスに腹を立てて追いかけたものの、やっぱり腹が空いているのでこれ以上の深追いはやめ、元のエサに襲いかかろうということでしょう」

「それじゃあ、またシェルターを狙うわけですか！」

ハイドシェックが、眉間に皺を寄せた。ムカデたちは、ラパヌーズ博士の言うとおり、向きを変えて移動を開始した。

「参謀総長、ウォーレン大佐がジストニウムを使ってもいいか尋ねてきています」

フレーベルが、通信室からの連絡を伝える。

「博士、どうでしょうか。ジストニウムを使っても安全な位置ですか？」

「いや、わが国シェルターから、まだ三十キロも離れてはいません。この程度でジストニウムを使ったら、危険が及ぶ可能性が高いです。最低でも、あと十キロは離さないと安心できません」

「あと十キロですか……」

ハイドシェックが、深い吐息をついたまま口を閉じてしまった。参謀指令室は重い空気に包まれ、沈黙のときが流れた。

2

ウォーレン大佐は、思い悩んでいた。

参謀本部は、ムカデをさらに十キロは離さないとジストニウムの使用は許可できないと言ってきている。しかし、このまま手をこまねいていたら、頭が二つの化け物ムカデは航空隊の挑発など無視して間違いなくシェルターへ突進し、一時間足らずでエメラルド国を踏み潰してしまうに違いない。それだけは、何としても食い止めねばならない。

(もう一度やるしかない)

ウォーレンは腹を決めた。たとえどんなに危険であっても、ムカデの前進を徹底的に阻止し、どうしてもあと十キロ、シェルターから引き離すしかない。

「ハミルトン、もう一度やるぞ。こうなったら、ムカデの進路を妨害しまくって、もう十キロ押し戻してやろう」

「わかりました。自分もやらせていただきます」

ハミルトンにも、ウォーレンの強い決意が伝わってきた。

「いや、君は新婚だ。危険な任務だから、無理はするな」

「いえ、ムカデの前進を阻むことは、母国と家族を守ることです。自分にも、ぜひやらせてください」

ハミルトンは一歩も引かない。

「わかった。それならあとに続け」

ウォーレン機は上空五百メートルから、ムカデ目がけて突っ込んでいった。ムカデたちは、まったく反応せず前進を続ける。ハミルトン機も思い切り急下降していったが、ムカデはやはり相手にもせず、ひたすら前進していく。

「さっきとはまるで違うな。脇目も振らずという感じじゃないか」

「ええ、よほど腹を空かしているのかもしれませんね」

「それじゃあ、もう少しムカデに近づいて驚かしてやるしかないな。ハミルトン、君は真似をしてはならんぞ」

ウォーレンは釘を刺してから、再びムカデの頭目がけて急降下していった。長いヒゲを掠めるようにして急上昇した。今度はさすがにムカデも癇に障ったようで、激しく目玉を明滅させ、ウォーレン機の方を振り向いて黄色いガスを吹きかける。

（うまくいったぞ。もうひと押しだ）

ムカデが頭の向きを変えて前進しようとしたところを狙って、今度は後ろからまたヒゲを掠めるように急降下し急上昇した。数匹のムカデは、遂に堪忍袋の緒を切らしたようにウォーレン機を追いかけ始めた。だが、残りの多くのムカデは構わずにそのまま前進を続けようとする。

（今度は自分が、あいつらを怒らせてやる）

ハミルトンは唇を固く結ぶと、ウォーレンがしたようにムカデの頭目がけて急降下し、ヒゲを掠めるように急上昇した。ムカデたちは、いっせいにハミルトン機の方を向き、背伸びして黄色いガスを吹きかける。ハミルトン機は、ムカデたちを嘲笑うように上空を旋回し、虚を突いてまた急降下してヒゲの近くを掠め飛ぶ。残りのムカデたちも、とうとう怒り狂ったようにハミルトン機を追い始めた。

ハミルトンの変幻自在な活躍に勇気づけられ、他の機もウォーレン隊長の命令に従い、上空を旋回しながら双頭のムカデたちをシェルターとは反対方向へ誘導していった。

ウォーレンやハミルトンだけでなく、飛行技術に優れたバートン少佐やウッカム中尉らも隙を見てムカデをからかうように急降下、急上昇を繰り返したので、ムカデたちの怒りは収まらず次々に誘導されていく。

「これはすごい。ジストニウムが使えるところまで、あと一キロじゃないか。よく引っ張ってきたものだ。大あっぱれだな!」

先ほどまでの重苦しい空気が一変し、参謀指令室は色めき立っていた。ハイドシェック総長はもちろん、バートレット作戦部長やラパヌーズ博士まで目を輝かせている。皆これで、眼前の大きな危機が避けられそうだと確信した。

ところが、目標地点まであと五百メートル余りと迫ったとき、ムカデの動きが突然止まった。バートン機やウッカム機がいくら挑発しても、さっぱり乗ってこない。双頭のムカデたちは方向転換し、またシェルターへ向かって進み始める。

「あともう少しだというのに、どうしたというんだ?」

ハイドシェック総長が、舌打ちして椅子を蹴る。

「ジストニウムの積み込み作業は、いったいどうなっているんだ?　作業が完了して全機飛び立てば、まだチャンスはあるんだ」

バートレット作戦部長が、ゾンマーシュタイン参謀に問いただした。

「はい、キャンベル大佐から連絡があり、人員を二倍にして作業を急いでいるものの、収納庫入口がひどく破損していて作業車が入ることができず、手作業で回収しているため、まだ四割ほど残っているということです」

「四割もか！」

バートレットも、息をついたまま黙り込んでしまった。

ハミルトン大尉は、覚悟を決めていた。

(せっかくあと五百メートル地点までこぎつけたのに、ここでムカデたちを逆戻りさせることは絶対にできない。ムカデのウイークポイントは、あの長いヒゲだ。ヒゲの近くを掠め飛ぶと、ムカデは怒りをあらわにする。しかし、同じことを何度もやり続けたので、おそらく慣れっこになってしまったのだろう。こうなったら、あのヒゲに直接攻撃を仕掛けるしか方法はない)

ハミルトンは、機体の腹から今までほとんど使ったことのない鋼鉄のノコギリ刃を出して、ムカデのヒゲを切り裂いてやろうと思った。もちろんそんなもので、あの化け物の太いヒゲが切り落とせるか自信はないが、激しく怒らせることならできるはずだ。そうすれば、再び向きを変えて追いかけてくるに違いないと考えた。

腹から長いノコギリ刃を突き出したハミルトン機が、先頭を行く巨大ムカデのヒゲ目がけて一直線に突っ込んでいった。

何かが強くぶつかるような音がしたのを、ウォーレン大佐も確かに耳にした。下を見ると、ハミルトン機が火だるまになって地面に激突するのが見えた。

「リディア……」

ハミルトンは炎上する機体の中で脱出することもできず、一年前に結婚した身重の妻の名を呼んだ。

「ハミルトン、君は……」

ウォーレンは言葉が出てこなかった。けれど、悲しんでいる暇はない。ムカデたちが怒りを爆発させたように黄色いガスを吐きまくり、航空隊を追い始めたからだ。

「全機に告ぐ。ハミルトン大尉の尊い死をムダにしてはならない。どんなことをしても、ムカデたちをあと五百メートル押し戻してやろう！　それが、自ら盾となって母国と愛する家族を守ろうとしたハミルトン大尉への一番のはなむけだ」

バートンもウッカムも、他の隊員たちもウォーレンの言葉に強く頷いた。隊員たちは協力し合って、双頭の化け物ムカデたちを必死で挑発し、遂にジストニウムが使用可能な地点まで誘導することに成功した。

「やった、やったじゃないか！」

参謀指令室では、ハイドシェック総長とバートレット部長が手を取り合って喜んでいた。ハミルトンの実直な人柄をよく知るゾンマーシュタインやフレーベルは、涙を浮かべている。

「すぐに、ジストニウムを使用するよう命令を出せ」

ハイドシェックが、ゾンマーシュタイン参謀に伝えた。

「三十キロは離れましたので一応は安全ですが、念のために病人や子ども、老人は可能な限り地下へ避難させた方がよいかと思います」

ラパヌーズ博士が助言する。

「わかりました。すぐそのように手配します」

ジストニウム使用の命令を受けたウォーレンの航空隊は、高度を二千メートルまで上げ、投下準備にかかった。航空隊が上空へ去っていってしまったので、ムカデたちは長いヒゲをぴくぴく動かし、すぐに動きを止めてしまった。このままでは、また向きを変えてシェルターへ前進を始めてしまうだろう。ウォーレンは、レーダーでムカデの位置を確認してから全機に命令を出した。

「わたしの機から、直ちにジストニウムの投下を開始する。ジストニウムは連鎖性が強く危険が伴うので、お互いに十分な距離を保つように。わたしの機の投下が終了したら、ムカデの反応を見ながらバートン機、ウッカム機と順番に投下していく。そのつもりで全機準備せよ」

ウォーレンはもう一度レーダーを確認してから、投下ボタンを押した。ジストニウムが、向きを変え始めたムカデの頭上へ落下していく。

凄まじい閃光を感じた。特殊なゴーグルをかけて下を見ると、双頭のムカデたちは我先に押し合いへし合いしながら、ジストニウムへ殺到していく。高度を徐々に下げていく。青白い閃光を発するジストニウムに双頭のムカデが群がり、争って貪り食っている様子が見える。同じ胴体でつながっている二つの頭同士も、ジストニウムを激しく奪い合い引ったくり合っている。それはまさに、身の毛もよだつ地獄の光景であった。

3

ムカデたちは航空隊がばら撒くジストニウムのエサに飛びついて、参謀本部の思惑どおりミノラスの谷の方へ誘導されていった。

激しい地震の影響で作業が手間取っていたジストニウムの積み込みも、人員をさらに増員し、人海戦術でどうにか完了した。ウォーレンの航空隊から十時間以上遅れて、ジストニウムを積み込んだ第二次の航空隊が飛び立っていった。これで当面の危機は去ったが、問題がすべて解決したわけではない。

翌日の午後、参謀指令室で、現在の状況と今後について、科学省からラパヌーズ博士やワイルズ博士らを招いて対策会議が開かれていた。

「それでは、わたしから現在の状況について報告いたします」

作戦副部長のケストリング少将が立ち上がった。

「航空隊は化け物ムカデをジストニウムのエサで釣って、ただ今のところ、当シェルターから約六百キロメートル南へ移動させることに成功しております。ムカデは現在も第二次航空隊に誘導されて、さらに南へ向かっております」

「ほう、六百キロメートルか！」

ケストリング少将の報告に、国防軍の高級将校たちは皆一様にほっとした表情を見せる。何しろ、昨日の朝はシェルターからわずか二十キロメートル地点までムカデが迫ってきていたのである。

「いや、六百キロメートルぐらいではまだまだ安心できません。ウォーレン大佐からの報告によると、双頭のムカデは航空隊がばら撒くジストニウムをたっぷり食べて、体長が百二十メートルまで巨大化し、時速は四十キロだということです。六百キロなどわずか十五時間で移動することができるのです。ムカデが再びわが国シェルターを襲ってきたら、今度こそ防ぎようがありません」

「第二次航空隊も必死でムカデを誘導していますが、さらに六百キロメートル南へ移動させるのが精一杯でしょう。航空隊がばら撒いたジストニウムで満足してくれればいいのですが、貪欲なムカデのことですから、わが国に残っているジストニウムを狙って再び襲ってくることが十分に考えられます。そうなったとき、副部長の言うようにムカデの侵攻を阻止する力が国防軍にはありません。そこで、ご参加の諸氏にエメラルド国を救うため、ぜひとも知恵をお借りしたいと思います。どうかよろしくお願いします」

バートレット作戦部長が立ち上がって、頭を下げる。

「ひとつお聞きしたいが、ジストニウムの発掘やジストニウムによる酸素生成の方はどうなっているんですか？」

逮捕されたバルトシュテットに代わって、航空隊の指揮を執るクルーガー中将が尋ねた。

「それは、わたしからお答えしましょう」

科学省のワイルズ博士が立ち上がった。

「まずジストニウムですが、先日の大地震で耐震設計が施されていない地下五階のマヤタ人収容所とさらにその下のジストニウム発掘現場は大崩落が起こり、作業していた約三百人のマヤタ人と監視の兵士二十名が生き埋めになっています。現在、懸命の救出作業をしていますが、作業現場を元に戻すには三ヵ月以上かかる見込みです。つまり、ジストニウムは今ある手持ち分以上増やすことはできず、ジストニウムがない限り酸素もあと一ヵ月余りで底を突くということになります」

説明を聞いていた将校たちから、溜息が洩れる。

「戦う武器もなく、酸素もエネルギーもなく、いったいどうすればいいんだ？」

クルーガー航空司令官も、うつむいたまま黙り込んでしまった。

「ラパヌーズ博士、何か方法はないのですか？」

航空参謀のニベール大佐が、たまりかねて尋ねた。

「現在わかっているムカデの弱点は、酸素とマイナス五度以下の寒さです。しかし、ジストニウム不足で酸素が生成できないとなると、酸素弾攻撃は事実上不可能になります。そうすると、残りは寒さだけです。これは菊川博士から教えてもらった方法ですが、ソルトアイス攻撃が考えられます」

「ソルトアイス攻撃？」

「はい、真水の氷は温度が零度なのでデスネヒトを撃退することはできませんが、塩化ナトリウムをかけて温度をマイナス十度ぐらいまで下げたソルトアイスならデスネヒトに効果的です。日本はムカデの襲撃に備えて大量の氷を用意しているということですから、菊川博士を通して日本国政府に協力を要請してみてはどうでしょうか」

「うん、協力要請はしてみよう。だが、塩をかけただけの氷で、体長百二十メートルにもなった三十匹以上の化け物ムカデを本当に撃退できるものかね？」

ハイドシェック参謀総長が、不安げな顔で尋ねる。

「これもやってみなければ、正直のところわかりません。かなり有効であるとは思いますが、おそらく決定打にはならないでしょう。ソルトアイスの寒さでムカデは動きを止めてしまうか、逃げ出すかはするでしょう。ですが、氷が解けてしまえば、再び活動を復活させるに違いありません。ムカデの動きを完全に封じてしまうには、半永久的にソルトアイスを供給し続けなければなりません。ジストニウム不足のわが国では、無理な話です」

「ということは、ソルトアイス攻撃も一時しのぎにすぎないということか。何とか、ムカデの息の根を止める決定的な方法はないものか？」

ハイドシェック総長は、腕組みをしたまま出席者の顔を見回す。

「ドライアイスを使ったらどうでしょうか。ソルトアイスなどより、はるかに温度が低く効果的なはずです」

ゾンマーシュタイン参謀が提案した。

「ドライアイスはマイナス八十度近くにもなりますから、確かに効果的に思えますが、何しろ二酸化炭素が凍ったものですからね。常温では二、三時間で昇華してしまい、すべて温室効果ガスになります。地球温暖化の要因の一つでもある二酸化炭素は、デスネヒトを増大させ、逆効果になってしまいます」

「そうですか。逆効果ですか」

ラパヌーズ博士の回答に、ゾンマーシュタインはうな垂れてしまった。

「フィリップス博士なら、何か考えがあると思います」

ワイルズ博士が発言した。

「だが、フィリップス博士は、まだ療養中というではないか」

「今日午前中に病院を見舞ったところ、経過が順調なので、二時間以内なら会議に出席しても差し支えがないと医師の許可が出たそうです。間もなく、お見えになるのではないかと思います」

「そうか、フィリップス博士に来てもらえるか。それでは、博士が来るまで待とうじゃないか。しばらく休憩だ」

ハイドシエック総長は頷いて、コーヒーを口にする。周りの将校たちも背伸びをしたり、雑談をしたりし始める。

「フィリップス博士がお見えになりました」

女性職員が入口のドアを開ける。会議出席者は拍手をして、三十二歳の世界的科学者を迎えた。国家保安警察に二ヵ月間拘束されていた博士は、顔色がまだ青白く足取りも重かったが、出席者に深々と頭を下げた。

「科学省のフィリップスです。お陰さまで、こうして無事に復帰することができました。本当にありがとうございます。本日は国防軍と科学省合同のデスネヒトムカデについての対策会議を開催とのこと、わたしでお役に立てることでしたら、何なりと申し付けてください」

しっかりとした口調であった。

「それは心強い。ぜひお力を借りたい。現在、ムカデはジストニウムのエサで釣って、当シェルターから六百キロメートル南方へ誘導中であるが、エサを食べ尽くしたら再びわが国を攻撃する恐れがある。そこで、日本の菊川博士が考案したソルトアイス作戦を検討したが、これもエネルギー不足で大量の氷を造り続けることができず、一時しのぎにすぎないということがわかった。ムカデの息の根を完全に止めてしまう方法がないか、博士にぜひお尋ねしたい」

ハイドシェック総長は、最も知りたいことを尋ねた。

「ムカデは、デスネヒトが造り出した化け物です。ムカデの息の根を止めるということは、すなわちデスネヒトの息の根を止めるということにほかなりません」

出席者は、明快な説明だと思いながら頷いた。

「ソルトアイス作戦も確かにうまい方法だとは思います。エメラルド国全体をマイナス五度以下に冷やしてしまえば、ムカデは寄りつくことができなくなります。しかし、それではエメラルド国での生活は大変厳しいものとなり、決して快適ではなくなります。さらに言うなら、寒冷なエメラルド国にムカデが近づかなくなっても、ムカデもデスネヒトも死滅はしません。つまり、ソルトアイスではデスネヒトを根本的に退治することはできないということです」

出席者から、ざわめきが起こった。ケストリングが、静粛にというように咳払いをした。

「それなら、参謀総長がリクエストされるようなデスネヒトに対する根本的な解決法はあるのかということですが、答えはイエスと答えておきたいと思います」

「イエス！」

会場がまた大きくざわめいた。

「答えておきたいとは、どういう意味なのでしょうか。本当にイエスなのですか?」

キャンベル大佐が立ち上がって尋ねた。

「わたしは、マヤタのラギール博士とシカゴ工科大学時代から地球環境について共同研究を行っていましたが、スイスのチューリヒ大学へ移ってからも、マヤタで発生したデスネヒトの正体と、抗デスネヒト剤についてさらに研究を続けていました。数理生物学が専門のラギール博士は、デスネヒトがそれまで発見されていたどんなウイルスよりはるかに微細で奇妙な性質を持つウイルスの一種であることを発見し、原子核物理学が専門のわたしは、デスネヒトが新しい放射能を出すことを発見したのです。共同研究者でありながら、当初わたしたちはお互いの発見をどうしても認め合うことができませんでした。相手の発見が、何かの間違いだと思っていました。なぜなら、放射能は生命の基本である核酸を破壊してしまい、同時には存在できないからです。しかし、植物の葉緑体を破壊してしまうデスネヒトの正体は、それまでの科学常識では到底説明のつかない放射性ウイルスとでもいうべき怪物だったのです」

「放射性ウイルス!」

将校たちは、一様に眉をひそめる。

238

「そうか、それで、ミサイルやジストニウム銃の破壊エネルギーを吸い取って、どんどん増大したというわけか」

バートレットがつぶやいた。

「はい、作戦部長の仰るとおりです。そこでわたしたちは、この恐るべき放射性ウイルスを絶滅させる物質についての研究を進めました。何度も失敗を重ねた三年後、遂に研究は大詰めを迎え、抗デスネヒト剤サミュオンⅢの構造式があと少しで解明できるところまでこぎ着けました。ところが、スイスでも愚劣なマヤタ人狩りが始まり、ラギール博士とわたしはヌーシャテルの山荘へ隠れて研究を続けました。しかし、間もなくそこへも警察の手が伸びてきたのです。『このままではアメリカ人の君にまで災いが及ぶから、ひとまずここで別れよう。自分はガルバの丘へ行く』とだけ言い残して、博士は身を隠してしまいました。そして、それっきり連絡が取れなくなってしまったのです。約一年後、チューリヒ大学で親しくしていたロシア人教授から、ラギール博士が遂に難解な方程式を解き、サミュオンⅢの構造式を特定したとの情報を得ました。一緒に研究をしていたときもあと一歩でしたので、マヤタ人差別などに煩わされなければ、もっと早く抗デスネヒト剤の構造式を解明できていたはずです。そうすれば、こんな危機的状況に追い込まれることなく、世界は平穏を取り戻していたのです。ラギール博士の科学者としての実力は、それほど抜きん出ていました。わたしは何度も警察へ出向いて、そのことを訴えたのですが、マヤタ人の研究など認めるわけにはいかないの一点張りでした。それが、残念でなりません。博士が突き止めたサミュオンⅢこそ、デスネヒトの災禍を根本的に解決できるのです。だから、さきほどの参謀総長の質問に対する答えは、イエスということになります」

フィリップス博士は、厳しい眼差しのまま語った。

「うーん、そういうことだったのか。それで、そのサミュオンⅢという抗デスネヒト剤をフィリップス博士も創ることができるのかね?」

ハイドシエック総長が、ズバリ尋ねた。

「いいえ、わたしにはラギール博士が、最後にどうやって非線形の難解な方程式を解いたのか今もってわかりません。ロシア人教授にも尋ねましたが、彼も解明したという連絡を受けただけで、詳しいことはわからないということでした。今のところ、ラギール博士だけがデスネヒトの撲滅方法を知っているのです。ですから、ガルバの丘へ身を隠してしまった博士を一刻も早く見つけ出して、科学省までお連れいただきたいと思います。サミュオンⅢの構造式さえわかれば、製造も可能だと思います。そうなれば、ムカデはもちろん、デスネヒトを完全に撲滅することができるのです」

「マヤタ人学者を見つけ出して、連れて来いというのか……」

バートレット作戦部長も、居並ぶ将校たちも困惑顔でうつむいてしまう。

「わたしはこの場で、はっきりと申し上げたい。まずマヤタ人始め他国民への不当な差別偏見をなくすことが、デスネヒト禍から地球を救うための第一歩です。今、困り顔をされた皆さんは、おそらく国家保安警察あたりが、国民の憎しみや不満を煽って支持を伸ばし権力を握るために仕組んだプロパガンダに惑わされているのではないでしょうか。エメラルド国では、デスネヒトはマヤタ人の恐ろしい発明品で、マヤタ人は地球を滅ぼす悪魔の手先であり、エメラルドの大敵と教えられているようですが、そんなことはまったくのでたらめです。マヤタでデスネヒトが最初に発生したことは事実ですが、アメリカやヨーロッパなどの先進国でも、一歩間違えればデスネヒトが最初に発生した可能性が十分にあったのです。デスネヒトは自然を軽視し、目先の便利さや快適さだけを追い求める現代の使い捨て文明が生み出した怪物なのです。マヤタ人だけに責任を押しつけてしまうのではなく、わたしたち全員が我が身を振り返り、自分の生き方を顧みなければならないのです。ですから、どうかまずマヤタ人への差別偏見をやめ、世界最高レベルの科学者であるラギール博士を見つけ出し、保護してほしいと思います。それしか、エメラルド国を救う方法はありません」

フィリップス博士の真剣な語りに、参謀指令室はしばらく無言のままだった。

「フィリップス博士の言われるとおりだと思います。わたしも、スイスの大学でラギール博士に何度かお目にかかったことがありますが、科学者としての能力はもちろん、お人柄も実に謙虚で誠実で大変に立派な方でした。マヤタ人が悪魔の手先など、とんでもない言いがかりであり決めつけです。これはわたしだけでなく、ラパヌーズ博士や日本の菊川博士らの一致した見解です」

細身のワイルズ博士が、沈黙を破って発言する。ラパヌーズ博士も大きく頷いている。

「フィリップス博士やワイルズ博士の話には、十分な説得力がある。わたしも保安警察に不当逮捕されてみて、その横暴さや強引さには強い憤りを覚えています。そこで、どうだろう。エメラルド国を救うために、保安警察が盛んに煽り立てているマヤタ人への差別偏見を捨て、行方不明のラギール博士を探し出し、博士の優れた科学力を借りてみようではないか。いや、フィリップス博士も言われるように、もうそれしか方法は残されていないのだ！」

ハイドシェック参謀総長が、力をこめて語った。大半の将校たちは頷いたが、険しい顔をして押し黙っている者もいる。

「お話はよくわかります。わたしもそのとおりだと思います。しかし、わたしはデスネヒトによって家族全員を失っています。だから、頭では理解できても、心の中ではどうしてもマヤタ人を許せない気持ちがあります」

ニベール航空参謀が涙ぐんで訴える。

「ニベール大佐と同意見です。愛する家族をデスネヒトで無残に失った者でなければ、この悔しさはわからないと思います。わたしも許さなければと思うのですが、亡くなった妻や娘の苦しそうな死に顔が浮かんできて、どうにも許せなくなってしまうのです」

ゾンマーシュタイン大佐も、目に涙をためている。

「その気持ちは、わたしにもわからないわけではありません。わたしもデスネヒトで肉親を失ったら、それを発生させた者を強く憎むだろうと思います。しかし、何度も言いますが、デスネヒトは決してマヤタ人だけの責任ではありません。物質的な豊かさや目先の経済発展を優先させ、自然を軽んじた現代人の驕りや強欲が生み出した怪物なのです。ラギール博士はデスネヒト発生の何年も前から、そうした自然に対する敬虔さを欠いた安易な風潮に強い警告を発し、マヤタを飛び出して、日本やアメリカの大学で地球環境の研究に取り組んでおられたのです。わたしはシカゴ工科大学で初めて博士にお会いしましたが、その見識の深さと未来を洞察する鋭さに多くのことを学ばせていただきました。ラギール博士は、もはや国籍を超えた本物の地球市民です。ご家族や友人を失った悲しみや無念はわかりますが、大切なそれらの方々の死をムダにしないためにも、ぜひラギール博士の力強い協力を得てデスネヒトを撲滅し、世界中の人々が安心して幸せに暮らせる素晴らしい地球を復活させなければならないと思います」

まだ体力の回復が十分ではないフィリップス博士が、気力を振り絞って真摯に訴えかける姿に出席者の多くが感動の拍手を送った。ニベールやゾンマーシュタインも、涙を拭って拍手している。

「ただ今のフィリップス博士の発言で、ここにいる全員の気持ちが一つにつながったと考えますが、何かご異議はありませんか?」

ケストリング副部長が尋ねた。

「異議なし」

いっせいに声がかかった。

「それでは、わたしから本日の要点を話したいと思います。ラギール博士を見つけ出して、お連れすることが我々の第一になすべきことだが、ガルバの丘はスイス国境の険しい山岳地帯にある。今から捜索隊を派遣するにしても、発見には早くても三、四日はかかるでしょう。それに博士を見つけ出しても、すぐに抗デスネヒト剤が創れるというものではない。製造の準備が必要になる。長い逃亡生活で、博士の健康状態も気にかかる。そう考えると、抗デスネヒト剤ができるまでには十日から二週間程度は見ておかねばならない。場合によっては、もっと時間がかかるかもしれない。それまで、ムカデがおとなしくしてくれているかが問題だ。フィリップス博士、この点についてはどうお考えですか？」

バートレット部長の厳しい質問に、フィリップスが眉を曇らせた。

「サミュオンⅢの最終的な構造式を見ていませんので、どの程度の期間で創れるものか、わたしにも正直なところ何ともお答えできませんが、場合によっては、作戦部長が言われるように二週間以上かかるかもしれません。それと、デスネヒトムカデには、人間やライオンのように満腹するということが一切ありません。ジストニウムがあれば、あるだけをすべて食べ尽くしてしまう恐ろしい怪物です。航空隊の活躍で、わが国シェルターから千二百キロメートルほど南へ引き離されるとはいえ、残りのジストニウムを狙って必ずまたやって来るはずです」

「やっぱり！」

出席者たちが、深い溜息をつく。

「それで、あと何日でやって来るのですか？」

「食べ終えて吸収し成長するまで地中深くにもぐっていますので、多少は時間が稼げますが、それでもおそらく四日か五日もあれば、ここまで来てしまいます」

「四日か五日！」

「それじゃあ、ラギール博士を見つけ出しても、間に合わないじゃないか！」

将校たちは、悲痛な声を上げた。

「いや、必ず何か方法があるはずです」

「でも、抗デスネヒト剤の製造が間に合わないとなると、ほかにどんな方法があるんですか？」

「まだ間に合わないと決まったわけではありませんが、ここはどう転んでもいいように、三段構えでいくべきだと思います」

フィリップスは、落胆顔の将校たちを説得しようとした。

「三段構え？」

「はい、第一はラギール博士救出作戦です。デスネヒトの息の根を止めるためには、どうしても必要な作戦です。第二は、菊川博士考案のソルトアイス作戦です。第一が間に合わなかったとしても、ソルトアイス作戦の準備ができていれば、ムカデはわが国シェルターには当面近づくことができず、時間を稼ぐことができます。その稼いだ時間を使って、第一の救出作戦を続けます。しかし、それでも博士が発見できなかったり、発見できても抗デスネヒト剤の製造に時間を要し、氷が不足となって第二が継続できなくなったりした場合に備えて、第三の北極圏移動作戦の準備をします。つまり最後の手段として、マイナス五度以下の北極圏へエメラルド国民を大移動させ、その上であくまでも第一の作戦を続行し、抗デスネヒト剤を製造して、デスネヒトを撃滅します」

「なるほど、よく考えられている！」

「その作戦なら、危機を乗り越えられるかもしれない」

将校たちは、顔を見合わせて頷き合っている。

「わたしも、フィリップス博士の三段構え作戦に賛成だ。この作戦を直ちに実行したいと思うが、何か質問や意見はあるか？」

ハイドシェック総長が、出席者たちを見回す。

「はい、さすがにフィリップス博士だけあって、実にスキのない作戦だと思います。わたしも全体としては三段構え作戦に賛成ですが、心配なのは、第三の北極圏への大移動です。わが国からマイナス五度以下の北極圏までとなると、おそらく三千キロ以上離れています。そんな遠方まで、まずどうやって国民を移動させるのか。また無事に移動できたとして、そんな寒冷の地でどうやって生活していくのか。衣食住はどうするのか。暖房はどうするのか。検討しなければならない課題が山積みです。それらについてしっかりした見通しを立てた上で、国民を説得しなければ、誰も北極圏などへは行こうとしないでしょう。下手をするとパニックになって、暴動が起きる心配もあります。この点については、いかがでしょうか?」

科学省のクレーバー博士が立ち上がって質問した。

「確かに博士のご指摘のとおりで、わたしも第三の移動作戦が正直心配です。ムカデが襲撃してくるまでにラギール博士が見つかり、抗デスネヒト剤が完成すれば、第三の移動作戦は必要ないのですが、その保証はありません。苦肉の策です。そこで、まず北極圏へ先発部隊を派遣して、必要な住居や生活インフラの建設に至急取りかかります。住居が間に合わない場合は、寒冷地用テントでも仕方ありません。暖房や水は、残りひと月分となったジストニウムのうち半分を持っていって使う。食料も備蓄の半分を持っていって、充てるということにしたらどうでしょう。北極圏での生活は三週間程度を見込んでいます。まず、ラギール博士の発見に全力を尽くし、ソルトアイス作戦で時間を稼ぎ、その上でタイミングを見計らって大移動作戦を開始する。交通手段は、空軍と陸軍の航空機や車両を総動員するしか方法はありません。特に空軍には、ピストン輸送をお願いすることになります。アメリカや日本にも協力を要請しましょう。国民をムカデの襲撃が及ばない北極圏へ逃がしてから三週間のうちには、何としてもサミュオンⅢを完成させてデスネヒトを撲滅する。およそ、こんな段取りになると思いますが、いかがでしょうか？」

「わかりました。その作戦でやってみましょう」

クレーバー博士が頷いた。ハイドシェック参謀総長始め、将校たちも頷いている。

「では、直ちにフィリップス博士提案の三段構え作戦を発令し、ガルバの丘へ大捜索隊を向ける。同時に日本国政府に協力要請して、ソルトアイス作戦の準備に取りかかる。そして、これも同時に北極圏へ先発隊を派遣して、三週間程度滞在のための生活インフラの整備を行う。捜索隊の指揮はケストリング少将、ソルトアイス作戦の指揮はバートレット中将、移動作戦の指揮はクルーガー中将をそれぞれ任命する。フィリップス博士には、体力がまだ十分ではない中、会議に出席いただき貴重なご意見を賜って深く感謝します。ラパヌーズ博士やワイルズ博士、クレーバー博士らと共に、今後もぜひ国防軍にご助言いただければと願っています。本日は大変ありがとうございました」

ハイドシェック参謀総長が、立ち上がって頭を下げた。将校たちも、いっせいに立ち上がって敬礼する。

「厳しい作戦になると思いますが、エメラルド国のため、そして何より緑豊かな美しい地球を取り戻すため、ぜひよろしくお願いいたします。今後も、協力は惜しみません。最後に一つだけ、わたしの願いを聞き届けてください。わたしが保安警察に逮捕されたとき、オーストリア出身のマルガレーテという看護師と、ルリエという日本人の少女と一緒でした。その日本の少女はマヤタ人と誤認され、地下の収容所へ連行されていきました。日本はエメラルド国の友好国であり、これから行うソルトアイス作戦や北極圏移動作戦でも協力要請する大切な相手国です。もし、日本人がわが国警察に不当逮捕され、収容所で非人道的な扱いを受けていたことが明らかになれば、日本は協力を拒否するかもしれません。わたしは前々から、保安警察の前時代的で強引なやり方に強い違和感を覚えていました。

日本人の少女を救出することはもちろん、この際保安警察のあり方を見直し、マヤタ人の強制収容所は閉鎖とし、すべてのマヤタ人を解放すべきだと思います」

「よくわかりました。日本人の少女は、我々が責任を持って救出します。保安警察のあり方とマヤタ人の解放についても、メーベル長官と十分話し合い、必ず実行していきたいと思っています」

ハイドシェック総長が、請け合ってくれた。ハイドシェックは、ゾンマーシュタイン大佐に、日本人少女の速やかな救出を命じた。

4

ルリエは夢を見ていた。

夕暮れの静かな渓流だった。水音が心地よかったが、早く帰らなければと急いでいた。

不意に、岩陰から緑色の光が舞い上がった。

「うわあ、ホタル！　やっと出たんだ」

ルリエは目を輝かせて、ホタルが舞っていった水辺へ近づいていった。ホタルは夜つゆにぬれた葉っぱの上で、つやつやとしたエメラルド色の光を明滅させている。するとまた、せせらぎの方で緑色の光がきらめいた。ルリエは夢中で、ホタルを追いかけていく。

「おうい、早く帰ってこい」

遠くから声がした。心配して迎えに来たおじいちゃんの声かもしれない。ポチの鳴き声も聞こえる。

「待ってて、すぐに帰るから」

「おうい、どこだ？　おうい」

呼び声が何度も聞こえてきたが、ルリエは深い闇の中へ呑み込まれてしまった……。

「おうい、しっかりしろ！」

誰かに、揺り起こされているような気がした。けれど、どうしても目を開けることができない。

「まだ息があるぞ。日本人少女かもしれない。すぐに運び出せ」

ルリエは地震で倒壊した建物の中から引っ張り出され、担架に乗せられて病院へ運ばれていった。


気がつくと、カーテンのエメラルドグリーンが目に沁みる。頭がすーとして、さわやかな気分だ。ルリエは、ずっと眠っていたようだ。

「ルリエさん！」

マルガレーテが微笑んでいる。ルリエは、自分がどこにいるのかわからなかった。

「マルガレーテさんなの？」

「ええ、そうよ」

「会いたかった。夢みたい！」

「ルリエさん、よく頑張ったわね。さぞ辛い目にあったんでしょう」

ルリエは、差し出された手をしっかりと握りしめた。自分が生き延びてこれたのは、マルガレーテのお陰と言ってもいい。ルリエはあの赤い牢獄で、「人間は最後の最後まで、生きる希望を捨ててはいけない」という、マルガレーテから教えてもらった言葉を思い出し、くじけそうになる自分を励まし続けていたのだ。胸がいっぱいになって、涙があふれてきた。

ペセロ医師とフィリップス博士も、笑顔を見せる。

「まあ、ペセロ先生にフィリップス博士！　またお会いできて、本当に嬉しい」

「よかった、よかった。君は運の強い子だ。特別悪いところは、どこにもない。デスネヒトの障害も出なかった。しばらく静養していれば、元気になる」

白髪頭のペセロ医師が、目を細める。

「ルリエさん、さっそくで悪いが、君にぜひ聞きたいことがあるんだが、いいかな？」

フィリップス博士は青くすんだ目で、遠慮がちに尋ねた。

「ええ、何かしら？」

「ラギール菜穂子という、大学生ぐらいのマヤタ人女性に心当たりがないかな？」

「菜穂子さんなら、よく知ってるわ。赤い牢獄でずっと一緒だったもの」

「やっぱり知ってたか！」

フィリップスが目を輝かせた。

「菜穂子さんが、どうかしたの？」

「行方を捜しているんだ。彼女に会って、どうしても尋ねたいことがあるんだ。今どこにいるか知ってたら、教えてくれないか？」

「赤い牢獄が地震で壊れたので、ジストニウムを掘り出す作業場へ連れていかれたけど、わたしと菜穂子さんはそこで別々にさせられたの。それっきり菜穂子さんを見ていないわ。菜穂子さんは、わたしの命の恩人なんです。菜穂子さんにも、ぜひ会いたい！」

ルリエは、血の海のような恐ろしい牢獄で、菜穂子とホタルや美しい自然の話をして、お互いに励まし合って必死で生き抜いていた日々のことを思い出していた。地震で牢獄の天井の柱が崩れてきたとき、菜穂子が思い切り引っ張ってくれなかったら、命はなかったのだ。

「そうか、働き場所は別々だったのか。菜穂子さん、お父さんのことを何か言っていなかったかな？　お父さんのラギール博士の居場所がどうしても知りたいんだ。エメラルド国を救えるのは、もうラギール博士しかいないんだ」

フィリップスの切羽詰まった真剣さが、ルリエにも伝わってきた。

「ガルバの丘の小さなシェルターで、研究を続けているって聞いたことがある。でも、機械も原料もないし、フィリップス博士もいないから、特効薬が作れないって嘆いていたと言ってたわ」

「うん、ガルバの丘の小さなシェルターか……」

フィリップスは、小さく頷いたまま口を閉じてしまった。

「お役に立てた？」

「ありがとう。菜穂子さんもラギール博士も必ず見つけるから、君はペセロ先生とマルガレーテさんの言うことをよく聞いて、早く元気になることだ。ゆっくりしていきたいんだが、まだ仕事が残っているんで、これで失礼するよ。お大事にね」

フィリップスは笑顔を見せて、病室を出ていった。

病院を出てから、フィリップスは考え込んでいた。実はルリエが言っていたガルバの丘の小さなシェルターなら、捜索隊がすでに発見して、昨日実際に行ってきたのだ。博士は不在という報告だったが、サミュオンⅢに関する研究書類か実験装置が残っているかもしれないと、期待してシェルターへ入っていった。しかし、どんなに探しても出てくるのは昔の研究レポートばかりで、目当ての構造式は見つからなかった。サミュオンⅢの構造式さえわかれば、たとえ博士がいなくても製造はできると思っていたが、博士は大切な式を持ったまま、追手から姿を隠してしまったのであろう。

三段構え作戦が開始されて三日目になるが、肝心のラギール博士の行方が一向につかめず、抗デスネヒト剤製造の目処はまったく立っていない。航空隊の報告によると、ジストニウムを食べ尽くしたムカデたちは体長二百メートルにもなり、時速四十キロでエメラルド国シェルターを目指して前進を開始したという。

（あと三十時間しか残されていない。何とかしなければ……）

フィリップスは祈る思いで、四年前の構造式を見直したが、ラギール博士がどうやって、このぞっとするほど難解な最後の方程式を解いて、サミュオンⅢの構造式を導き出したのか、どうしてもわからなかった。科学省の数学者たちにも応援を要請したが、一週間や二週間で完全な解を見つけるのは不可能だと首を振られてしまった。

（方程式が解けない以上、ソルトアイス作戦でできるだけ時間を引き延ばして、博士を見つけるしか手がない）

フィリップスは、参謀指令室へ向かった。

「フィリップス博士、よいところへお出でいただきました。今、日本の菊川博士がお見えになって、ソルトアイス作戦の打ち合わせをしているところです」

キャンベル大佐が、手招きする。

「ああ、これはこれは菊川博士、五年前、ロンドンの学会でお目にかかって以来ですね。ご多用の中、わが国のために何度もご足労いただいて感謝しております」

「フィリップス博士も、お元気な様子で何よりです。今はエメラルド国だけでなく、地球全体の危機です。世界が一つになって、難局に対処すべきと思っています。ソルボンヌ科学大学で親しくしていたインドのガウダ博士にも、賛同していただきました」

「日本やインドから、大量の氷や塩を援助してもらうことになった。菊川博士とガウダ博士が、両国政府に強く働きかけてくださったお陰だ。これで、当面の心配はなくなった。いずれ、両博士にはエメラルド国として感謝状を出したいと思っている」

バートレット作戦部長が上機嫌で語る。

「それは大変ありがたいことですが、肝心のラギール博士が未だに見つかっていません。もしかしたら娘の菜穂子が博士の居場所を知っているのではないかと思いますが、娘は保安警察に逮捕され、採掘現場で地震にあい、行方不明のままです。何とかして、娘の菜穂子を探し出したいのですが、地下の採掘現場はどんな状況でしょうか？」

フィリップスが尋ねる。

「採掘現場か……。キャンベル大佐、どんな様子だ？」

バートレットの顔が、急に険しくなった。

「はい、捜索隊を三百人投入して懸命の救助に当たっていますが、地震で大規模な陥没があったようで、入口がふさがれていて中へ入っていくのが困難な状況です。現在、少人数用の緊急避難路からハイパーレスキュー隊が入り込んで、手作業で一人ずつ救助に当たっているところです。今のところ、五十名ほどを救出しましたが、まだ二百五十名は取り残されたままです。救助された者の中に、ラギール菜穂子の名前は見当たりません」

「まだ、発見されませんか……。地震からもう五日もたっています。そろそろ体力の限界です。どうしても、娘の菜穂子を救出してください。ラギール博士が、今後のカギを握っているのです」

フィリップスが、必死の顔で訴える。

「わたしからもお願いします。ソルトアイス作戦では、デスネヒトを根本から退治することはできません。ラギール博士とフィリップス博士が共同で研究していた抗デスネヒト剤こそが、デスネヒトに対して完全な勝利をもたらしてくれるのです。ぜひ、博士と娘さんを見つけ出してください」

菊川博士も頭を下げた。

「わかりました。全力を尽くします。キャンベル大佐、レスキュー隊の人数をさらに五十人ほど増員して、君がレスキュー現場の指揮を執れ。何としても、ラギール菜穂子を救出するんだ。時間はわずかしか残されていない」

「はい、承知しました」

キャンベルは、急いで参謀指令室を出ていった。


ハイパーレスキュー隊の懸命な活動により、その日の午後、菜穂子らしい若い女性が救出されたとの報告が参謀本部や科学省にもたらされた。科学省で会議中であったフィリップスがすぐに病院へ駆けつけたが、菜穂子らしい女性はショック状態で口をきくこともできなかった。女性はやつれて目もうつろで、フィリップスが笑顔を向けてもまったくの無反応だった。スイスで家族ぐるみの付き合いをしていたフィリップスにも、本当に菜穂子なのか確信が持てなかった。

（もしかしたら、別人なのかもしれない。本人だとしても、これじゃあ、ラギール博士の居場所を聞き出すことはとてもできない）

フィリップスは、肩を落として科学省の会議室へ戻っていった。

「フィリップス博士、ラギール博士の居場所はわかりましたか？」

議長役のクレーバー博士が、さっそく尋ねた。

「残念ながら、精神的なショックが大きく、まだ聞き出せるような状態ではありません」

「そうですか。そうなると、ソルトアイス作戦でできるだけ時間を引き延ばし、いよいよ北極圏移動作戦を実行するしかありませんね」

クレーバー博士が、厳しい表情で腕組みをする。

「はい、北極圏移動作戦は最後の手段で、できるだけやりたくないのですが、これ以上引き延ばしているわけにはいきません。一千万の国民を移動させなければなりませんので、明日から順に出発してもらわないと間に合わなくなる可能性があります」

「そうですね。生活インフラを整える先発部隊は、もう出発して準備を始めていますが、国民にも状況をきちんと説明し、希望を捨てずに北極圏へ移動するよう説得しなければなりません。その大切な役を、知名度の高いフィリップス博士にぜひお願いしたいのですが、引き受けていただけませんか？」

クレーバー博士が立ち上がって、頭を下げた。他の出席者も頭を下げる。

「わたしにうまく説得できるかわかりませんが、エメラルド国の存亡がかかっていますので、全力を尽くしてみます」

「ありがとうございます。よろしくお願いします。ソルトアイス作戦につきましては、マンネルベルク元帥の承諾を得て、菊川博士から説明がありましたとおり実施される運びとなった旨、参謀本部より連絡がありました。我々としては北極圏移動作戦を粛々と進めていかなければならないわけですが、フィリップス博士がお戻りになりましたので、さきほどラパヌーズ博士から提案のありました件について、もう一度考えてみたいと思います。

ラパヌーズ博士、お願いします」

「はい、ラギール博士の娘さんが救出されて、博士の居場所がわかるのではと期待していたのですが、娘さんがショック状態でまだ口もきけないということなので、ご出席の皆さんに再度お諮りしたいと思います。わたしはこの際、ラギール博士だけに頼らず、我々の頭脳を結集して、サミュオンⅢの構造式を解き明かすチームを立ち上げるべきと思います。

もちろん、ラギール博士が無事発見されることが一番望ましいのですが、大捜索隊がガルバの丘付近を徹底的に捜索しても、シェルターは見つかりましたが、肝心の博士は今もって発見には至っていません。フィリップス博士に確かめていただきましたが、抗デスネヒト剤に関する研究ノートも残念ながらありませんでした。ラギール博士は、マヤタ人とし

262

ての誇りを強く持った信念の人です。こんなことは考えたくないのですが、マヤタを目の仇にする保安警察に捕まるぐらいならと、覚悟を決めた可能性も決して否定はできません。今後、博士が百パーセント見つかる見通しはありません。いくらソルトアイス作戦で時間を稼ぎ、北極圏へ移動しても、サミュオンⅢが完成しない限りデスネヒトの脅威は終わることなく、結局エメラルド国は食料もエネルギーも尽き、あとひと月ほどで滅亡の危機を迎えることになります。ここまできたら、科学省が総力を挙げ、ひと月以内に何としてもサミュオンⅢを創るほかありません。菊川博士やガウダ博士も協力を約束してくれました。いかがでしょうか？」

出席の科学者たちは皆深刻な顔で聞き入っていたが、そのうちあちこちで、「やりましょう！」と声がかかった。

「わたしも、発見されるかどうかわからないラギール博士をただ待っているだけでなく、自ら道を切り開くべきと思います。先日、フィリップス博士から相談されたときは、とても一週間や二週間で解けるような方程式ではないとお答えしてしまいましたが、フィリップス博士やラパヌーズ博士の真剣さが伝わり、考えが変わりました。大変な難問ですが、我々が一致団結し全力を挙げれば、解決の道が開けるかもしれません。ぜひやってみようじゃありませんか」

数学者のアンドリュース博士が発言した。

「フィールズ賞受賞のアンドリュース博士にやる気になっていただいて、胸のつかえが下りた思いです。結果はともあれ、最後まで希望を捨てずに努力することが、価値あることだと思います。ソルトアイス作戦と北極圏移動作戦と、抗デスネヒト剤製造作戦の三つを同時進行で行っていくということで、よろしいですね」

クレーバー博士の呼びかけに、出席者たちは強く頷いた。

「それでは、すぐに製造チームを立ち上げ、構造式を明らかにしていきましょう。ここは、ラギール博士の共同研究者だったフィリップス博士に本部長になってほしいところですが、博士は移動作戦の国民への説得も担当しなければなりませんので、本部長はアンドリュース博士に、副をフィリップス博士にお願いしたいと思いますが、異議はありませんか？」

ラパヌーズ博士の提案に異議を唱える者は誰もいなかった。

5

翌日の朝、フィリップスはテレビやインターネットなどを通して、体長二百メートルの巨大なデスネヒトムカデがエメラルド国シェルターまで五十キロと迫っている深刻な状況を国民に説明し、この危機を乗り越えるには、ムカデが近づくことのできないマイナス五度以下の北極圏へ、ひとまず避難することが必要だと訴えた。北極圏での滞在は三週間程度を目安とし、現在国防軍や科学省の先発隊が現地で生活インフラの整備を急ピッチで行い、国民が寒さや食料不足などに襲われることのないようベストを尽くしていると伝えた。さらに科学省では総力を挙げて、抗デスネヒト剤の製造を進めていて、この薬が完成すればデスネヒトを完全に撲滅でき、緑豊かな美しい地球を復活させることができるので、希望を捨てず指示に従って冷静に北極圏移動を開始してほしい旨を付け加えた。

国防軍の航空隊が、大量のソルトアイスを積み込んで飛び立っていく。シェルター手前のいくつかの要所を、やはりソルトアイスを積んだ戦車隊が警備している。デスネヒトムカデを、これ以上一歩たりとも近づけさせない構えである。

ウォーレン大佐率いる五十機の航空隊は、長いヒゲを突き立てオレンジ色の目玉を明滅させてシェルターへ近づいてくる双頭のムカデの群れを捉えた。酸素弾攻撃で見たときより二倍以上も巨大化し、凄まじい迫力である。

「全機に告ぐ。ムカデは体長二百メートル以上ある。うかつに近づくと危険だ。高度六百メートルを保って、これより攻撃を開始する。相手は三十匹以上いる。一機一匹のつもりで、すべてのムカデにソルトアイスを投下する。アイスの温度がマイナス十度以下であるか必ず確認して、投下を開始しろ！」

ウォーレンの命令に従い、第一次攻撃隊二十機がムカデを狙って急降下し、ソルトアイスを投下する。直径十センチほどの氷の粒は、ヒョウのように先頭集団のムカデたちを直撃する。ムカデのこげ茶色のごつごつした長い背中から、黄色い煙が立ち昇ってくる。ムカデたちは目玉を激しく明滅していたが、目玉の色が黒っぽくなっていく。やがて体の動きが鈍くなり、遂に動けなくなってしまった。

「うまくいった。二次攻撃隊、投下開始！」

二次攻撃隊二十機が急降下し、穴を掘って地下へ逃げようとしている残りのムカデたち目がけてソルトアイスを投下する。ソルトアイスは、ばらばらと音を立ててムカデの背に突き刺さる。たちまち黄色い煙が一面に立ち昇り、地中に首を突っ込んだままムカデの動きが止まった。

「よし、成功だ。任務完了。全機帰還するぞ」

ウォーレンの指示で、航空隊は引き上げていく。


「今度も一応はうまくいきましたね。これでムカデが死滅してくれれば万々歳だが、そういうわけではないんですね」

ハイドシェック参謀総長が、ラパヌーズ博士に尋ねる。

「残念ながら、仰るとおりです。ソルトアイスの寒さで、デスネヒトが動きを停止したにすぎません。一時的な冬眠状態ですね。氷が解けて温度が上がれば、眠りから覚めて再び動き始めるはずです」

「そうすると、ムカデをずっと冬眠させるには、ソルトアイスで冷やし続けるしかないというわけですね」

「はい、そういうことになります。しかし、エネルギー不足のわが国が、大量のソルトアイスをこれからずっと造り続けることはとてもできません。援助してくれている日本やインドにしても、同じことです。そこでソルトアイスを節約して、ムカデの冬眠状態をできるだけ引き延ばし、時間を稼ぐというわけです」

ラパヌーズ博士が説明していると、フレーベル中佐がノックして入ってきた。

「ただ今、シェルター手前を守る戦車隊から、ムカデが何かマユのようなものを造り始めたと報告がありました」

「マユのようなもの？」

参謀総長も博士も、怪訝な顔で聞き返した。

「はい、指令室のレーダー画像をご覧ください」

二人はすぐに参謀指令室へ向かった。

画像を見て、二人とも言葉を失った。黄色い煙を出して動けなくなった先頭集団のムカデたちを包み込むように、一匹、一匹から白い幕のようなものが伸びている。二次攻撃隊によって、地中に首を突っ込んだまま動きを止めている後方のムカデたちからも、それぞれ白い幕のようなものが出て、包み込もうとしている。

「こんなことができるとは！」

ラパヌーズ博士が、驚き顔でつぶやいた。

「博士、いったい何が始まるんですか？」

「はっきりはわかりませんが、おそらくムカデたちは寒さから身を守ろうとしているんだと思います。これでは、思ったほどの時間稼ぎができないかもしれません」

博士が小さく息をついた。

「それは大変だ！」

ハイドシエックが血相を変える。

「いや、それとも……」

「それとも何ですか？」

「もう少し様子を見なければ何とも言えませんが、もしかしたら巨大なサナギになるのかもしれません」

「サナギに！」

「わたしのただの思いつきにすぎません。念のため、菊川博士に来ていただいた方がいいと思います」

「わかりました。すぐに科学省へ連絡してみましょう」

ハイドシェックが、フレーベルに指示を与えた。菊川博士は、科学省の抗デスネヒト剤製造チームに参加し研究を開始していた。

十五分後、菊川博士が参謀指令室へ到着したときには、三十匹余りのムカデたちは、すべて白い卵形の覆いに包まれてしまった。まるで巨大なマユが出現したように見える。

「博士、大切なお仕事中なのにお越しいただきましてありがとうございます。さっそくですが、レーダー画像をご覧ください」

ラパヌーズ博士が手招きした。

「ああ、これは！」

さすがの菊川博士も、しばらく言葉が出てこない。

「どうでしょうか、博士、これはマユと言えるでしょうか？」

「うーん、驚きましたね。まさかこんな姿になるとは、まったく予想もしていませんでした。ムカデがマユを造るなど、わたしの三十年余りの研究の中では考えられません」

菊川博士が表情を曇らせる。

「穴掘りや超低周波で共通性のあったボゼッティムカデもですか？」

「はい、もちろんです。ボゼッティムカデは、マユなど造りません」

「そうすると、あの白い覆いはいったい何でしょうか？」

話を聞いていたバートレット作戦部長が、心配そうに尋ねた。

「中の様子がわかりませんので、何ともお答えはできませんが、考えられることは、ソルトアイスの寒さを防ぐためにマユのようなものを造ったか、それとも本物のマユで、中でサナギになり、さらに恐ろしい空飛ぶ化け物に羽化するかのいずれかではないかと思います。もし本物のマユだとしたら、大変なことになります」

「博士、超音波や放射線などを照射して、中の様子を調べてみてはどうしょうか？」

ラパヌーズ博士が提案した。

「あの白い覆いに、それらが有効だといいのですが……」

「とにかく、やってみましょう」

ラパヌーズ博士の指示で、科学省から超音波と放射線の専門家が測定装置を探査車に積み込み、巨大な白い覆いに近づいて調査することになった。

白い雪山のような覆いに向けて、まずヒルズ博士が超音波を発したが、反応は一向にない。何度やっても同じことだった。次にバトラー博士が放射線を照射し、コンピューター断層撮影を試みたが、これもうまくいかなかった。

「超音波も放射線も、あの白いマユに吸い取られてしまうのか、中の様子はまったくわかりません」

参謀指令室へ戻ってきたヒルズ博士とバトラー博士が、困惑した様子で報告する。

「菊川博士が心配していたとおりの結果だったか。中身がわからなければ、どうしようもないな」

ハイドシエック参謀総長が首を傾げた。

「いや、参謀総長、最悪のシナリオを想定して、手を打っておくべきだと思います」

菊川博士が進言する。

「と言いますと?」

「もしあのマユのような覆いの中身がサナギで、翼を持った化け物に変身し、空を自在に飛ぶとしたら、もうソルトアイスを投下することはできません。エメラルド国民を一刻も早く北極圏へ逃がし、白い覆いの中から何が出てきてもいいように策を講じるべきです」

「わかりました。移動作戦を急がせます」

ハイドシェックはフレーベル中佐を呼び、クルーガー中将への指示を伝えた。

フィリップス博士の必死の説得が多くの国民に伝わり、移動作戦はそれほどの混乱もなく行われていた。しかし、暖房や食料は大丈夫なのかとか、本当に三週間でまた戻って来られるのか、といった質問や不安も多数寄せられ、腰を上げようとしない国民もいる。フィリップスは再びクルーガー中将の要請を受け、ムカデがマユのようなものの中にこもってしまった現状を話し、極めて危険なので一刻も早く北極圏へ避難する必要性を説いた。

アメリカや日本などからも大型の輸送機や車両を援助してもらい、一日何十万人もの人々が、北極圏を目指して出発していく。それでも、輸送が追いついていない。責任者のクルーガー中将始め国防軍首脳の心配の種は、白いマユのようなものの中から、いつごろ何が出てくるかということだ。輸送が完了してからならまだしも、輸送中に空飛ぶ化け物が出てきたら防ぎようがないであろう。今できることは、マユが割れ始めたら間髪を入れずソルトアイスを投下できるように、五十機の航空隊をスタンバイさせておくことだけだ。

6

科学省や国防軍首脳の心配をよそに、ムカデを包み込む巨大な白いマユは、三日たっても四日たっても何の変化も見せなかった。まるで死んだように動かず、表面が色褪せ、しだいに黄ばんでいく。ソルトアイスにやられて、死滅したのではないかという将校もいた。お陰で約一千万人のエメラルド国民のうち、八割以上が北極圏への移動を無事済ませることができた。

しかし、五日目の朝になって異変が起きた。黄ばんだマユの中が、赤黒く光り始めたのである。不吉な光の明滅に、さっそく科学省から調査チームが派遣され、新型の核磁気共鳴装置を用いてマユの中身を調べようとした。だが、超音波や放射線を照射したときと同じく、一向に中身を突き止めることができなかった。

「最新の核磁気共鳴を使っても、中身はわかりませんでした。マユの中で何か恐ろしいものが生まれようとしていることは間違いありません。おそらく、巨大な怪鳥のようなものに羽化するのではないでしょうか」

ラパヌーズ博士が、深刻な顔で説明する。

「やはり翼を持った怪物ですか。そんな化け物に空を飛ばれたら、もう勝ち目はありませんな。化け物に羽化する前に、手を打たなくては……」

バートレット作戦部長は、うつむいたまま考え込んでしまった。

「今のうちに何とかしたいのですが、中身がわからないことには……」

ラパヌーズ博士も、嘆息しか出ない。

「マユの上に、大量のソルトアイスをばら撒くというのはどうでしょうか？」

ハイドシエック参謀総長が口を出す。

「超音波も放射線も核磁気も通さないマユですから、効き目があるかどうかわかりませんが、指をくわえて見ているよりはましかもしれません」

「わかりました。博士がそう言われるのでしたら、航空隊の出撃を検討してみましょう。それとケストリング副部長、ラギール博士の娘の菜穂子から博士の行方について何か聞き出せたか？」

「菜穂子の様子がだいぶ落ち着いてきたようなので、菜穂子と親しかったルリエという日本人少女を、フィリップス博士が昨日面会させて、話を聞かせました。ラギール博士は保安警察の手に落ちて殺されるぐらいなら、メーラの湖で死んだ方がましだと言っていたのを菜穂子が聞いたことがあるというので、捜索隊の数を二倍にして、ガルバの丘付近のいくつかの湖を徹底的に調べていますが、発見には至っていません。そもそもメーラの湖がどこにあるのか、知っている者は誰もいません」

ラギール博士捜索の責任者であるケストリング少将が、当惑げに答えた。

「うーん、メーラの湖なんて、確かに聞いたこともない。発見にはまだ手間がかかりそうだな……。ところで、ラパヌーズ博士、抗デスネヒト剤の製造の方は、どんな具合ですか？」

「はい、アンドリュース博士を中心に全力を尽くしているとしか、お答えできません」

ラパヌーズ博士の口ぶりからすると、科学省が総力を挙げて取り組んでいる抗デスネヒト剤の製造は容易ではなさそうだし、カギを握るラギール博士の行方も簡単にはつかめそうにない。かくなる上は、やはりあの巨大なマユを今のうちに叩いておくしかないと考えたハイドシェックは、バートレット作戦部長や配下の参謀たちと協議の上、マンネルベルク総司令官の裁可を得て、ソルトアイス投下作戦の続行を決断した。

命令を受けたウォーレン大佐率いる五十機の航空隊は、三十個以上ある巨大なマユの上に、マイナス十五度まで冷やしたソルトアイスを大量にばら撒いた。赤黒く不気味な光を発していたマユの明滅がゆっくりし、やがてぴたりと止まってしまった。

「成功です。マユの明滅がすべて止まり、死んだようにおとなしくなりました」

ウォーレン大佐が、嬉しそうな声で参謀指令室へ報告する。

これでまた当分の間おとなしくなるか、もしかしたら完全に動きが止まったのかもしれないと、航空隊の誰もが確信した。ところが、その日の昼すぎ予想外のことが起きた。突然、マユの中身が爆発でもするように激しく明滅し始め、あっという間に大きな亀裂が走ったのである。通報を受けた航空隊に再び出撃命令が出たが、ソルトアイスの積み込みが間に合わなかった。亀裂はマユ全体に広がり、中から赤黒いものが姿を現し始めた。

「マユの中から何か出てきます！　空飛ぶ化け物なら、今のうちにソルトアイスを投下しないと逃げられてしまいます」

現場近くを守る戦車隊から、何度も通報があった。

航空隊の準備がようやく整い、ソルトアイスを積んだ五十機が再出撃した。ウォーレン大佐の命令で、一次攻撃隊二十機がいっせいに高度千メートルから急降下し、ソルトアイスを投下する。何とか間に合ったと隊員たちが胸をなで下ろす間もなく、黄ばんだマユの中から赤黒いガスが大量に発生した。

「何だ、あのガスは？　下の様子がさっぱりわからないじゃないか」

ウォーレン大佐が、一次攻撃隊のテイラー少佐に尋ねた。

「とんでもなく高温のガスです。機外温度測定器の範囲を超えています。おそらく千度以上あるんじゃないでしょうか」

「千度以上！　それじゃあ、ソルトアイスなど、何の役にも立たないじゃないか」

「隊長、これ以上の攻撃は危険です。近づくと、高温ガスにやられてしまいます。戦車隊も大急ぎで避難しています」

「わかった。全機を直ちに帰還させる」

ウォーレンの命令で二次攻撃は中止され、航空隊はシェルターへ引き上げていく。

航空隊からの報告を受けて、夕方から国防軍と科学省合同の作戦会議が開かれた。

「マユの中身が怪鳥ではなく、千度を超える高温ガスであったとは、まったく意外でした。もはや、ソルトアイス作戦は中止せざるを得ません。ラギール博士の行方は依然つかめず、科学省が全力で取り組んでいる抗デスネヒト剤の製造も、まだ先が見えていない状況です。わがエメラルド国はまさに存亡の危機であり、崖っぷちです。これから国民のために何を優先して、どうすべきか、ぜひ率直なご意見をお聞かせください」

司会のケストリング作戦副部長が、厳しい表情で口を開いた。

「マユから発生している高温ガスに対して、何か有効な手立てはないのでしょうか？」

キャンベル大佐が、フィリップス博士の方を向いて尋ねた。

「わたしは前回の合同会議で、三段構え作戦を提案しました。しかし、第一のラギール博士捜索と第二のソルトアイス作戦は、残念ですが、中止せざるを得ないことが明らかになりました。ここに至っては、第三の北極圏移動作戦を速やかに完了することこそ、今何よりも優先すべきことと思います。我々も含め、まだ百万人余りの国民が当シェルターに残っていますが、もはやシェルターは潔く放棄し、二日以内に全員北極圏へ向かうべきです。今のところそれしか、高温ガスに変身したデスネヒトから国民を守る方法はありません」

「シェルターを放棄！」

フィリップス博士から発せられた「シェルター放棄」は、出席者にとって一番聞きたくない言葉だった。莫大な費用と科学技術の粋を集め、苦心の末に完成させた貴重なシェルターを放棄してしまえば、たとえ北極圏へ移動して急場は凌げたとしても、その後の行き場を失ってしまうことになる。安全で快適なシェルターがあってこその、エメラルド国なのである。

「シェルターを放棄するのは、わたしにとっても断腸の思いですが、国民一人一人の大切な命には代えられません。最新の機器でも中身が確かめられなかったマユの中から、我々の予想を超えて高温のデスネヒトガスが出てきたのです。おそらく高温ガスは、さらに発生を続け、あと二日もすれば二十五キロしか離れていないこのシェルターを取り巻いて、ぼろぼろに溶かし、呑み込んでしまうでしょう。この恐ろしいガスに対し、酸素弾もソルトアイスも無力であり、今我々には防ぐ手立てがまったくありません。唯一の望みは、抗デスネヒト剤を製造することです。わたしは、まだ見込みがあると思っています。アンドリュース博士や菊川博士らのアイデアによって、難解な方程式が解けかかってきています。北極圏へ移動しさらに研究を続ければ、サミュオンⅢの構造式が必ず明らかになると思います。シェルターは放棄しても、生きる希望は最後の最後まで放棄してはならないと思います」

フィリップス博士の訴えに、出席者一同うつむいたまま頷いた。

「博士のお考えはよくわかりました。しかし、わが国には病人も含めまだ百万人もの国民がシェルターに残っています。今日明日のうちに北極圏へ移動させるのは、輸送の限界を超えています。アメリカや日本は、南極への移動を開始していて、これ以上わが国への援助はできない旨の通知がありました。わが国のすべての輸送機、車両を動員しても二日で二十万人を運ぶのが精一杯で、八十万人は取り残されてしまいます」

輸送責任者のクルーガー中将が、疲労した顔で説明する。

「このシェルターの地下には、まだかなりのジストニウムが埋まっています。高温ガスに姿を変えたデスネヒトは、必ずジストニウムを狙ってやってきます。このままシェルターに残っていれば、百パーセント命がありません。病人や老人、子ども、抗デスネヒト剤の研究チームを優先して輸送機や車両に乗せ、残りの国民は、歩いてでも移動させねばなりません。デスネヒトガスがやって来る明後日の午後までに、このシェルターから最低でも三十キロは離れていないと危険です。一万人を一つの班として、国防軍の将兵が百人ずつで引率します。一人につき、五日分の酸素と食料と防護服を支給し、明日の午前中に準備を整え、正午に出発ということでどうでしょうか？」

「しかし、博士、三十キロぐらい、すぐに追いつかれてしまうのではありませんか」

キャンベル大佐が尋ねる。

「いいえ、デスネヒトは地下のジストニウムを消化吸収するのに、四日から五日程度はかかると思います。その間にさらにシェルターから百キロ以上離れ、北極圏から戻ってくる輸送機や車両に次々拾っていってもらえば、何とか逃げられるのではないかと思います」

「八十万人を徒歩移動させるというのは途方もないことですが、古代の出エジプトも似たような状況だったのかもしれません。このシェルターに残っていれば百パーセント命はないのですから、リスクはあっても思い切って出エメラルドをやるしかありませんね。ここは、モーセの奇跡を信じるしかありませんな」

バートレット作戦部長が、腕組みしながら語った。「モーセの奇跡か……」とつぶやく将校もいたが、発言する者はもう誰もいなかった。

第六章●女王マチルド

1

見渡す限りの赤茶けた大地を、銀色の防護服を着て酸素マスクをつけたエメラルド難民たちが、長い列をつくって行進を続けている。

徒歩による移動作戦が始まって四時間以上がすぎていた。さっきまで見えていたシェルターの通信タワーも、今はもうこげ茶色の靄の中に霞んでいる。ルリエは、すべての緑が消え失せ、生命が死に絶えてしまった赤茶けた砂漠を、マルガレーテと一緒に歩いていた。

マルガレーテは、ペセロたち病院のスタッフと輸送機で北極圏へ行く予定だったが、抽選で徒歩移動に回されたルリエのことが心配だと、危険な歩きをあえて希望したのだった。

ルリエは見たところ元気そうだが、まだ決して本調子ではない。マルガレーテはルリエを気づかい、時々声をかけた。近くを歩いていた初老の女性が、「いったいどこまで歩いていけばいいんだろうね？」と、心細げに尋ねる。

「あと三日ほどしたら、国防軍の輸送隊が迎えにきてくれます。それまで頑張りましょう」

マルガレーテが優しく答える。

「あと三日も……」

女性は、深い吐息をついてうな垂れた。

「わたしは、そんなに歩けそうもないよ」

顔を歪めて立ち止まってしまった。

「大丈夫ですよ。体の弱い人や体調のよくない人は、優先的に輸送機に乗ることができますから。わたしが、本部へ連絡してあげます」

「まあ、それはご親切に！」

女性は安心したように、やっと笑みを浮かべる。

「でも、行き先がよりにもよって北極圏なんて、わたしたちは、どうしてこんなにひどい目にあわなけりゃならないんだろうね。もとはといえば、マヤタ人のせいなんだ。マヤタ人がデスネヒトなんておかしなウイルスさえ作らなきゃ、こんな惨めなことにはならなかったんだ。誰が何と言おうが、わたしはマヤタ人を許さないよ。それと、裏でマヤタを支援した日本もね」

シャーロット・シモンズというそのユダヤ系のアメリカ人女性は、ルリエに気づかず無遠慮にまくし立てる。マヤタ人の囚人たちと親しくしていたルリエは、「マヤタ人のせいだ」と言われてどきりとし、悲しい気持ちに沈んだ。

フィリップス博士が、ラギール博士の進んだ研究を讃え、マヤタ人に対する差別偏見をなくし、人類が一つに団結し危機を乗り越えようとテレビで訴えたが、多くのエメラルド国民の本音は、やはりマヤタ人に対する根強い憤りであり、シモンズのように日本にまで非難の矛先を向ける者も少なからずいるのだ。

「いいえ、シモンズさん、マヤタのラギール博士はデスネヒトを撲滅させる薬を発明したのよ。でも、国家保安警察が博士を極悪人として逮捕しようとして追い詰め、博士は行方不明になってしまったの。せっかく抗デスネヒト剤が完成し、地球が緑を取り戻すことができたのに残念で仕方がないわ。こうなったのは、わたしたち一人一人の責任よ。それと、日本がマヤタを裏から支援したと言ったけど、日本はデスネヒトが発生する五年も前にマヤタ政府に強く警告し、すべての支援を打ち切ったのよ」

さっきの優しい物腰とは打って変わって、マルガレーテが強い口調で言ったので、シモンズは驚いた顔を向けた。

「あの、わたし日本人なんです」

ルリエは、自分から名乗った。

「まあ、どうしましょう。せっかく親切にしていただいたのに、わたしったら何ということを言ってしまったのでしょう。デスネヒトのせいで、ずっとひどい目にあってきたので、ついグチが出てしまったのよ。ごめんなさいね」

シモンズは、申し訳なさそうに何度も頭を下げる。

「いいんです。気にしないでください。シモンズさんが、そう言いたい気持ちもわかります。でも、わたしもマヤタの友だちも、美しい緑の自然や、そこに住む小鳥や花や虫たちが大好きです。きっと、ほとんどのマヤタ人も日本人も、わたしと同じ気持ちだと思います」

シモンズは、ルリエの目をじっと見つめていた。

「あなたは、きれいな目をしているのね。わたしはマヤタ人や日本人のことを、ひどく誤解していたようだわ。本当に悪かったわ。これからは、ぜひ仲よくしましょうね」

シモンズは、ルリエの手を取った。二人は固く手を握り合った。そこへ、マルガレーテも両手を重ねた。

「これで、三人はいつも一緒よ。じゃあ、元気を出して行きましょう」

マルガレーテが、明るい声で言った。ルリエとシモンズも笑顔で頷く。三人は見渡す限りの赤茶けた大地を、先頭が見えないほど長く続くエメラルド難民たちの列に従い、いろいろなことを話しながら歩いていった。シモンズは、自分の身の上を話してくれた。

シモンズ家はフロリダやカリフォルニアで手広く観光会社を経営していたが、デスネヒトのためにリゾート地がことごとく大きな被害を受けて倒産し、夫は絶望のあまり持病の心臓病が悪化し、間もなく亡くなったそうだ。シモンズは、二人の娘と苦労を重ねてヨーロッパへ逃れていった。だが、娘たちも相次いで病死してしまった。失意のどん底にいたシモンズを、夫の弟が救い出してエメラルド国のシェルターへ入れてくれたが、その弟もデスネヒトの障害で亡くなり、独りぼっちの身の上になってしまったという。

シモンズの話を聞いて、デスネヒトがどれほど多くの人々に未曾有の苦しみを与えたか、改めて考えずにはいられなかった。

こげ茶色の雲の切れ目から、ぎらぎらした太陽が照りつける。一陣の風に赤茶けた砂煙がもうもうと舞い上がり、難民たちは体を縮めてやりすごそうとした。

徒歩移動が始まって三日目の昼になった。ルリエもマルガレーテもシモンズも、さすがに疲れがたまっていた。単調な荒れ野の景色がどこまでも続き、防護服に酸素マスクをつけての歩きは不自由なことが多く、精神的にも疲労してしまう。夜も簡易テントの中にすし詰め状態で、手足を伸ばしてぐっすりと眠ることができない。難民たちは、時々よろけながら行進を続けていた。

「ああ、息が苦しい。わたし、もう歩けない」

シモンズが息を荒くして、へたへたと座り込んでしまった。

「少し休みましょう。もうすぐお昼よ」

マルガレーテは、シモンズのボンベをひねって酸素の出を調節した。

「ありがとう。少し楽になったわ」

「シモンズさん、無理しなくていいわ。今日は輸送隊が迎えに来る日ですもの」

ルリエも横から励ます。

「ああ、そうね。輸送隊が来れば、もう歩く必要はないわけよね」

シモンズがやっと笑顔を見せる。ルリエたちが休んで五分ほどすると、行進もストップし、昼の休憩になった。救護班の女性隊員たちが、袋詰めにされた緑色のジュースを配りに回ってきた。難民たちは赤茶けた地面に腰を下ろして、ジュースを飲み始める。ルリエはジュースを受け取るとき、女性隊員に尋ねてみた。

「国防軍の輸送隊は、いつごろ来るんですか?」

女性隊員はルリエの顔をちらっと見てから、

「さあ、わたしもまだ詳しいことは知らされていません」

忙しそうに立ち去ってしまう。ルリエは小首を傾げて、マルガレーテを見つめた。

「輸送隊、大丈夫よね」

「ええ、そのはずよ」

マルガレーテは、ルリエの目を見ずに答えた。ルリエは何の疑いも持たずにシモンズとジュースを飲み始めたが、マルガレーテの胸は痛んでいた。実は、マイナス三十度という猛烈な寒気と吹雪に阻まれて、輸送隊はまだ北極圏を脱出できていないとペセロ医師からの極秘情報を受け取っていたのだ。航空隊も天候が一時的に回復した際に、大きく迂回して一日一機か二機を飛ばすのがせいぜいだという。ペセロ医師は、もし五日目になっても輸送隊が着かない場合は、ニベール航空参謀に頼んで、当日着の輸送機の席を特別に二人分空けてもらってあるから、必ずルリエと乗って北極圏へ来るように付け加えた。しかし、マルガレーテは考え込んでしまう。国防軍の輸送隊があと二日で間に合わなければ、徒歩移動を強いられた多くのエメラルド難民たちは、酸素切れのまま赤茶けた死の砂漠へ放り出されてしまうことになる。そうなれば、いくら航空参謀の命令で席が空けてあったとしても、まともに乗れるかどうかわからない。取り残されてしまう八十万人もの人々が暴徒と化して、座席目がけてなだれ込んでくるかもしれない。マルガレーテは、六年前の出来事を思い出していた。食べ物がなくなって飢えた人々が道端の死体をあさり、自分の家の食料貯蔵庫を狙ってハイエナのように群がってきた。人々は止めに入った父と兄をなぶり殺し、争ってチーズやソーセージを奪い取っていったのだ……。

マルガレーテは思わず額を押さえて、深い溜息をついた。

「どうしたの？　大丈夫？」

ルリエが心配して、顔を近づける。

「うん、何でもないわ。わたしも、ちょっと疲れたみたい。ジュースを飲んだら、少し横になるわ」

「そうなさい。今、マルガレーテさんに倒れられたら、大変だもの」

シモンズも不安そうな目を向ける。ジュースの食事のあと、三人は横になってひと眠りすることにした。周りの人々も、多くはぐったりとして眠っている。

ルリエは、何かがぽつんぽつんと当たったような気がして目を覚ました。

雨だ！　それも、デスネヒトを大量に含んだこげ茶色の死の雨だ。この雨に打たれると、顔を覆っている透明なフェイスガードが黒く濁って前が見えなくなってしまい、汚れを落とすのにひと苦労する。ルリエは飛び起きて、マルガレーテとシモンズに知らせる。

「大変、雨よ！　起きて」

すぐに簡易テントが用意され、全員避難した。辺りは薄暗くなり、こげ茶色の泥水のような雨が、激しくテントを打ちつける。雷鳴が轟き、風も吹き荒れている。難民たちは顔をこわばらせ、身をすくめている。母親にすがりついて、泣いている子どももいる。嵐はなかなか収まりそうにない。近くから、ひそひそ話す声が聞こえてくる。

「これじゃ、今日はもう先へは進めないな」

「早く輸送隊が迎えに来てくれないかな。今日の夜には、合流できるんだろう？」

「まあ予定ではそういうことだが、実際はどうなっているのか、おれたちには何も教えてはくれないからな」

「飛行機で行ったやつらはいいよな」

「だが、行先が北極圏じゃな。おれたちも、いよいよ年貢の納めどきかもしれないぞ」

「人類滅亡か……」

男たちの話し声は、それっきり聞こえなくなった。「人類滅亡」という言葉が、ルリエの胸にもマルガレーテの胸にも、重く突き刺さった。

結局、移動三日目は死の雨に降り込められて、そのままテントで夜をすごすことになった。多くの人々は輸送隊の到着を心待ちにして眠りについたが、そのころ輸送隊はまだ三千キロ近く離れた極寒の地で、激しい吹雪に阻まれて立ち往生していたのだ。

2

翌朝、雨は上がっていたが、こげ茶色の雲が低く垂れ込め、南の空が不気味なほど赤く燃えている。難民たちはテントから出て、不安げな顔で眺めていた。

「いったい、どうしたんだ？」

「何か恐ろしいことが起こる前触れかもしれないな」

「きっとムカデがやって来て、シェルターがやられたんだよ！」

「そうだ。シェルターが破壊されて、燃えているんだ」

「おれたちは、もうおしまいだ。輸送隊は迎えに来てくれないし、シェルターもやられちまって、そのうち酸素も切れて死ぬしかないんだ」

「そんな、おれはまだ死にたくないよ」

昨日テントの中でひそひそ話をしていた男の一人が、顔を歪めて震えている。話を聞いていた周りの難民たちにも不安が広がっていく。

「輸送隊は、いったいどうなっているんだ」

「約束が違うじゃないか。責任者はきちんと説明しろ」

難民たちは、暴動でも起こしそうな顔つきで叫び始めた。

「よーし、こうなったら引率本部へ押しかけようじゃねえか。おれたちをなめやがって、ただじゃすまないぞ」

「そうだ、そうだ。鬱憤晴らしに、ひと暴れしてやろうじゃねえか！」

十人ほどの男たちが、目を吊り上げて本部の方へ向かおうとする。

「ちょっと待ちなさい！」

マルガレーテが、凛とした声で制した。

「みんなが一番まとまらなければならない大切なときに、そんな勝手なことをしてどうするの。体調の悪い人や、小さな子どもも大勢いるのよ」

「何だ、あんたは？　本部の回し者か？」

セルジュという中東系の顔立ちをした髭面の男が、マルガレーテを睨みつける。

「わたしは病院の看護師よ。今が一番大切なときじゃない。鬱憤晴らしだなんて、とんでもないわ。暴動にでもなったら、デスネヒトが来る前に自滅よ」

「何だと！　偉そうなことを言いやがって。それに、病院の看護師がどうしてこんなところにいるんだ？　あいつら全員、飛行機で先に行ったんじゃねえのか」

「徒歩移動に回された人の中にも、体調が心配な人がいるから付き添っているのよ」

マルガレーテが、毅然として言い返す。

「ほう、自分の命だって危ねえっていうのに、そんな奇特な人がいるのかよ。それじゃ、看護師さんよ。奇特ついでに、もし、今日中に輸送隊が着かなかったら、あんたの酸素をおれに回してくれないか。酸素切れが近づいていて、心配だからな。あんたが酸素をくれるって言うんなら、暴動を起こすの止めといてやってもいいぜ」

セルジュは薄笑いを浮かべ、底意地の悪い目でマルガレーテを見すえた。

「黙って聞いてれば、何て厚かましいことを言うの！　酸素をくれだなんて、命をくれって言ってるのと同じじゃない。マルガレーテさん、こんな非常識な男、相手にしないで」

シモンズが、眉を寄せてセルジュの前に立ちはだかる。

「何だと、お前はどこの馬の骨だ？　出しゃばりやがって、引っ込め！　それとも、痛い目にあわされたいのか」

　セルジュが、拳を振り上げようとする。

「待って、シモンズさんに手を出さないで。今後一切騒ぎを起こさないって約束してくれたら、酸素をあげてもいいわ」

「おい、みんな聞いたか。この看護師さんは、今日中に輸送隊が着かなかったら、おれに酸素をくれるってよ。おれも約束は守るから、あんたも必ず守れよ。もし、破ったら大暴動を起こしてやるからな」

　セルジュは、鋭い目つきで睨みつける。

「約束は守るわ。だから、暴動はもちろん、迷惑をかけるのも絶対になしよ」

　マルガレーテは、ひるまずに答えた。

「よし、いいだろう。おい、みんな引き上げるぞ。お前たちにも分けてやるからな。今日の夜中が楽しみだ」

　セルジュは高笑いし、仲間を引き連れてテントへ戻っていった。

「まあ、なんて柄の悪い、いやなやつなんでしょうね。でも、マルガレーテさん、あんな約束してよかったの？　わたしをかばうために言ったんでしょうけど、今日中に輸送隊が来なかったらどうするの？」

シモンズが心配そうに尋ねる。

「大丈夫よ。輸送隊は必ず来るわ」

マルガレーテはシモンズを安心させるように、きっぱりと言った。

「そう。それにしても、マルガレーテさんて若いのに勇気あるのね。ヤクザ相手に一歩も引かないんだから、わたし、ますます尊敬しちゃうわ！　あなたとルリエさんに会えて、本当によかった。きっと、神さまのお引き合わせね」

シモンズが、嬉しそうにマルガレーテとルリエの手を握る。

「わたしなんか、ただ震えて見ていただけなのに、あんな怖そうな人たち相手にホントにすごいわ。わたしも、少しは見習いたい。万一、今日中に輸送隊が着かなかったとしても、わたしの酸素を分けるから心配しないでね」

ルリエも、マルガレーテの手を握りしめた。

「わたしの酸素だって分けるわ。わたしたち三人は、いつも一緒って約束したんですもの」

シモンズが、満面の笑みを浮かべる。

「ありがとう。わたしたち血はつながっていないし、生まれた国もそれぞれ違うけど、家族と同じね。神が出会わせてくれた大切な家族よ。これこそが本当の家族、神の家族よ！」

マルガレーテの目に涙が光っている。

「わたしは夫も娘も失い、独りぼっちになってしまって、赤い砂漠の中で絶望してたけど、あなたたちのような素晴らしい娘を二人も持てて、神に感謝するわ。本当に素敵な神の家族ね！」

シモンズは涙ぐんで、祈りを捧げる。マルガレーテとルリエも一心に祈った。酸素切れが近づき、恐ろしいデスネヒトがいつ迫ってくるかわからない死の砂漠の中なのに、ルリエは神が出会わせてくれた家族を得て、心が満たされ穏やかであった。

その日の歩きは、エメラルド難民にとってかなり辛いものとなった。体力的に特別きつかったからではない。昼が近づいたころ、廃墟の村に辿り着いた。村を見下ろす小高い丘の上に由緒ありそうな教会が建っていた。多くの人が、教会で祈りたいと希望した。難民たちは久しぶりに教会で祈りを捧げ、心の安らぎと希望を得たかったのである。そこで引率の将校や女性隊員が、まず教会へ入ってみることにした。安全を確認した上で、希望者たちを順に入れようとしたのである。マルガレーテとシモンズは教会で賛美歌を歌おうと、外で並びながら小声で歌い始めていた。讃美歌を歌ったことがないルリエも、口真似していた。ところが、しばらくして女性隊員の悲鳴が聞こえてきた。マルガレーテが、「看護師です」と声を上げ、急いで教会の入口へ駆けつける。ルリエもすぐあとを追った。

「入っちゃだめ！」

マルガレーテが、両手を横にして入口をふさいでいる。だが、隙間から凄まじい光景が垣間見えた。ぼろぼろに白骨化した夥しい死体が、累々と積み重なっているのである。あまりにも残酷で、思わず目を背けてしまった。

おそらく、デスネヒトガスが迫り来る中、逃げ場を失った村の人々は、高台の教会に身を寄せ、救いを求めて祈っていたのであろう。しかし、デスネヒトは教会にも押し寄せ、村人たちの命を容赦なく奪い、骨までぼろぼろにしてしまったのである。人々の泣き叫ぶ声や悶え苦しむ声が聞こえてきそうだった。マルガレーテは、目先の便利さや快適さだけを追い求めた文明社会が生み出した怪物の残忍さを、ここでも強く思い知らされた。

教会は立入禁止になり、教会前の広場で祈りが捧げられ、讃美歌が歌われることになった。難民たちは真剣に祈りを捧げ、心を込めて讃美歌を歌った。

讃美歌が終わったあと、引率本部のモーラン大佐から話があった。

「徒歩移動も四日目となり、皆さん、心身両面で疲れがたまってきていると思います。本部を代表して、心からお見舞いいたします。さきほど輸送責任者のクルーガー中将より、メッセージが入りましたので、読ませていただきます。『昨日到着予定の車両が遅れてしまい、大変申し訳ありません。全力を挙げてそちらへ向かっていますが、悪天候に阻まれ思うように前進できないでいます。現状を打開すべく、わずかな晴れ間をぬって輸送機を迂回させ、次々に向かわせています。本日の午後五時ごろまでに三機が、かつて飛行場のあったシュレーア高地に到着の予定です。明日も昼までに五機が到着のはずです。車両隊も明日の夜遅くか、明後日には到着できるものと思います。連日の徒歩移動でご不便をおかけし、疲労もピークかと思いますが、あと少しの辛抱ですので、どうか希望を失わず、引率本部の指示に従い、整然と移動を行ってほしいと思います』以上です。メッセージにあるとおり、車両隊は吹雪のために遅れていますが、輸送機は今日の夕方五時ごろに到着とのことですから、元気を出してシュレーア高地へ向かいましょう。ここからシュレーア高地までは十キロ余り、三時間足らずの徒歩移動となります。今日の六時すぎには、抽選で二千名ほどの人が輸送機に乗ることができます。これからお昼になりますので、休憩も含め午後一時には出発します。引率者の指示に従い、全員安全に移動してください」

モーラン大佐の話が終わると、女性隊員たちが緑色のジュースを配る。難民たちは、小高い丘の思い思いの場所に陣取り、お昼のジュースを口にする。

「二千人が輸送機に乗れるといっても、八十万人の中の二千人だから、倍率は四百倍だ」

「四百人に一人か！　宝くじに当たるようなものだな」

ルリエたちのすぐ近くで休憩している人たちが、溜息交じりに話している声が聞こえてくる。四百人に一人と聞いて、ルリエもシモンズも思わず顔を曇らせてしまった。そのとき、「看護師のマルガレーテさんはいらっしゃいませんか?」と声がかかった。

「はい、わたしです」

マルガレーテが返事をすると、引率本部のフォンテーンと名乗る若い将校が、「ちょっとお願いします」と手招きする。ルリエは、急病人でも出て呼ばれたのだろうと思った。

フォンテーン中尉は、モーラン大佐からの指示をそっと伝えた。

五時ごろ到着する最初の輸送機に席を二つ空けてあるので、乗務員の誘導に従って、ルリエという日本人少女と搭乗するようにとのことであった。フォンテーンは搭乗チケットを二枚手渡すと、マルガレーテが当然了承したものと思って立ち去ろうとする。

「ちょっと待ってください。本部のご好意はとても嬉しく思いますが、このチケットは受け取ることができません」

「ええ、なぜですか？　大変貴重なチケットなんですよ」

フォンテーンが、びっくりした顔で聞き返す。

「わたしたちは、まだ元気ですから徒歩移動ができます。このチケットは、どうか体調の悪い人や、小さいお子さん連れの方に回してください。お願いします」

「しかし、モーラン大佐から輸送本部の強い要請だと言って、特別に指示を受けているんですよ。ここだけの話ですが、明後日までに輸送機は十機ほど迎えに来ますが、それでは五千人程度しか運ぶことができません。肝心の車両隊は、明後日までに間に合うかどうか微妙なところです。それでもいいんですか？　よくお考えになった方がいいと思いますが……」

フォンテーンは、何とか説得しようとする。

「はい、覚悟はできております。わたしもルリエも、この身は神に捧げてあります。どうか、このチケットは、それを受け取るにふさわしい方に優先してお与えください。ご厚情、深く感謝いたします」

マルガレーテは頭を下げ、受け取ったチケットを差し出す。

「わかりました。そこまで仰るのでしたらチケットは持ち帰って、お言葉どおり病人や子ども連れの人に回します。あなたの尊いお気持ちは、モーラン大佐を通して必ず輸送本部にお伝えいたします。どうか、神のご加護がありますように！」

フォンテーン中尉は直立不動で敬礼し、引き返していった。

マルガレーテに悔いはなかった。席が三つあるならともかく、大切な家族となったシャーロット・シモンズを置いて、ルリエと二人だけで輸送機に乗ることなど決してできない。それに、みんなが宝くじと同じだとまで思い乗りたいと願っている輸送機に、何の苦もなく特別扱いで乗せてもらうこともできない。やはり、乗るにふさわしい人に乗ってもらうのが一番いいのだと、マルガレーテは納得し晴れやかな気持ちになった。

3

　その日の五時すぎ、元飛行場だったシュレーア高地に待望の輸送機が次々と到着した。すぐに搭乗者の抽選が行われたが、ルリエもマルガレーテもシモンズも外れであった。今日中に輸送隊が来なかったらマルガレーテの酸素をもらうぞと、脅迫まがいに約束させたセルジュや仲間たちも全員外れだったようで、口々に「畜生め！」「くそ面白くもねえや！」などと汚い言葉を吐いて、いまいましそうに外れクジを投げ捨て踏みつけている。しばらくして、セルジュとその子分が、ルリエたちのいるテントまでやってきて、中をじろじろ見ている。

「何よ、あんたたち、ここは女性専用のテントよ。輸送隊の飛行機が来たんだから、マルガレーテさんの酸素をもらうことはできないはずよ。クジに外れたからって、未練がましくこんな所へ来ないでよ。いやらしい！」

シモンズが、顔をしかめて怒鳴りつける。

「何だ、またお前か。相変わらず口の減らねえ婆さんだな。おれたちに楯突くと、どうなるか思い知らせてやろうか。その口を、永久にふさぐことだってできるんだぞ」

セルジュが、ドスの利いた声で眉を吊り上げる。

「そんな脅しに、ビクつくとでも思ったら大間違いよ。本部の将校さんを呼ぶからね。ルリエさん、フォンテーン中尉さんを呼んできて！」

「わかったわ。すぐに呼んでくる」

「そんな者、いちいち呼ぶ必要はねえ。おれだって、本部の有力将校と知り合いなんだからな。ふん、覚えとけよ」

セルジュは、捨てゼリフを吐いて引き返していった。

「まったく、いやな男ね。塩があったら、思い切り投げつけてやるところよ」

シモンズが、セルジュのいるテントの方を腹立たしげに睨みつけた。

徒歩移動を始めて五日目の朝が来た。酸素は五日分しか入れてないので、多少の余裕はあるにしろ、原則今日一日しか持たない。もし、車両隊が今日中に着かなかったら、輸送機搭乗の抽選に再び洩れた者は、明日はもう酸素が切れて呼吸をすることができなくなってしまう。八十万人近いエメラルド難民たちにとって、いよいよ本当の崖っぷちである。

朝食後、モーラン大佐がいつになく厳しい面持ちで話をした。

「本日正午ごろ到着予定の五機の搭乗者三千人の抽選をこれから行うが、外れであっても、決して投げやりになるようなことなく冷静に対応してほしい。全員を収容することができる車両隊が雪嵐を突破して、こちらへ急接近している。抽選に洩れた者は、九時半から車両隊へ向けて移動を開始する。最後まで希望を捨てず、行動してもらいたい」

難民たちは、皆祈る思いで抽選クジを引いていった。倍率は昨日より少し下がったとはいっても、約二百七十倍である。本部の合図で、いっせいにクジを開ける。ルリエたちは、三人とも外れであった。

「わたしたちはいつも一緒だから、三人外れでよかったのよ。神の導きに従いましょう」

マルガレーテが穏やかに言う。ルリエもシモンズも頷いた。

セルジュとその仲間たちも、全員外れだったようだ。

「畜生、何度やっても外れじゃねえか。おれたちには、最初から当たらないように仕組んであるんだ。こんなクジはインチキだ！」

「くっそう、このままじゃすまさねえぞ！」

セルジュや鉤鼻の男が、歯ぎしりして不満を爆発させている。

「あの男たち、また何か仕出かさないといいんだけど……」

シモンズが、眉根を寄せてつぶやいた。

九時半になり、徒歩移動が始まった。赤い死の砂漠から、もうもうと砂煙が舞い上がり、太陽がぎらぎらと照りつける。難民たちは半歩でも一歩でも車両隊へ近づこうと、疲労のたまった足を引きずるように行進を続けたが、一時間半余りすると、ついていけずに座り込んだり、倒れたりする人が続出し、とうとうテントを立てて休憩することになった。シモンズやルリエも、口もきけぬほど疲れていた。しばらくして、女性隊員たちがジュースを配りに来た。少し早いがお昼にして、一時には出発ということであった。

緑色のジュースを飲むとやっと気持ちが落ち着き、ルリエも元気が出てきた。けれど、そのとき、セルジュと子分の男二人が、いきなりテントの中へ入り込んできて、マルガレーテの酸素ボンベに手をかけた。

「やめて、何するの！」

マルガレーテが叫び声を上げる。

「手を放しなさい！　この野蛮人」

シモンズが、思い切りセルジュに体当たりした。

「ふん、じゃまだ！　今日こそ、お前の息の根を止めてやるぞ。おい、シュルバは婆さんのボンベを外せ。リアゼは、あのガキの酸素をもらえ」

セルジュが薄笑いを浮かべながら、鉤鼻の男と縮れ毛の男に指図する。テントの中にいた十人ほどの女性たちは皆セルジュを怖がって、声も出せずに震えている。

「助けて！　ねえ、誰か、早く助けて」

シモンズが大声を出した。近くで食事をしていた人たちが、何事かとテントの中へ入ってきた。

「助ける必要なんかねえぞ。あんたたちに、いいことを教えてやろうか」

セルジュが、テントの中へ入ってきた人たちに向かって叫んだ。

「いくら待っても、今日中に車両隊は来ないぜ。おれは、国防軍の有力将校と知り合いで、いろいろと情報を教えてもらっているんだ。車両隊の到着は明日だ」

集まってきた人たちは、思ってもみない突然の情報に、「何だって、今日は着かないのか！」と、驚きと落胆の声を上げた。

「そうだ、到着は明日だ。だから酸素が明日まで持たないと、せっかくの車両隊の到着も無駄になるってわけだ。この看護師さんはよ、輸送機に席を特別取ってもらってあったのに、いらないと断ったんだ。つまり、生きる気持ちがねえってわけだ。そういう人から酸素をもらって何が悪い。あんたたちも、いいかっこしてると、明日の輸送隊の到着前に酸素が切れて、あの世へ行っちまうぞ。輸送隊だって、はるばる北極くんだりから命がけで助けに来たのに、全員死んでたんじゃ、苦労してやって来た甲斐がねえってもんだ。このまま徒歩移動しても、全員野垂れ死ぬだけだ。それより、生きる気持ちのねえやつは酸素を無駄遣いしないで、一人でも多くの者を生かしてやることが当然の義務だろうが。さあ、おれたちのじゃまをしないで、お前たちも明日まで生き延びたかったら、役立たずなやつの酸素を奪い取ってでも生きるんだ。せっかく神様からもらった大事な命だからな」

セルジュは勝ち誇ったように辺りを見回し、マルガレーテを押さえつけようとする。

「ウソよ。こんな野蛮な男の自分勝手な言い分を信用しないで。車両隊は、今日中に必ず着くわ。だから、マルガレーテさんは、体調の悪い人に席をゆずったのよ」

シモンズが必死で訴えたが、もう誰も耳を貸そうとはしない。

「婆さんよ、悪く思うな。このままじゃ、全員共倒れだ。それよりか、おれたちを生かしてくれた方が、よっぽどためになるじゃねえか。神様もほめてくれるぜ」

男たちは、情け容赦なく三人のボンベを引き抜こうとする。そのとき、ものすごい地鳴りがして、赤い砂漠が激しく揺れた。

「おい、何だ？　地震か」

セルジュも鉤鼻のシュルバも、怯え顔をして亀のように身をすくめた。揺れはすぐに止んだが、テントの外にいた人たちが大騒ぎを始めた。

「うわあ、何だ、あれは？」

「化け物だ！　こっちへやって来るぞ。早く逃げろ」

外へ出ると、地獄の底から這い出してきたような毛むくじゃらの巨大な生き物が、オレンジ色の目玉を激しく明滅させながら、こっちへ近づいてくる。

「兄貴、化け物ムカデだ！　ムカデが蘇ったんだ」

縮れ毛のリアゼが、真っ青な顔で震えている。

「シュレーア高地へ引き返すぞ。急げばまだ間に合う。こうなったら、輸送機の席を奪ってでも乗るんだ」

セルジュたちは、血相を変えてシュレーア高地へ走っていく。

体長がどれだけあるのかわからないくらい巨大なムカデたちは、口から次々に黄色いガスを吹きかけた。人々の悲鳴が上がり、向こうのテントがたちまち炎に包まれる。

「ここは危ないわ。早く逃げましょう」

マルガレーテに腕を引っ張られて、ルリエとシモンズは、セルジュたちとは逆方向へ走っていく。しばらく行ったところで、シモンズがつまずいて転んでしまった。足でも挫いたのか、痛そうに顔をしかめている。

「シモンズさん、大丈夫よ。わたしにつかまって」

マルガレーテが肩を抱える。

「ありがとう」

シモンズは、マルガレーテとルリエに支えられ、よろけながらも必死で走り続けた。テントの方からは、恐怖に怯え、逃げ惑う人々の叫び声が聞こえてくる。

シュレーア高地では、五機来る予定の輸送機が午後一時をすぎても二機しか到着せず、抽選に当たった三千人の搭乗者たちが二機分の千二百しかない座席をめぐって混乱状態に陥っていた。皆、血走った目をして座席を奪い合い、流血騒ぎまで起きていた。警備兵たちが懸命に止めに入るが、騒ぎはますます大きくなっていく。

二時を回り、パイロットもしびれを切らしたのか、まだ混乱が収まっていないのに強引に離陸してしまった。セルジュと鉤鼻のシュルバは、どさくさに紛れ警備兵の制止を振り切って、もう一機のタラップを駆け上がっていく。それを見て、輸送機に乗れなかった人たちはいっせいにタラップを上がろうとする。先の者を引きずり下ろしたり、あとから来た人を蹴り落としたりして、大変な騒ぎである。セルジュとシュルバは、まんまと搭乗者の席を奪ったようである。ムカデの襲撃から逃れてきた難民たちも、まだ離陸していない輸送機へ押し寄せ、黒山の人だかりとなっている。警備兵たちが、我先に乗り込もうとする人々を制止しているが、まったく効き目がない。二機目のパイロットも、これ以上難民たちが押し寄せてきたら危険と判断したのか、ゆっくりと機体を動かし始めた。タラップにいる人は、あわてて飛び降りたり、そのましがみついたりしている。尾翼に飛びつく者もいる。輸送機は少しずつスピードを上げる。しかし、赤茶けた高地をずっと滑走していて、なかなか飛び立つことができない。化け物ムカデが、黄色いガスを吐きながら近づいてくる。輸送機はやっと離陸したが、上空をふらふら旋回しているだけで一向に進まない。そのうち突然高度を下げて死の砂漠へ激突し、轟音とともに真っ赤な炎に包まれた。

マルガレーテとルリエは、シモンズをかばいながら、ひたすら歩いていった。しかし、歩いても歩いても、化け物ムカデから逃げ惑う人々の悲鳴がひっきりなしに聞こえてくる。五十四近い巨大ムカデに取り囲まれた人々は、逃げ場を失いパニックに陥っていた。少しでも安全な所へ逃げようと将棋倒しになり、転んだ人たちの上をあとから来た人たちが、お構いもなく踏みつけにしていく。そこへムカデがやって来て、容赦なく黄色いガスを吹きかける。

「もうたくさん。こんな生き地獄はごめんよ。ここから先はあなたたちだけで逃げて。わたしは、夫や娘たちの所へ行くわ。あなたたちに親切にしてもらったお礼に、わたしの酸素を二人で分けてちょうだい」

シモンズは、マルガレーテとルリエの手を振り払い、酸素を止めようとする。

「シャーロットさん、待って。最後まで希望を捨てちゃいけないわ。わたしたちは、神に出会わせてもらった家族じゃない！」

マルガレーテが、シモンズの手をしっかりと握りしめる。

「そうよ、姉さんの言うとおりよ。どんなことがあっても、三人で助け合おうって約束したじゃないの」

ルリエも、シモンズにしがみつく。

「シャーロットさん、わたしも今までどれだけ死んでしまおうと思ったかわからないわ。わたしの父と兄は飢えたハイエナみたいな人たちに、わたしの目の前でなぶり殺されたのよ。母と妹はデスネヒトガスから逃げようとアルプス越えをする途中で、やはりわたしの目の前で雪崩に巻き込まれてしまったの。わたしは、家族すべてを目の前で失ってしまったのよ。でも、母がいつも読んでくれていた聖書の言葉やルーゲルさんというおじいさんに励まされて、死んでいった人たちの分まで真剣に生き抜いてみようと決心したの。デスネヒトから逃げ延びる不自由な生活だったけど、生きていてやっぱりよかったわ。家族となったルリエさんやシャーロットさんや、それにフィリップス博士やペセロ先生のような素敵な人たちに巡り合うことができたんですもの。酸素はまだ十時間以上持つわ。あと十時間、希望を捨てずに生き抜いてみましょう」

　マルガレーテに諭されて、シャーロットもやっと表情を和らげる。

「ありがとう。よくわかったわ。わたしたち、本当の家族だったわね。あと十時間、精一杯生きて、胸を張って笑顔で神のもとへ行く方が、今あわてて苦しい顔で行くよりずっといいわね」

「そうよ。シャーロットさん。すべてを天なる父に託してしまえば、どれほど心が軽く楽しくなることか。笑顔で光の世界へ昇っていくことができるわ」

マルガレーテは、廃墟の村の教会前で歌った賛美歌を美しい声で歌い始めた。シャーロットやルリエも一緒に歌った。

主よみもとに近づかん
のぼる道は　十字架に
ありともなど悲しむべし
主よみもとに近づかん

三人は歌いながら腕を組んで、ゆっくりと歩き出した。ルリエは不安や恐怖が消え、心が透き通っていった。あと十時間と少しで酸素が切れて死ぬことなど、ささいなことに思えてくる。それより、こうしてマルガレーテやシャーロットと讃美歌を歌いながら歩いていることが、奇跡のように嬉しいのだ。「心安らかに神のもとへ行けるように祈りましょう」と言って、自分の身代わりになり、ラーゲルの凶弾に倒れた千里の気持ちが、ルリエにもようやくわかるような気がした。

4

三人は讃美歌を歌いながら、何時間も歩き続けた。化け物ムカデから逃げ惑う難民たちの阿鼻叫喚の悲鳴も聞こえず、辺りは暮れかけ静まり返っていた。

「マルガレーテさん、ありがとう。もうすぐ日が暮れるから、わたしはここで十分よ。ここまで、あなたたちと讃美歌を歌いながら歩いてきて本当によかった。お陰で心が満たされ、笑顔で神のもとへ行けそうよ。本当にありがとう」

シャーロットは、穏やかな顔で腰を下ろした。

「ルリエさん、わたしたちも、ここまでにしましょう」

マルガレーテがシャーロットの隣に腰を下ろす。ルリエも静かに頷いた。三人はしばらく黙って休んでいた。何時間も足を引きずって歩いてきた疲れが出たのか、シャーロットがうつらうつらし始めた。赤々とした夕陽が山の端に沈もうとしている。

「きれいな夕陽！　こんな夕陽を見るのは何年振りかしら。ふるさとのインスブルックを思い出すわ」

その日の夕暮れはどうしたことか、本当に美しいのだ。いつもはこげ茶色の陰鬱なデスネヒト雲が低く垂れ込めているのに、雲もなく藍色や水色の空が広がっている。

「神さまが、最後にきれいな夕陽を見せてくださっているのかもしれないわ」

マルガレーテが祈りを捧げる。ルリエも祈りながら夕陽を眺めていた。

（あの日も夕陽がきれいだった。そうだ、アルプスがシルエットになって見えていた！）

ルリエは、あの日のことをもっと思い出そうとした。

夕陽が山の端に沈み、水色の空が深い藍色に包み込まれ、星が小さく輝いている。マルガレーテは、まだ祈っている。

（そうだ、思い出した。ホタルが出たんだ。わたしは、ホタルを追いかけて行ったんだ！）

薄闇の中、ルリエは目をつぶって、渓流に舞うホタルを思い浮かべていた。エメラルドグリーンにきらめくホタルが見えてくる。ルリエはわくわくして、マルガレーテとシャーロットに話してやろうと思った。ところが、目を開けると、二人の姿がどこにも見えないのだ。名前を呼んでみたが、返事もない。

（二人とも、急にどこへ行ってしまったの？　三人いつも一緒って約束したのに）

闇の中に、たった一人取り残されると、ひどく心細く寂しい気持ちがしてきた。千里の形見のロザリオを取り出して、一心に祈った。

どこからか、水の流れるような音が聞こえてくる。耳をすますと、せせらぎのようだ。

（こんな死の砂漠にせせらぎなんて？）

ルリエは、水音に引かれて歩いていった。しかし、いくら歩いてもせせらぎは見えてこない。辺りはすっかり暮れ、足元が覚束ない。

「マルガレーテ姉さん、シャーロットさん！」

ルリエは、もう一度二人の名前を呼んでみた。闇の中に返事はなく、ただひそやかな水音だけが聞こえる。ルリエは立ち止まって、再び長い祈りを捧げた……。

闇の中で、突然何かがきらめいたように思った。驚いて、光った方へ歩いていく。しばらくすると、水音が大きくなり、せせらぎが見えてきた。暗闇の中で銀色にきらめきながら、ゆるやかに流れている。

「こんなにきれいな清流があったなんて！」

ルリエはせせらぎに手を浸し、そっと中へ入ってみた。防護服を着ているので、直接水に触れることはできないが、水の流れの快い感触が伝わってくる。何だかあのときの谷川と似ているような気がして、上流へ向かって歩いていった。

夜のしじまで、水音だけがひそやかに聞こえている。また前方で、何かがきらきらと輝いた。小さな緑色のきらめきだ。ルリエは胸を高鳴らせ、緑の光がきらめいた方へ急いだ。

「ルリエさん」

天から降りそそいでくるような美しい声がした。

「わたしを呼んだのは誰？」

じっと耳をすませてみたが、聞こえてくるのはせせらぎの音だけだ。

（空耳かしら？　でも確かに……）

さらに上流へ歩いていく。何事も起こらず、やっぱり空耳だったのかと思ったとき、

「ルリエさん」

また透き通った声がした。もう間違いない。

「どこなの、どこにいるの？」

「ここよ、ルリエさん」

声のする方を見ると、つややかな緑色の光が、ゆったりと明滅している。

「あなたは！」

緑色の光は、ゆらゆらと揺らめきながら輝いている。

「ルリエさん、よく来てくれましたね。あなたが来るのを、ずっと待っていたのですよ」

雲間からこぼれる月の光に照らされて、若い女性がルリエを見つめている。頭には銀色の冠をかぶり、清らかな美しさに満ちている。

「わたしは、ホタルの女王マチルド」

「ホタルの女王！」

以前に、どこかで会ったことがあるような気がした。

「ここは、きれいな空気がいっぱいよ。もうその防護服は必要ないわ」

マチルドの周りで、エメラルド色の宝石のようなホタルが、数え切れないほどきらめいている。ホタルはルリエの方へも飛んでくる。思い切って防護服を脱いでみた。

「うわあ、おいしい空気！　何とも言えないいい匂い、あの日と同じ！」

ルリエは小躍りして、冷たいせせらぎに入った。ホタルたちが、夜つゆにぬれた草むらやルリエの手のひらにも止まって、つやつやとエメラルド色に輝いている。

「ねえ、マチルドさん、このおいしい空気ときれいな水を、化け物ムカデに追われ、酸素切れで死にかけている大勢の人たちに、何とか届けてやることはできないの？」

「本当にそう思う？」

マチルドは平和な眼差しで、ルリエをじっと見つめた。

「ええ、もちろんよ。マルガレーテ姉さんやシャーロットさんだって、きっと同じことを言うと思うわ」

ルリエはきっぱりと言った。

「ベルガー中尉やセルジュのような男ならどう？」

「………」

ルリエの周りで明滅していたホタルたちが、マチルドのもとへ戻っていく。

「あの人たちは、デスネヒトの恐怖で本当の自分を見失ってしまっただけよ。わたしやマルガレーテ姉さんには辛く当たったけど、根は悪い人じゃないわ」

「そう、ルリエさん。あなたは、やっぱりわたしが思ったとおりの女の子だったわ！」

ホタルたちがまたルリエの方へ集まってきて、さっきよりもつややかに明滅している。

「ルリエさん、わたしはエメラルド国の人たちはもちろんのこと、デスネヒトの災禍に苦しむすべての人々に、ぜひきれいな水や空気を届けたいと思っているの。死にかけてしまった地球を、また緑あふれる美しい地球に戻したいと願っているのよ。でも、こんなにデスネヒトの汚染が広がってしまっては、もうわたしの体の中にある緑のもとをすべて撒くしか方法がないの」

「あなたの体の中にある緑のもと！」

「ええ、地球を救うには、それしか方法がないの。けれど、わたしは長い地下の生活で、太陽の光に当たると目が見えなくなってしまうの。ルリエさん、あなた、本当に苦しんでいる人々を助けたいと思うのなら、わたしの目の代わりになってくれない？」

「あなたの目の代わりですって！　それはいいけど、夜のうちに緑のもとを撒くことはできないの？」

美しいマチルドの目がつぶれてしまうなんて、ルリエには受け入れられないことだった。

「残念だけど、太陽の光に当たらないと、緑のもとは生まれ出てこないのよ」

「そうなの。でも、何かほかに方法はないの？」

「さっきも言ったけど、わたしの体の中の緑のもとを撒くしか方法はないの」

「わかったわ。そこまで覚悟しているなら、わたしがマチルドさんの目の代わりになる」

「ありがとう、ルリエさん」

マチルドは笑みを浮かべて、ルリエの手を握りしめた。何とも言えない快い香りがマチルドの体から放たれ、数え切れないほどの緑色の光がきらめいている。

「ルリエさん、あなたはずっと歩いてきて疲れているはずよ。明日から、わたしの目として働いてもらうから、夜が明けるまでよく眠りなさい」

「こんな気持ちのいいところなら、久しぶりにぐっすりと眠れそうよ」

ルリエはつややかな緑色の揺らめきに包まれ、深い眠りに落ちていった。

第七章●緑ふたたび

1

東の空が明るみ、高い山の尾根から輝かしい光が差し昇ってきた。

「さあ、ルリエさん、わたしの背中にしっかりつかまって。出発よ。これから、世界中を飛び回るから、わたしの目になってデスネヒト雲やムカデの居場所を教えて」

「ええ、準備できたわ。でも、あなたの目が……」

「大丈夫。小さな一粒の麦よ」

「小さな一粒の麦！」

ルリエが言い終えないうちに、マチルドの体はぐんぐん上空へ舞い上がっていく。

「マチルドさん、ムカデが見える。すごく大きなムカデたちが、エメラルド国の人々に襲いかかろうとしている。早く助けないと、危ないわ」

ルリエは、もう気が気ではなかった。

「どっちの方向か教えて」

「斜め右、三、四キロ先かな」

マチルドは、ルリエが指示した方向へ一直線に飛んでいく。

「このすぐ下よ。ムカデがガスを吹きかけて、酸素切れ寸前の人々を追い詰めている！」

ルリエが悲痛な叫び声を上げる。

「わかったわ。振り落とされないようにつかまっているのよ」

マチルドは体を震わせながら、巨大なムカデたちの上を旋回する。先頭のムカデがマチルドに気づき、長いヒゲを立ててものすごい勢いで伸び上がってくる。だが、そのとき、ホタルに化身したマチルドの体から小さな緑色の粒が無数に舞い降りていく。緑色の粒は、小さなホタルのようにつやつやときらめきながらムカデの上にも、逃げ惑う人々の上にも降り積もっていく。目玉を激しく明滅させ、黄色いガスを吹きかけ、狂暴の限りを尽くしていた巨大なムカデたちは、どうしたことかぴたりと動きを止めてしまった。

「ムカデが動かなくなったわ！」

「そうでしょう。緑の粒は、デスネヒトのエネルギーをすべて吸い取ってしまうのよ」

マチルドは高度を下げて、なおも羽を震わせ緑の粒を降らせ続ける。氷像のように動かなくなってしまった巨大なムカデたちに、緑の粒がさらに降り積もっていく。やがてムカデたちは空気の抜けた風船のように萎んでしまい、そのまま地面へ崩れ落ち、みるみる溶けていってしまった。恐怖に顔を歪め、必死で逃げ惑っていたエメラルド難民たちが集まってくる。

「化け物ムカデが、溶けて消えてしまったぞ！」

「おい、あそこを見ろ。ホタルが舞っている。あのホタルが助けてくれたんだ」

「女の子が乗っているぞ！」

「もう、酸素マスクも防護服も必要ないわ。ここは、きれいな空気がいっぱいよ」

ルリエはマチルドにつかまりながら、集まってきた人々に笑顔で手を振った。

「本当だ。空気がこんなにおいしいなんて！　君はぼくらの命の恩人、救世主だ」

「ありがとう、われらがヒロイン！　ここへ降りてきて、ぜひ握手してくれないか」

人々は喜びにあふれた笑顔を向けて、ルリエに拍手を送っている。

「本当のヒロインは、ホタルの女王マチルドさんよ。わたしは、ただお手伝いをしているだけなの。わたしたちは、世界中に広がってしまったデスネヒトを取り除くために、すぐ出発しなければならないから、今日はこれでお別れします。またお会いしましょう」

マチルドとルリエは、空高く舞い上がっていく。人々は二人のヒロインを見送りながら、何度も何度も万歳を唱えている。

「マチルドさん、人に幸せを与えるって、こんなにも気持ちがいいことだって初めてわかったわ。与えるというより、むしろ幸せをいただいているのね。わたし、本当に幸せな気持ちだもの！」

「ルリエさん、また一段と成長したわね。わたしも嬉しいわ。さあ、役目を果たしていきましょう」

「ええ、斜め左に黒っぽいデスネヒトの雲が出てる。かなり大きな雲よ」

「斜め左ね。もう少し上へ昇ってから、緑の粒を撒くわ」

マチルドはルリエに教えてもらい、デスネヒト雲の上まできて、緑の粒を降らせた。どす黒い雲は、たちまち弾き飛ばされ消え失せてしまう。

こうして一週間、二人は世界中を飛び回った。

地球を我が物顔で覆っていたこげ茶色の雲やどす黒い渦はすっかりなくなり、ぬけるように美しい青空が広がっている。

「マチルドさん、きれいになった地球をあなたに見せてあげたい。真っ白なアルプスが見えるわ。地球は何て美しくて素晴らしいの。あなたのお手伝いができてよかった！」

「ルリエさん、本当にありがとう。あなたに案内してもらわなかったら、地球をきれいにすることはできなかったのよ。命がけでわたしについてきてくれたあなたに、心から感謝するわ」

マチルドの体からは、相変わらずいい匂いが漂っている。

「いいえ、感謝しているのは、わたしの方よ」

「ルリエさん、あなたの役目はこれで終わりよ。あなたの勇気と献身は、決して忘れない。あなたは、美しく生まれ変わった地球で末永く幸せに暮らすのよ」

「マチルドさんは、これからどこへ行くの。わたしも、あなたと一緒に行きたい」

「わたしは、自分の体の中にある緑のもとをすべて撒いて、天へ昇っていくのよ。そして、また小さな緑となって地上に蘇るの。それじゃあ、ルリエさん、さようなら、本当にありがとう！」

天から降りそそいでくるような透き通った声だった。

「待って、マチルドさん」

だが、マチルドはくるくると回転を始めた。間もなく、マチルドの体が目を開けていられないほど眩しく輝いた。

ルリエは金色の光の中へ吸い込まれていくような気がして、そのまま意識を失ってしまった。美しいお花畑へでも入り込んだような夢を見ていた。

三日間、緑色の小さな粒が赤茶けた大地に降り続いた。緑色の粒から、やがて草木が芽生え、死の砂漠はみずみずしい緑園となり、色鮮やかな花々が蕾を開いた。

花畑の中で、日本人らしい少女が倒れているのが発見された。

「ホタルに乗って、デスネヒトから我々を救ってくれた女の子だ！」

発見者たちは、ルリエをエメラルドの国立病院へ担ぎ込んだ。ルリエは、ペセロ医師やマルガレーテの適切な処置で、翌日には意識を回復した。

「気がついたようだな。よかった。よかった！」

「ああ、ペセロ先生！　マルガレーテ姉さんに、シャーロットさんに、フィリップス博士、それに菜穂子さんまで。みんな元気だったのね。どんなに会いたかったか……」

ルリエの目から涙があふれた。

「ルリエさん、あなたはすごく立派だったのね。話はみんなマルガレーテさんとフィリップス博士から聞いたわ。自分の命をも顧みず、地球を救おうとしたんですものね。あなたは、わたしたちの命の恩人で、エメラルド国最大の誇りよ」

シャーロット・シモンズが、ルリエの手を握りしめる。

「実は昨日の会議で、ルリエさんにエメラルド国最高栄誉賞が贈られることが満場一致で決まってね。ルリエさん、本当によくやった。おめでとう。ルリエさんは、エメラルド名誉国民だ」

フィリップス博士も、お祝いの握手をする。病気が癒えた菜穂子も、手を差し伸べる。

「ルリエさん、窓の外を見て。あなたの活躍で、地球はこんなにも緑の豊かな美しい星に蘇ったのよ。わたし、もう嬉しくて嬉しくて。父もきっと喜んでいるはずよ。あなたがすっかり元気になったら、みんなでエメラルドの大自然の中をゆっくりピクニックに行きましょう。ねえ、マルガレーテさん」

「ええ、大賛成よ。おいしいお弁当を作って、アルプスの眺めのいいところへ行ってみたいな」

「アルプスの眺めのいいところ！　ぜひ行ってみたい」

ルリエには、山の家の渓流で見たアルプスの夕映えが思い出された。

「それにはルリエさん、ペセロ先生とマルガレーテさんの言いつけをしっかり守って、早く元気になることだ。何しろ最高栄誉賞の授賞式は、十日後だからね。主役が欠席というわけにはいかないだろう」

「そう、そう、フィリップス博士の言うとおり。それじゃあ、ルリエさんの体に障るといけませんから、わたしたちはこれで失礼するわ。くれぐれもお大事にね。授賞式とピクニックを、今から楽しみにしているわ」

シャーロットやフィリップスが、笑みを浮かべて病室を出ていく。

2

山々の緑はますます深く、野には色とりどりの花々が咲きあふれ、晴れの授賞式を祝福するかのようにさわやかな青空が広がっている。

教会の鐘の音が鳴り響き、ルリエの授賞式に出席する何千もの人々がエメラルド国際ホールへ詰めかけた。会場に入れない数万の群衆が、地球を救ったヒロインを一目見ようと、ホールの周りを何重にも取り囲んでいる。

会場ではエメラルド交響楽団が、モーツァルトの「ディベルティメント」やヘンデルの「ハレルヤ」を演奏して雰囲気を盛り上げている。

やがて、アンドリュース博士やクレーバー博士など最高栄誉賞の選考委員たちが壇上に姿を見せる。マンネルベルク国防軍総司令官やハイドシェック参謀総長、バートレット作戦部長など軍関係者首脳も顔をそろえる。少し遅れて、来賓の菊川博士やガウダ博士も拍手に包まれ登壇する。選考委員を代表して、ラパヌーズ博士があいさつに立つ。

「会場にお越しの皆さん、テレビやインターネットでご覧の皆さん、わたしは今日のこのよき日を迎えることができ、感激で胸が一杯です。つい三ヵ月ほど前まで、人類は滅亡の危機に瀕していました。わたしたちは英知の限りを尽くして、デスネヒトと戦っていました。しかし、ウイルスと放射性物質の二重性を持つこの怪物は、容易に撃退できる相手ではありませんでした。マヤタ人への差別偏見が、大きな障害となっていたことも残念ながら事実です。デスネヒトは、決してマヤタ人だけが創り出した葉緑体破壊ウイルスではありません。科学技術の飛躍的な発展によって、自然に対する謙虚さや畏敬の念を失ってしまった現代文明が生み出した怪物なのです。アメリカやヨーロッパや極東アジアなどでも、デスネヒトが発生する危険は十分にあったのです。そのことを踏まえた上で、人類最大の危機を救うべく努力奮闘されたお二人に、心からの感謝の念を捧げたいと思います」

会場からは、割れるような拍手が起こった。

「まず、その一人はマヤタのラギール博士です。博士はシカゴ工科大学やチューリヒ大学で地球環境についての研究を続けられ、安易な経済至上主義に鋭い警告を発しておられました。マヤタでデスネヒトが発生すると、アメリカのフィリップス博士と共同で、その正体を世界にさきがけて解明したのです。博士は、国家保安警察に追われる不自由な生活にも拘わらず、高度な数学的方法を用いて抗デスネヒト剤の構造式を発見しました。博士の研究はマヤタ人への差別偏見のため実を結びませんでしたが、命をかけて世界を救おうとした崇高な志に惜しみない拍手を送りたいと思います。未だ行方不明の博士に代わって、娘さんの菜穂子・ラギールさんにご出席いただきました」

青いドレスを着た二十歳の菜穂子が現れると、会場から盛んな拍手が湧き起こった。

「きれいな娘さんね」

あちこちで、ささやきが聞こえる。エメラルド国を代表して、ハイドシェック参謀総長から、感謝状と記念の金メダルが贈られる。

「このような栄誉にあずかることができまして、父もきっと喜んでいることと思います。父は、山や川に住む動物や植物が大好きな人でした。父の自然を愛する心が、深刻化する地球環境の研究に向かわせたのだと思います。父はデスネヒトを発生させてしまって、同じマヤタ人として本当に申し訳ないと、口癖のように申しておりました。警察の捜査から逃れる落ち着かない毎日でしたが、夜もろくろく寝ないで研究を続けていた父の姿が今でも目に焼きついています。そんな父の気持ちが皆様にわかっていただけて、とても幸せに思います。父に代わって、エメラルド国の皆様に深くお礼申し上げます。本当にありがとうございました」

科学省の女性職員とフィリップス博士から花束が贈呈される。菜穂子は笑顔で花束を受け取り、深々と頭を下げた。温かい拍手が鳴り響く。

「さて続きまして、人類最大の危機を救ってくれた我らがヒロインを紹介いたします」

会場は総立ちとなり、嵐のような拍手が起こった。

「牧原ルリエさんの大活躍は、皆さんご承知のとおりと思います。命を投げ出す覚悟でホタルの女王と共に、世界中を覆っていたデスネヒトを取り除き、緑のもとを撒いて、今日のこの美しい地球を蘇らせてくださったのです。巨大なムカデの襲撃に怯え、北極圏の凄まじい寒さと一メートル先も見えない猛吹雪に震えて、命の火が消えかけていた我々にとって、まさに救世主でありました。その勇気と献身は、エメラルド国はもとより、長く世界の歴史に刻まれることでありましょう。牧原ルリエさんこそ、エメラルド国の誇りであり、輝かしい宝です。本人のご希望ですので、どうぞ日本の音楽をお聞きください」

エメラルド交響楽団によって、「浜辺の歌」と「夏の思い出」が演奏される。会場の人々は、しばし日本の美しい曲に聴き入っている。音楽が終わり、エメラルドグリーンのドレスに包まれたルリエが壇上に姿を現すと、人々は再び総立ちとなり、拍手の嵐となった。白髪のマンネルベルク元帥が満面の笑みで、エメラルド国最高栄誉賞の賞状と金メダルを授与する。拍手が鳴りやまない。誰からともなく、万歳の声がかかった。

「身に余るお言葉と賞をいただき、エメラルド国の皆様に深く感謝しております。わたしは今、命の恩人である二人の女性のことを思い浮かべています。わたしなどより、栄誉賞を受賞するのに、ずっとふさわしい方たちだからです。一人は、収容所で出会った岡部千里さんです。千里さんは希望を失いかけていた収容所で、美しい歌声を響かせ、尊い福音について教えてくれました。さきほど交響楽団に演奏していただいた曲も、千里さんがよく歌っていました。千里さんは、惨たらしい死を前にしても決して取り乱すことなく、心安らかに神のもとへ行けるように祈りましょうと言って、わたしを救うため身代わりとなって凶弾に倒れたのです……」

ルリエの目から涙がこぼれ落ちた。会場が水を打ったように静まった。

「千里さんが身代わりになってくれなかったら、わたしの命はなかったのです。わたしは千里さんの形見となったロザリオを肌身離さず持ち、今も励まされ導かれ続けています。もう一人の恩人は、ホタルの女王マチルドさんです。マチルドさんとは、酸素切れが近づいた死の砂漠で出会いました。そこはきれいな小川が流れ、銀色の冠を被ったマチルドさんは、清らかな美しさに満ちあふれていました。マチルドさんに、『地球を救うには、わたしの体の中にある緑のもとを撒く以外にもう方法はない。でも、わたしは長い地下の生活で太陽の光に当たると目が見えなくなってしまうから、わたしの目の代わりになってほしい』と言われました。それで、わたしがマチルドさんの背中に乗って、デスネヒトを取り除くお手伝いをすることになったのです。今、地球が輝くばかりの緑にあふれているのは、マチルドさんが自分の命と引き換えに、緑のもとを世界中に撒いてくださったからなのです。マチルドさんは、『一粒の麦』という聖書の言葉をわたしに残してくれました。自分が死んでも、また小さな緑となって蘇ってくるというのです。本当にそのとおりの美しい地球になったのです。皆さんは、わたしを救世主とかヒロインとか呼んで持てはやしてくださいますが、本当のヒロインは、自らを一粒の麦にして地球の危機を救ってくれたマチルドさんなのです。この栄誉ある賞を、マチルドさんと千里さんに捧げたいと思います。わたしは美しい自然こそ、わたしたちの一番大切な財産であり宝物だと思っています。もう二度と目先の便利さだけを追い求めたり、国と国とが醜い争いをしたりして大切な自然を壊してしまうようなことはせず、お互いに認め合い尊重し合い、大自然に抱かれ感謝にあふれて生きていきたいものだと願っております。それが、亡くなった千里さんやマチルドさんの願いでもあると思います」

ルリエのスピーチが終わると、場内再び拍手喝采となった。感動の涙を流している人や、讃美歌を歌い出す人もいる。

マルガレーテとシャーロットが、笑顔で花束を贈呈する。

「会場が大変盛り上がったところで、ルリエさんにぜひ会ってほしい人がいるのですが、いかがでしょうか。ルリエさんのスピーチにも出てきた大切な人と深い縁で結ばれた方です」

フィリップス博士が、にこやかに語りかける。会場から手拍子が起こった。

「ルリエさんの命の恩人である岡部千里さんを育てられたピアニストのセルゲイ・レオーノフさんと、奥様のエカテリーナさんです。盛大な拍手をお願いします」

会場は再び大きな拍手に包まれた。ルリエは思いがけない人との出会いに感激し、二人のもとへ駆け寄っていく。

「牧原ルリエです。お話は、千里さんからうかがっておりました。レオーノフさんに大切に育てていただき、本当の信仰に目覚めたと話しておられました。そんな千里さんと出会えたことは、わたしの人生の最高の宝です。これは千里さんの形見です。どうかお受け取りください」

ルリエは涙を押さえて、千里のロザリオを差し出した。

「それは、わたしの母の形見のロザリオです。娘となった千里に譲ったものです。千里に代わって、あなたがぜひ持っていてください。そうしていただければ、千里も母もきっと喜ぶと思います」

エカテリーナ夫人が微笑を浮かべ、やさしく言う。レオーノフも頷いている。

「ありがとうございます。これを千里さんだと思って、一生大切にします」

ルリエは、二人に深く頭を下げた。

「それではこれから、ルリエさんの恩人である千里さんを偲んで、世界一流のピアニストと名声の高いレオーノフさんに演奏していただきます。どうぞお聴きください」

「千里は、わたしたちにはもったいないほど信心深くよくできた娘でした。血こそつながってはおりませんが、神に出会わせていただいた本当の娘と思っております。せっかくの機会ですので、千里が大好きだったショパンのバラード第四番とノクターン第十番、バッハの『主よ、人の望みの喜びよ』の三曲を弾かせていただきます」

会場に詰めかけた人々は、当代一流のレオーノフの繊細で円熟した演奏に聴き惚れた。ピアノ演奏のあと、エメラルド交響楽団によるベートーベンの田園交響曲と、エメラルド国の国歌が演奏され会場大合唱となり、授賞式は盛会のうちに幕を閉じた。

3

緑したたる森から、小鳥たちの涼しげなささやきが聞こえてくる。

授賞式が終わってひと月近くがたち、エメラルド国は初夏を迎えていた。名誉国民となったルリエは、市の郊外の見晴らしのいい高台に、エメラルド国から大きな屋敷を贈呈された。一人だけで住むのは広すぎて寂しいので、家族となったマルガレーテやシャーロット、それに菜穂子にも声をかけ、四人で仲よく暮らしていた。すぐ近くに、レオーノフ夫妻の家やエメラルド交響楽団員の住宅もあり、月に何度かミニコンサートや、パーティーに招いたり招かれたりして、心躍るような楽しい時をすごしていた。

ルリエが一番行ってみたかったアルプスの見晴らしいいの丘へのピクニックも、四人で行ってきたが、あいにく曇ってしまい、楽しみにしていた山を見ることはできなかった。

そこで、今度はフィリップスやペセロも誘って、スイスのグリンデルワルトを通って、イタリアのミラノまで旅行しようという計画が持ち上がった。これには、ミラノ生まれのペセロが大いに乗り気になって、自分が案内してやるからと交響楽団のメンバーやレオーノフ夫妻にまで声をかけ、総勢二十八人が参加するにぎやかなバス旅行となった。

バスがインターラーケンに近づくと険しい山裾に青緑色の美しい湖が広がり、深い谷の切れ間から雪に覆われたベルナーオーバーラント三山が神々しい姿を見せた。皆、その気高さに息を呑み感嘆の声を上げた。ルリエは、生まれて初めて見るスイスアルプスの雄大さに感動の連続であった。鋭く尖った雪山はもちろん、緑がかった氷河や若草色の牧草も心に残った。

グリンデルワルトから登山電車に乗ってクライネシャイデックまで行き、ホテルから見たアルプスの夕映えは忘れることができない。バラ色に染まった山々が壮大なシンフォニーを奏で、大自然を通して神が何かを物語っているように思えた。美しい自然や音楽に出会って、神を素直に信じられるようになったと語っていた千里の気持ちがよくわかった。

七年前に家族で来たことがあるという菜穂子は、こんなに美しい夕映えがまた見られるなんて夢のようだと涙を流していた。マルガレーテやシャーロットや、オーケストラの団員たちも言葉がない。夕陽が静かに落ち星が輝き始めても、皆その場を離れようとはしなかった。

その夜、レオーノフが、自分の好きな曲の一つだというベートーベン晩年のピアノソナタ第三十番ホ長調を弾いてくれた。第三楽章の祈るような安らかな調べが心に沁みる。

翌日の朝食のとき、びっくりするような発表がフィリップスからなされた。

「マルガレーテさんと結婚することにしました」

この発表は皆にとって驚きであり、嬉しいことだった。

「まあ、そうなの、それは素晴らしいこと！　お似合いのカップルだわ」

シャーロットが立ち上がって、マルガレーテの手を握りしめた。

「いやあ、それはよかった。おめでとう。交響楽団のメンバーを代表してお祝いを言うよ。なあ、諸君、幸せな二人のために一曲やろうじゃないか」

指揮者のブロンハイムが、団員たちに呼びかける。団員たちも口々に「おめでとう」を言い、楽器を取り出す。メンデルスゾーンの結婚行進曲が始まった。

「お姉さん、おめでとう。うんと幸せになってね」

ルリエも、マルガレーテの手を握りしめた。

こうして大自然との感動の出会いがあり、フィリップスとマルガレーテのおめでたい話があり、一行は最終目的地のイタリアへ入った。ミラノの街は活気に満ちていた。中世を思わせるゴシック風の古めかしい建物と、ファッションの街らしいオシャレな建物とが不思議に調和し、シャーロットや菜穂子はうきうきした様子でショーウインドーの中をのぞき込んでいる。故郷に帰ってきたペセロは、ここがレオナルド・ダ・ヴィンチが十八年間住んでいた家だとか、これが世界的に有名なスカラ座だとか、「最後の晩餐」を所有するサンタ・マリア・デッレ・グラツィィエ教会だとか意気揚々と説明してくれた。

ルリエが一番印象に残ったのは、ミラノの郊外のクレモナにあるバイオリンの博物館だった。そこにはアマティやストラディバリウスなど、イタリアが世界に誇る名器の数々が保管されている。ペセロが、子どものころから顔馴染みだというチェリーニ館長に頼み込んで、何とストラディバリウスの中でも最高の名器と言われ、十九世紀の大バイオリニスト、ヨアヒムが愛用していた「イル・クレモネーゼ」を借り出してきた。これには、交響楽団の面々もびっくりして尻込みしてしまう。

「せっかくだから、わたしに弾かせて」

菜穂子が、イル・クレモネーゼを受け取る。皆、「ええ！」という顔で菜穂子を見つめる。

「それじゃあ、ポール博士とマルガレーテさんの末永いお幸せをお祈りして、クライスラーの『愛の喜び』を弾かせていただきます」

美しいバイオリンの調べが、館内に響く。菜穂子の意外な才能に、皆目を丸くして聴き入った。演奏が終わると、マルガレーテやフィリップスやルリエはもちろん、指揮者のブロンハイムやチェリーニ館長までが大きく頷いて拍手をした。

「まあ、ちょっと菜穂子さんすごいじゃない！　わたし二ヵ月も一緒に住んでいるのに、菜穂子さんがバイオリンを弾くなんて、ちっとも知らなかった。今夜、眠れそうにもないわ」

シャーロットが興奮覚めやらぬ顔で、拍手し続ける。

「能ある鷹は爪を隠すって、言いますからね。ねえ、ルリエさん」

「ええ、そうだけど、わたしだって、びっくりよ。いくら爪を隠すって言っても、菜穂子さんが、バイオリンを弾いてるの、聞いたことがないもの」

「えへへ、バレたか。実はわたし、この曲しか弾けないのよ。母にさんざん習わされて、体に染みついてしまったの。能ある鷹じゃなくて、馬鹿の一つ覚えでした。ごめんなさい」

菜穂子はいたずらっぽく舌を出し、あわててイル・クレモネーゼを館長に返す。

「いや、今の君の演奏は素晴らしかったよ。たとえ馬鹿の一つ覚えにしろ、堂々としていて、バイオリンがよく響いていた。君は磨けば、もっともっと光るぞ。どうだね、ここの附属音楽院で、本格的にバイオリンの勉強をしてみないかね。君なら、無試験で入学を許可するよ」

チェリーニ館長は至って真面目な顔で話した。

「館長の言うとおりだよ。わたしも君の演奏には正直驚いた。音楽院を卒業したら、ぜひわがエメラルド交響楽団へ入ってもらいたいよな。なあ、諸君」

ブロンハイムの呼びかけに、団員たちも拍手で答える。

「菜穂子さん、素晴らしいお話じゃない。あなたは、二人の音楽の大先生に認められたのよ。これを断わる手はないわ。あなたはまだ若いんだから、ぜひやってみるべきよ」

シャーロットは、自分のことのように興奮している。

「わかりました。でも突然のお話で、まだ気持ちの整理がつかないので、エメラルドの家へ帰って、よく考えてからお返事します」

菜穂子は館長に、ぺこんと頭を下げた。

「いやあ、今度の旅行は、実によかった。驚きの連続じゃったな。フィリップス博士とマルガレーテさんのおめでたい話の上に、菜穂子さんのいい話まであって、やっぱり故郷のミラノは最高じゃよ！」

ペセロが、チェリーニ館長と固い握手を交わした。


エメラルド国の野山がうっすらと秋色に染められていくころ、ポールとマルガレーテの結婚式が聖エメラルド教会で盛大に行われた。純白のウエディングドレスに包まれたマルガレーテは、眩しいほど美しく輝いていた。

「ルリエさん、わたしはいつまでもあなたの姉ですからね」

「ありがとう、お姉さん、とってもきれいよ」

マルガレーテの目にもルリエの目にも、涙が光っていた。

結婚式が終わって数日後、菜穂子はとうとうミラノの音楽院へ入学する決意を固め、旅立っていった。新婚のフィリップス博士も、母国の復興にぜひ力を貸してほしいというアメリカ政府の強い要請を受けて、プリンストン総合大学の教授として、マルガレーテと共にアメリカへ渡っていった。

　高台の家は、ルリエとシャーロットの二人だけになってしまった。さすがに最初の一週間は、二人とも気が抜けたようにぼんやりしていることが多かった。特にシャーロットが落ち込んでいた。

　そのうち、エカテリーナ夫人が遊びに来るようになった。世界的なピアニストである夫は、コンサートが忙しく、しょっちゅう演奏旅行に出かけてしまうので、寂しい者同士仲よくしましょうよというのだ。ルリエは、千里の育ての母であるこの上品な夫人が大好きになった。若い頃、ロシアの教会でオルガニストをしていたという夫人に頼んで、ルリエはパイプオルガンのレッスンを受けることにした。

　それから半月近くして、高台の家に新しい住居人が加わった。イタリア出身の若いクラリネット奏者、アンジェラだ。アンジェラはペセロの遠縁に当たり、デスネヒトでやはり家族を亡くし、交響楽団の住宅住まいをしていたのを、ペセロがルリエたちと一緒に住むよう声をかけたのだ。国民的なヒロインのルリエさんと一緒に住めるなんて光栄よと、アンジェラは二つ返事で引っ越してきた。二十二歳のアンジェラは話題が豊富で、彼女がいるだけで家の中は花が咲いたように明るくなった。シャーロットはすっかり元気を取り戻し、高台の家は以前にも増して笑い声が絶えなくなった。

ルリエにとって、満ち足りた幸せな時が流れた。

4

翌年の夏、ミラノの音楽院に入学していた菜穂子が、約九ヵ月振りでエメラルドの家へ帰ってきた。水色のドレスを着こなし、ファッションにも磨きがかかっている。

「まあ、菜穂子さん、すっかりあか抜けちゃって、さすがはミラノね。これなら、モデルになってもいいくらいよ」

シャーロットは、手放しの喜びようである。

夕方から、菜穂子の帰国を祝ってパーティーが開かれた。レオーノフはアメリカへの演奏旅行で出席できなかったが、エカテリーナやオーケストラの団員たちが集まってくれた。

ブロンハイムがせっかくの成果を聴いてみたいと言い、皆も手拍子したので、菜穂子は、マスネの「タイスの瞑想曲」を奏でる。夢見るような美しいバイオリンの調べに、一同すっかり聞き惚れ大拍手となった。

「チェリーニ館長のレッスンに間違いはないな。随分と光ってきたぞ」

ブロンハイムが、大きく頷いた。

「よかったわね、菜穂子さん。指揮者の大先生にほめられて。九ヵ月間、特訓に耐えた甲斐があったというものよ。皆さん、本日はお集まりいただき、本当にありがとうございます。これからも菜穂子さんを、ぜひよろしくお願いします。今日は菜穂子さんの無事な帰国と今後の活躍と、お集まりの皆様のさらなるご発展を祈念して、大いに盛り上がってやりましょう」

シャーロットのあいさつで乾杯となり、みんなで語り合い、歌い、踊る楽しい夜となった。

翌七月三十一日の午後、ルリエと菜穂子とアンジェラで、森の谷川の上流へ遊びに行くことになった。三人は木洩れ日を浴びてきらめく清流にひたりながら、上流を目指して歩いていった。谷川の流れと風にそよぐ木々のざわめきと小鳥のさえずり以外、何も聞こえてはこない。深い緑のしたたりは、昼すぎに降った雨にぬれ、宝石のように輝いている。

「冷たくて、気持ちがいい！」

「ホント、素敵ね」

三人は、森の空気をいっぱいに吸い込んだ。しばらく行くと、木々の梢で音がする。何だろうと思って見ていると、リスの親子が素早い動きで枝から枝を伝わっている。

「菜穂子さん、アンジェラさん、見て。ほら、リスよ」

ルリエが、梢を指さす。一瞬、リスと目が合った。リスの親子は、あっという間に姿が見えなくなってしまった。三人は、しばらくリスのいた梢を見つめていた。緑の梢を透かして、真っ青な空が見える。何だか、緑のしたたりに吸い込まれてしまいそうな気がする。

三人は、川べりの大きな石に寄りかかり、快い風に吹かれてまどろんでいた。何かが頭の上をゆっくりと横切ったような気がして、目を開けた。黒っぽい羽に鮮やかな水色の模様のあるチョウが、流れの上をふわふわ飛び回っている。

アオスジアゲハだ。三人は、あまりの美しさに目を見張った。

「素敵ね。こんなきれいなチョウがいるんだから、もっといろいろなものに出会えるかもしれないわ。さあ、行きましょう」

菜穂子が先頭に立って歩き始めた。上流から風に乗ってギンヤンマが数匹、すいすい飛んでくる。まるであいさつでもするように、三人の頭の上を飛び回ってから、水面すれすれを飛行して、近くの石の上に止まる。銀色のトンボたちは、大きな目玉をぐるぐる動かして、こちらを見ている。三人は、トンボに手を振った。ギンヤンマたちは、羽を勢いよく上下させると、下流の方へ飛び去っていった。

「やっぱり自然は最高ね。リスもアゲハもギンヤンマもみんな素敵。だから、もうちょっとだけ行ってみない。アルプスの夕映えが見えるかもしれないわ」

時刻は七時半をすぎていたが、空はまだ明るく、アルプスの夕映えが見えるかもしれないという菜穂子の言葉に、ルリエもアンジェラも、もう少し行ってみたいと思った。流れは大きな石が多くなり、歩きづらかったが、さらに十五分ほど清流を遡っていった。

「ルリエさん、アンジェラさん、アルプスよ。アルプスが見えるわ！」

先頭を行く菜穂子が、手招きしている。鋭く尖った山並みに夕陽が沈もうとしている。

三人は言葉もなく、アルプスの夕映えを見つめていた。

空は深い藍色に変わり始め、足元が覚束なくなってきた。夕陽はすっかり沈み、辺りは急に暗くひっそりとする。

「シャーロットさんが心配するといけないから、早く帰りましょう」

三人は、ほの暗い中を引き返していく。菜穂子は速足でどんどん下りていってしまい、ルリエはついていけなくなってきた。

「菜穂子さん、元気いいわね。ルリエさん、わたしと一緒にゆっくり行きましょう」

アンジェラが声をかけてくれた。そのとき、数メートル先の岩の近くで小さな緑色の光がふわっと舞い上がった。緑の粒は夜つゆにぬれた草むらで、つやつやときらめいている。

「うわあ、きれい！　アンジェラさん、見て。ホタルよ」

ルリエは後ろを向いて知らせようとしたが、アンジェラの姿が見えない。どこへ行ったのかなと思っていると、ホタルはまたふわっと舞い上がって、下流の方へゆっくり飛んでいく。ルリエは嬉しくて、夢中でホタルのあとを追いかけた。

水の中で、足がすべったのは覚えている。だが、そのあとはどうなったのかわからない。暗いトンネルみたいなところへ落ちていくなと思った瞬間、気を失ってしまった……。

いい匂いがする。ルリエは色とりどりの花々に囲まれ、幸せな気持ちだった。やがて花の中から、優しくささやくような声が聞こえる。いつか聞いたことのある懐かしい声だ。

「ルリエさん、ルリエさん、ここよ」

声のする方を向くと、千里が花々の中で微笑んでいる。

「千里さん、千里さんなの！」

ルリエは千里に抱きついた。言いたいことがいっぱいあるのに、涙ばかりあふれて言葉が出てこない。千里は平和な眼差しで、ルリエを見つめる。

「ルリエさん、あなたの活躍を見ていましたよ」

「千里さんのお陰よ。千里さんが、わたしの身代わりになってくれたんですもの。わたしいつも、千里さんのような美しい心になれますようにって、十字架に祈っていました」

「それはありがとう。ルリエさん、今日は、あなたに会わせたい人がいるのよ」

千里が指さした方を見ると、マルガレーテが手を振っている。

「マルガレーテ姉さんもいたの！」

「ルリエさん、元気そうね。エカテリーナさんについて、オルガンを習っているんだって」

「ええ、でもまだ上手じゃないの。姉さんも幸せそうでよかった！」

「アメリカでとっても幸せに暮らしているわ。ポールも来ているのよ」

「やあ、ルリエさん、元気そうじゃないか」

フィリップスも笑顔で向こうからやって来た。その後ろから、菜穂子やシャーロット、アンジエラ、レオーノフ夫妻、ペセロ医師、交響楽団の団員たちも楽しそうに歩いてくる。

「旅行のときのメンバーじゃない。みんなどうしたの？　でも、みんなに会えて最高！」

「さあ、ルリエさん、今日はお花畑の中でパーティーよ」

シャーロットが、ご馳走を並べ始める。みんなで丸くなり、乾杯して和やかな会食が始まった。ルリエは、大好きな千里とマルガレーテにはさまれて幸せだった。みんな、楽しそうに語らっている。そのうち、菜穂子がバイオリンを持って立ち上がった。

「それでは、いつも応援していただいている皆様に感謝をこめて、特訓の成果を発表いたします」

「いよ、待ってました。菜穂子さん！」

交響楽団の人たちやシャーロットが、拍手して声をかける。菜穂子はにこっと笑って、ベートーベンの「スプリングソナタ」を奏でる。表情豊かで堂々としていて、まさにプロそのものの演奏である。第一楽章が終わると、拍手喝采となった。

「さあ、今度はルリエさんの番よ。みんなで讃美歌を歌うから、オルガンの伴奏をしてちょうだい」

シャーロットが、嬉しそうに立ち上がる。

「ええ、わたしなんか、まだ下手でだめよ」

「大丈夫。エカテリーナさんが、上達がとても早いって太鼓判を押してくださっているわ」

菜穂子が楽譜を手渡す。もうみんな讃美歌を歌い始めている。ルリエは言われるままに、一生懸命弾いた。エカテリーナが、笑顔で頷いている。千里のソプラノが一際響いている。みんな乗ってきて、六曲歌った。ルリエは、落ち着いてミスなく弾けた。

「ルリエさん、とってもよかったわ。これなら、教会のオルガニストになってもいいくらいよ」

千里や菜穂子やアンジェラが、口をそろえてほめてくれる。

「素晴らしい伴奏で、わたしも気持ちよく歌えたわ。ルリエさん、ありがとう。さあ、日が傾いてきたから、お名残惜しいけど、わたしたちは、これでおいとましましょう」

シャーロットやマルガレーテが、帰り支度を始める。

「今日はお目にかかれて、本当に嬉しかったわ。じゃあ、ルリエさん、さようなら」

みんな手を振って、ルリエから遠ざかっていく。

「いやよ。わたしだけ置いていかないでよ。わたしも一緒に連れてってって！」

ルリエはありったけの声で叫んだが、千里もマルガレーテもアンジェラも菜穂子も、きらきらと笑いながら花々の中へ吸い込まれていった。

エピローグ

ルリエは、山の家で仙吉や美千代に見守られながら丸三日間眠り続けていた。

七月三十一日の夕方、ルリエはポチと谷川の方へ行ったまま暗くなっても帰って来なかった。心配した仙吉は懐中電灯を持って川へ行ってみると、ポチの吠え声が聞こえてきた。ポチは仙吉を見て、こっちへ来いというようにズボンの裾を引っ張る。ポチのあとについて、五分ほど上流へ遡っていく。すると、ルリエが浅瀬で倒れていた。特に大きなケガをした様子もないので、仙吉はひとまず安心し、ルリエをおぶって帰り、寝かせてやった。

すやすやとよく眠っていたが、一応村の診療所へ電話をかけ、医者に来てもらった。もう二十五年以上も診療所にいる初老の医師は、「熱もないし、脈も呼吸もしっかりしているから、心配はないです。東京から来て、きっと疲れがたまったんでしょう。このまま寝かしといてやりなさい」と言って、帰っていった。

ところが、次の日になってもルリエは目を覚まさなかった。うなされたり、苦しんだりしているような様子はなかったが、仙吉も美千代も心配になって、もう一度診療所へ電話をかけた。医師は、「二日や三日眠り続けたからといって、特に珍しいことじゃありませんが、ご心配のようなので、明日になっても目が覚めなかったら、こちらから車を向けますので、診療所へ連れてきてください」と言って、電話を切った。

翌八月二日は、朝から雨だった。午後になって、診療所の看護師が車で迎えに来た。仙吉が付き添って、目を覚まさないルリエを車に乗せた。診療所で、脳波や心電図や血液の検査をしたが、特別な異常は見つからなかった。ルリエは安らかな寝息を立てている。

「おじいちゃん、大丈夫ですよ。明日は元気に目を覚ましますよ」

看護師は笑みを浮かべて、雨の中、また家まで車で送ってくれた。

看護師の言葉どおり、ルリエは次の日の夕方、目を覚ました。はじめのうちは夢見心地で、自分がどこにいるのかもわからなかった。ポチが、庭でワンワン吠えている。祖母の美千代が嬉しそうに笑っているのを見て、信州の山の家にいるのがやっとわかった。

「おじいちゃん、ルリエが目を覚ましましたよ！」

美千代は、居間で新聞を読んでいる仙吉に知らせる。

「そうか、気がついたか。よかった、よかった！」

仙吉はルリエの枕元までやってきた。向こうから、ヤギのミーコの鳴き声が聞こえてくる。

「わたし、いったい？」

ルリエは起き上がろうとしたが、頭がぼんやりし、体に力が入らない。

「まだ無理しちゃいかん。お前は、丸三日も眠ってたんだぞ」

「そうだよ、ルリエ。お前、この先の川の上流で倒れていたんだよ。ポチのお手柄だ。ポチが、おじいちゃんに知らせてくれたんだ」

美千代が縁側へ出て、ポチの頭をなでてやる。ポチはルリエを見ると、嬉しそうに尻尾を振って吠える。

「そうだったの。ポチが助けてくれたの。ポチ、ありがとう！」

「ルリエ、お前、腹が減ったろう。三日間、何も食べてないんだからな」

「うん、そういえば……」

「よし、スイカを切ってやる」

仙吉が育てたスイカは、甘くてみずみずしい。ルリエは、やっと生き返った心地がした。

翌朝、ルリエは小鳥の声で気持ちよく目を覚ました。

天井の古めかしい木目を見て、自分は信州の山の家にいるんだなと、実感できた。

朝食のあと、外へ出ようとすると、

「午前中はおとなしくしていろ。その代わり、夕方、じいちゃんが、いいところへ連れていってやる」

仙吉が言った。ルリエは夕方を楽しみに、宿題や読書をしてすごしていた。

「そろそろ、行くか」

六時になったころ、仙吉が声をかけてくれた。ルリエはポチを連れ、仙吉についていった。いつも行く谷川とは反対の方向である。バス停を通り越して、細い脇道へ入る。

「おじいちゃん、どこへ行くの？」

ルリエには、初めて通る道だった。

「お前、アルプスの夕映えと、ホタルが見たいんじゃろ」

仙吉は、笑って答えた。

「ええ、どうして知ってるの？」

「寝言で、何度も言ってたぞ。さあ、あともうちょっとだ」

ヒグラシの鳴き声が山路に響き、足元が少しずつ暗くなっていく。三十分ほど登っていくと、小高い山の頂上に至り、一気に視界が開けた。

「どうだ。よく見えるだろう」

「うん、すごい！」

ルリエの大好きなアルプスが目の前にそびえ立っている。右に鋭い槍の穂先が見え、左に恐竜の背中のような穂高の山並みが連なっている。夕陽はちょうど大キレットへ沈もうとしている。オレンジのしたたりのような光が、険しい稜線からあふれている。ルリエも仙吉もポチも、ただ黙ってアルプスの夕映えに見入っていた。光のしたたりはやがて大キレットへ吸い込まれ、尖った峰々が暗い紫色に染められていく。

帰り道、かすかな水音が聞こえてきた。仙吉が登山道から逸れ、あっちだと指さす。

暮色の中で、エメラルド色の光の粒が、一つふわっと舞い上がった。すると、それが合図だったように、あっちでもこっちでも小さな緑の光が揺らめく。数え切れないほどのホタルたちが、夜つゆにぬれた草むらに止まって、つやつやときらめいている。

「おじいちゃん、すごいね！」

「ああ、ここだけは昔と変わらない。知っているのは、わしとルリエとポチだけじゃ」

仙吉やルリエの肩や手のひらにも、たくさんのホタルが舞ってくる。ルリエは手のひらに止まって、エメラルド色にきらめくホタルを見つめていた。

(あのときの色と同じだ！　やっぱり夢なんかじゃなかったんだ)

「マチルドさん、千里さん、マルガレーテ姉さん、シャーロットさん、菜穂子さん、アンジェラさん、エカテリーナさん！」

ルリエは、思い切り懐かしい人々の名前を呼んでみた。

ホタルたちは、ルリエを取り巻くようにつやつやと揺らめきながら舞っている。そして、いっせいに空高く舞い上がると、星々がきらめく銀河のかなたへ飛び去っていった。


(完)

〈著者紹介〉
光川星純（みつかわ　せいじゅん）
長野県内の公立学校に三十余年間勤務する。
学校勤務の傍ら、小説を執筆。
主な著書に『桜花流水』（幻冬舎メディアコンサルティング）などがある。

JASRAC 許諾番号 2501789-501

エメラルド国物語《こくものがたり》

2025 年 4 月 23 日　第 1 刷発行

著　者　　光川星純
発行人　　久保田貴幸

発行元　　株式会社幻冬舎メディアコンサルティング
〒151-0051　東京都渋谷区千駄ヶ谷4-9-7
電話　03-5411-6440（編集）

発売元　　株式会社幻冬舎
〒151-0051　東京都渋谷区千駄ヶ谷4-9-7
電話　03-5411-6222（営業）

印刷・製本　中央精版印刷株式会社
装　丁　　弓田和則

検印廃止

ISBN 978-4-344-69250-3 C0093
幻冬舎メディアコンサルティングＨＰ
https://www.gentosha-mc.com/